U0136563

台灣文學史長編 14

斷裂與生成
——台灣五〇年代的反共／戰鬥文藝

陳康芬 著

國立台灣文學館出版

總　序

　　針對作家創作行為及其表現的觀察與思考、評論與研究，總的來說可以用（一）理論、（二）批評、（三）歷史來涵蓋。「理論」可以說是經驗之系統化，處理「是什麼」、「有什麼」、「何以如此」以及「為什麼」等文學的性質與功能問題；「批評」包含詮釋分析和價值判斷，涉及優劣好壞等意義之彰顯；「歷史」包含思潮的激盪、社團與流派的起伏、文類的興衰以及典範的更迭等。前二者可以是各自獨立的範疇，也必將成為文學歷史建構的基礎。

　　我們把台灣文學視為在台灣這個地理空間所產生的文學，不論其族群、國籍及使用語言。這是一個寬泛的屬地主義，除了在地的本土作家，從外移入或是外移出去者，我們統統把他們編進台灣文學的範疇，前提是他們的作品之質量，一定得經過讀者與時間的考驗。這已涉及前述的理論與批評了，而我們今天要談台灣文學史，首先不可避免的要面臨這些課題。進一步說，「台灣文學」既已學科化，在大學體制內有了自己的系所，中文系，或者通識教育中心，也開設一些相關課程，因此，台灣文學史作為一個科目是必然的，相關的討論與研究必須展開。

　　以台灣文學史為中心，我們其實已有極豐碩的研究成果，這方面早有整編綜述的必要，但在諸多有關學者各自努力，以及文學史方法學的討論之外，我們可以有什麼樣的作為，讓喜愛文學的人對於台灣

文學有更宏觀的理解？這可能是我們必須進一步思考的。

我於 2010 年 2 月南來國立台灣文學館服務，一方面督導執行既定的事務，也爭取有限的資源擬定了一些新計畫，同時思索任內可能開展的要務。我一直以務實的行動派自我期許，涉及公共事務，特強調主客觀條件的密切配合，因此可行性常是思考的基點。

於是，我開始與館內同仁討論如何面對台灣文學史，同時也清理了當前國內外有關台灣文學史的出版概況，乃逐漸形成一個我稱之為「長編」的構想。為了有效落實，我決定用一個小型委託案來做規劃，那就是 2010 年 4 月底 5 月初啟動的「台灣文學史長編前期研究計畫」，邀請台灣師範大學許俊雅教授來主持，我們一起討論多次後，擬定了近 40 個主題；7 月起，由她帶領甫獲文學博士學位的顧敏耀先生共同執行，本館相關領域同仁也積極投入。同年 9 月，許教授交付館方上百頁的研究成果，自原住民口傳文學，至 1990 年代以後多元豐富的當代文學議題都有，預訂出版 33 冊，為了周全，我除了自己再三閱讀，與研究團隊討論，同時也將此計畫成果送外審查。

我們在 2010 年 11 月正式開始「台灣文學史長編」的撰寫，預計以三階段方式來完成。邀請來參與的作者以年輕學者居多，他們以其專業來面對負責的主題；在此過程中，對於編寫體例及諸多宜注意事項，我們都和他們進行了充分的討論。

　　「台灣文學史長編」從「原住民口傳文學」開始，接著才是明鄭時期「漢文學的萌芽」；最後二冊為「原住民漢語文學」及「母語文學」。我們振葉尋根，尊重並肯定原住民的口傳文學及其後發展出來的漢語文學，珍惜多音交響的母語文學。至於明鄭以降，歷經清領、日治以及戰後，不同時期的文學現象，我們一方面彰顯其宏觀性，對於文學與政經環境的對應關係，重要的思潮、社群、流派與論爭等，都放大特寫；另一方面，對於在特定的歷史條件下所形成的作家群體、時代文體、特種文類等，亦將盡可能做到細部觀察。

　　「台灣文學史長編」的編寫計畫，在前人豐厚的基礎上，有學界朋友熱情參與，相關同仁敬謹任事，故能順利推動，預計在 2012 年年底，整體呈現群體努力的成果。世事多變，時間從來都不會停下腳步，只希望當文學在浩瀚的空間穿梭之際，人們不要忘記前輩先賢用心回應變局、織句裁章的苦辛，我們將記下他們心靈的歷史，期待下一輪文學的輝煌盛世。

國立台灣文學館　館長

李瑞騰

編輯說明

一、「台灣文學史長編」（以下稱「長編」）總計33冊，以台灣文
　　學發展時間為軸線，編列各冊順序，以阿拉伯數字表記，分次
　　出版。

二、「長編」各冊皆為獨立著作，每冊皆有「長編」總序、文學年表
　　（台灣原住民口傳文學除外）、參考資料及作者後記。

三、「長編」各冊體例力求一致，惟尊重各冊作者書寫風格、部份用
　　字及符號習慣。

四、「長編」各冊依作者視內容訂定「延伸閱讀」或「延伸學習」，
　　放置章節之末，部份因全書結構之故，統一放置於參考資料中，
　　提供讀者參考。

目次 CONTENTS

第一章

序言

第一章
序言

文藝陣線的民族國家總動員──台灣五○年代的反共體制、戰鬥抒情與軍中作家

　　反共文學與戰鬥文學是台灣五○年代最具代表意義的文學類型，反共與戰鬥實為一體兩面，既反應黨國的政治意志所在，也可看出作家個體在國家道德與政治權力秩序影響下的集體文學意志向度。不管是反共或是戰鬥文學，作家書寫創作背後所聯繫──或現代主義、或寫實主義的美學價值觀，既不獨立於經濟社會的客觀條件之外，也不必然能擺脫政治歷史環境，而彼此與之產生相互競爭主流的對峙。反共／戰鬥文學既作為台灣五○年代的時代文學，可以看到當時的政治力在題材內容上如何影響文學，而文學又如何在美學價值的選擇作出對應。

　　從歷史的角度來看，反共文學主導台灣五○年代所立居的時代文學地位，一方面中止了台灣文學與知識分子在日治時期以來，與日本殖民母國之間既抗衡、又糾葛的發展現象，可是，文學與政治的複雜曖昧，以及強調單一群體勝於個體的文學價值觀，並不會一直受制於政治力的控制或影響下，仍會因不同的政治、經濟、社會等客觀或主觀條件的改變，而介入不同的歷史認知評價，這是我們在回顧時代或政治文學時，必須暫先擱置政治情緒與價值判斷的主要理由。所以，

盡量以客觀的角度去理解文學歷史的生成：反共文學是如何在國共黨爭的歷史發展過程中被推進、然後生成出來，而它與國民黨堅持的歷史正統之間所形成的結構關係，又是如何被包覆在反共意識之中。

上述兩個觀察與思考點，使我們在事過境遷、有更多政治選擇之後，仍可以平心靜氣去看待國家政治意志與文學意識導向之間的權力關係，也驚覺：反共／戰鬥文學不必是台灣文學主體發展歷史之原罪；政治與文學透過權力彼此互滲的現象，也不必只存在這個反共抗俄的年代，而是隨著不同場域的權力分配，調整其樣貌、其論述、甚至決定其生態。

我們對台灣五○年代文藝體制形成的觀察，發現政治力主導文藝發展，只是表面的現象，如何超越表象，考察「反共文學」在中國現代文學史中漸次生成的軌跡，「反共文學」因之是一個現象，也是一個概念。除了來自本身在歷史發展中所帶出的條件因素外，也會與當時社會結構共同合謀，而決定其發展的質性。政治力雖然是構成發展的主因，但這並不能解釋仍有許多作家願意投入反共創作的「真心」或是「時勢所及」──真正令人驚訝的，「反共」意志所指涉的建國意識形態，以及對於體制內成員與作品所產生的制約影響力，遠遠超過我們所能預期的範圍。反共文藝論述提供了上述反共文藝體制的最大特徵，不僅僅是從上（黨國）而下（民間文藝團體）的動員方式，還包括從意識到利益共犯結構的建立，以及從建國意識形態，限制體制內文學藝術價值觀的美學獨立性與多元性，並且透過文學作為政治真理實踐的知識論述，爭取認同對象等向度。

因此，本書的史論進路，雖然是從體制與文類生成之間的文學

社會關係作為觀察詮釋基礎，但在結構上，並不追隨學者張誦聖以文學場域與文學體制之互動為觀察思維，根據雷蒙・威廉斯（Raymond Williams）「主導文化」，「反對文化」、「另類文化」理論，架構戰後台灣戒嚴時期的模式，主要的理由在於：台灣五○年代的反共文學不僅是國民黨政權透過國家文藝政策所主導的政治文學類型，甚至為了推動文類的創作而，不惜以國家黨政經濟資源，成立帶有現代體制色彩的半官方民間文學社團組織。從文類來說，反共文學截斷日治時期以來台灣新文學傳統，以國民黨三民主義建國意識與中華民國在台灣歷史現實的雙重性，重新建立一個全新的政治文學規範；從文學體制來說，透過文藝政策指導與黨國資源輔助成立的文學社群組織，不僅網羅多數當時外省籍作家，也因擁有大量文學出版資源，而儼然形成一個新的文壇勢力，取代日治時期以來即與日本保持關係的台籍作家位置。

如果以「主導文化」、「反對文化」、「另類文化」的文化理論架構，討論台灣戒嚴時期的整體文化結構，並以此來類比五○年代，雖然可以看到文學場域與其它社會場域互動之下，文化結構所呈現的「共時性」，也可以清楚作出國民黨以政治權力介入生成的「反共」文化，之後交棒給現代主義思潮的反對文化，以及排除知識分子之外、大眾文學，另類文化等詮釋分類。不過，威廉斯畢竟是以英國社會為主要觀察對象，不管是主導文化、反對文化、另類文化，結構之間的生成互動關係是「平行」，而不具有彼此「從屬」的因果效應，這是我們觀察五○年代反共文學、現代主義文學、大眾文學在反共文學體制中的共時性過程，不能不注意反共文學歷史現象中，從反共文學價

值觀與其半官方體制所鬆綁的「有限性自由」,是如何為現代主義作為「反動」而非「反對」的立場,埋下成長的空間,也看到反共家國論述所依附的文學道德價值觀認同,以及文藝運動是如何壓抑所謂的商業文學,將原本以經濟市場為生產原則的大眾文學,漸次導向健康寫實的「純文學」。

反共文學與其體制在台灣五〇年代文學場域生成過程時所形成的主導性,並不能僅從國民黨失守大陸而撤台反共的消極歷史原因,或由此斷裂台灣新文學的對立立場論斷其歷史功過。反之,積極地從反共文學與文學體制是如何在其政治文化結構中所聯繫三民主義建國意識形態,進而作為國民黨在台建國／復國之精神工程而因之生成的詮釋立場,對於戰後其它文化結構生態的生成或是變化,都可以具此提供論述詮釋的原型或基礎的理解模式。換句話說,「反共」在五〇年代國家文藝政策作為此年代的主導型文學或政治文化結構,都不能忽略政治建國意識形態對滲透或形塑其它文化結構的影響。

此外,反共文學在中國現代文學史中,所承繼的國民黨右翼建國路線的意識屬性,從「在地」觀點來說,反共文學畢竟是國民黨內戰失利撤退「台灣」後,以國家文藝政策、經濟支援文藝機構、文藝出版所帶動的文類成果。國民黨政權的介入,奠定台灣1949年之後以外省籍作家為主的文壇發展基礎。日治時期即開始發展的台灣新文學傳統與文壇作家,因政權更迭與語言轉換等現實因素阻礙,暫時被排除在五〇年代新興主流文壇之外。但是,文學場域的運作仍有其文藝自律原則的存在,因此,當政治權力漸次消退,文壇也會產生世代交替現象,開始從政治性原則轉向文化性或美學性原則發展,少數具有

流利中文寫作能力的省籍作家，使能透過投稿應徵文學獎項而進入體制。

　　再從體制生成的角度來看國民黨政權與五〇年代反共文學之間的關聯性，我們會發現，國民黨官方透過與文人建立合作關係的社會控制方式，從中輔助「中國文藝協會」（以下簡稱「文協」）社群組織的建立；文協社群即在「官方主導──民間配合」的原則下，獲得國家政黨政權的支持而間接取得公民社會的「文化霸權」，反共文學即是其中最具政治意識形態意義的主流發展文類。然而，除了官方政治實體與民間文學社群的合作模式之外，（執）政黨透過國家政權支配自由經濟市場與社會發展的「不均衡現代化」現象，使得台灣五〇年代的現代文學體制建置過程中，具有融合西方資本主義與社會主義兩種文學社會體制的特殊性。

　　這種文學體制的特殊性，使得文學生產與文化再製，既未發展出涇渭分明的文人圈與大眾圈，也未被完全納入國家體制之下。影響五〇年代文學體制的發展，必須以限制性為前提，才能保有自主運作的原則。也就是說，文人圈可以根據藝術自主原則發展，大眾圈可以依循市場經濟原則運作，但兩者的文學與文化生產，都被限制在相容於國民黨建國意識形態的範圍內。以政治意識形態限制文學與文化的自由生產，成為黨國體制對台灣五〇年代文學場域發展的運作邏輯。

　　「文協」社群以維護或相容於國民黨政治與文化意識形態的文化資本，掌握（以外省文人圈為主的）文壇資源，也因此成為台灣五〇年代文學場域中具有支配權力的行動者；但權力的取得，來自於接受國民黨官方指導的互利關係。因此，文學與政治在權力場域，形成文

學從屬政治的關係。然而在階級關係的社會場域中,「文協」與國民黨之間意識形態的相容性,又具有平等的對應關係。三大文藝運動可以視為「文協」社群與國民黨在五○年代文學場域最重要的共同行動。此三大文藝運動分別是:1951年軍中文藝運動、1954年文化清潔運動、1956年戰鬥文藝運動。「文協」、國民黨是三大文藝運動的行動者,在文化資本與政治資本互為照應的合作關係中,都佔有核心的權力場域位置,依循國民黨《三民主義》原則的建國藍圖,進行現代化社會的改造工作。

這些計畫性的階段運動,持續顯現出將文學轉化為政治綱領的意圖,雖然不是每一個運動都能成功或持續發揮作用力,但在這複合型文學體制中的「不均衡現代性」生態現象,分別被突顯出來:(一)軍中文藝系統在國家體制的保護下,可以直接生產中國右翼民族主義意識形態的文藝作品;另一方面,與「文協」的良好互動,使得軍中作家可以個人身分在文壇從事創作,發揮持續性的剩餘影響力;(二)強化文人圈創作者在文學體制的權力菁英位置,將大眾圈創作者排擠到體制邊緣,兩者之間保持不對等的非平行關係;(三)國家文藝政策背後所內蘊的建國想像與現代社會場域之間發展過程,兩者所面對的本質性矛盾。

三大文藝運動在反共文學體制中,所突顯「不均衡現代性」的生態現象,根本原因在於:國民黨訴諸儒家文化秩序的建國意識形態、以及援引美式資本主義作為國家現代化技術之間的衝突,使得國民黨政權高度依賴政治控制的技術,以統合社會發展。但這也暴露出以文化民族主義為核心理念的建國意識形態,無法整合現代化過程中,社

會場域與場域之間必然朝向分化發展的結構性發展。

　　另一個五〇年代反共文學的附帶生成現象，就是軍中作家的崛起。軍隊作為國家體制之重要系統，在保家衛國的責任之外，由國家長時間以大量經費發展軍中文藝、並有計畫培植軍中作家，著實是世界各國少見的特殊現象，因此，軍中文藝也就成為台灣五〇年代發展反共文學過程中，唯一隸屬於國家體制的特殊系統。不可否認的是，軍隊確實是當時反共文學作品的重要生產來源，但是，軍中作家與其他經歷五〇年代的作家一樣，並不適合與反共作家畫上等號，或統稱性地以「反共作家」視之。因為或多或少乃因個人政治立場、時代之需等不同理由，而選擇以反共相關題材來創作。本書在章節安排中以「軍中作家」名之，只是因為這些作家普遍都有軍旅背景，故而稱之。

　　特別需要澄清的是，文學的創作既會受到時代脈絡、歷史條件之客觀因素影響，也會因個人氣質、文學價值觀、創作理念等而有差異，更會有世代交替的現象產生。對於作家來說，創作就是一場與時間為伍的挑戰，即使有某些特定內容的書寫，也不宜將其定型為某文類作家。因此，本書中所提及的作家與文本，並不指稱他們是反共作家，而是因為這些作家在反共文學的脈絡裡，具有可引之討論的代表性作品。

　　本書除第一章序言與第八章結論之外，第二章到第六章的主要論述重點是概念的生成及與其對應的現象分析，透過政治意識形態、文學史與文本敘事等三個面向，重新審視反共文學與文學體制在五〇年代的發展全貌、文學敘述與歷史敘述之間相互對應的辯證關係，以

及對台灣文學生態的影響，最後併在第七章介紹軍中文藝與作家的概況。

第二章

反共必勝、建國必成
——文學體制與時代文學

第二章
反共必勝、建國必成
——文學體制與時代文學

　　反共文學成為台灣五〇年代的主流文學，可以說是國民黨政權主導中國現代民族國家、在特定時空條件之下的驅動結果——也就是我們現在所理解的「中華民國在台灣」，「反共」即是當時「中華民國在台灣」所背負的歷史使命。

　　相較於四〇年代——台灣尚處於日治殖民時代所生的皇民文學，雖然兩者因各自外於不同的國族認同與歷史生成背景，而不能放在同一個平台作類比，但如果從這兩者都透過「國家」與「國民」在政治位階的主從關係，各自以政治力直接與間接影響文學生態來看，反共文學可以說是台灣文學在歷史的發展中，第二次經歷的「國家文學」。不同的是，「皇民」要求台灣人以獻身認同殖民母國的大和民族國家，「反共」則是台灣在日本戰敗回歸中國之後，因大陸地區發生國共內戰，共產黨取得中國現代民族國家建構主權、國民黨被迫遷台的歷史演變結果。

　　1949 年 12 月 7 日，國民黨的南京政府（以下稱國府）在國共內戰中頻頻失利，國府因此正式宣布遷往台灣，以台北為臨時首都，行政主權只剩下台、澎、金、馬地區，中國共產黨在中國大陸境區正式成立中華人民共和國。

　　從 1945 年二戰結束到 1949 年國共內戰為止，從中國大陸渡海來

台的作家大體分成三種類型：（一）三○年代資深作家；（二）戰前即生活在中國大陸的台灣省籍作家；（三）四○年代末隨國民黨政權來台、支持國民黨的作家。第一類型作家或從二○年代開始，或在三、四○年代即已從事文學活動，許多人在文壇上享有盛名；例如：許壽裳、李何林、臺靜農、黎烈文、李霽野等；第二類型作家多出生於台灣，而後於日治時期到大陸求學、工作；例如：洪炎秋、張我軍、林海音、鍾理和等。第三類型則是與反共文學關係最為緊密的作家群。

　　南京政府正式遷台之後，國民黨政權以中華民國在台灣的國家形式，繼續宣告對中國的「唯一」正統治權，「反共」成為國民黨維護政權的策略，「抗俄」則是國際局勢美蘇冷戰結構下的另一國家方針。為了讓人民支持反共抗俄的國家政策，國民的精神建設不容忽視，反共文學就在這種氛圍下，有計畫性地被提出，成為五○年代國民黨政權積極推動的國家政治文學。「反共必勝，建國必成」這個眾人耳熟能詳的口號，就是國民黨在台灣、以民族革命形式完成統一中國的核心思維與歷史使命。

　　值得注意的是，反共文學雖然是透過政策推動，甚至促成整個時代作家集體創作的趨向，但在推動的過程中，「反共」不只是國家政策，也等同於國家理念，因而反共文學在當時是以國家理念的正當性取得文藝作家的認同，也成為為何多數反共作家都將共產黨理解為「國仇家恨」、而能理直氣壯地反共的情感邏輯。我們必須了解：當時所能理解的個體與群體的普遍觀念並不是公民與社會，而是國民與國家，國民與國家之間所形成的是從屬關係，而非公民與社會的對等關係。此種國民與國家之間的從屬關係，決定了國民主體來自於國

家身份認同的基本倫理思維，甚至被強化為基本道德。

　　因此，訴諸於國家理念的文學價值觀，使得反共文學在當時不僅以政治正確而取得發展正當性，也使得反共文學本身即潛藏著作家的創作個體與國家理念必須協調一致的前提。也就是說，反共政治理念作為內容表述優先於藝術形式的文學思維，會突顯出一種文學發展向度的選擇：文學創作究竟是以個體為目的、抑或是以群體為信念？

　　這個提問很類似中國三〇年代作家群所提出的：「為藝術而文學」、抑或「為人生而文學」等價值判斷問題。反共文學在創作目的上則傾向兩者的協調：文學創作雖然是作家的個體行為，但個體作為國家群體的一部份，應該以追求國家利益（包含國家理念）最大值為目的，進而取得作家必須以個體效力國家的群體倫理、甚至強化為道德基礎的合理性。

　　從這個觀點來看，民族革命、建國理念作為反共文學——在當時這是帶有國家政治性質的時代主流文學——的驅動邏輯，以致要求作家透過創作獻身愛國，以此與反共之間所能互證互明的黨國正義與國民義務。從這個詮釋觀點來看，反共文學可以說是五〇年代作家在黨國政治推動的「國家理念」下的愛國文學。

　　但是，光有號召作家反共的倫理道德與愛國情感，並不足以解釋為何反共文學能發展為集體性的創作成果，必定還有需透過在機制的建構，才能坐收實際的效應。關於這個部份，國民黨政權在當時大抵採取以下兩種模式：（一）社會層面：透過「官方主導——民間配合」的模式與知識分子合作，並共同設置半官方組織，以利推行國家文藝政策；（二）國家層面：發展軍中文藝系統，以文藝的革命精神強化

革命軍的戰鬥情操，讓軍隊貫徹反共建國意志。

　　藉由計畫性的文藝政策輔助反共文學的生成，來自於國民黨對兩個歷史經驗的檢討結果：（一）共產黨在三〇年代就已經計畫性控制文壇，使得文藝知識分子為黨服務；（二）抗日民族統一戰線的國共合作時期，文藝知識分子在共產黨的指揮下，利用國民黨組織的力量，將共產思想滲透到一般民眾意識中，從農村到城市，間接導致國民黨軍政勢力的崩盤。透過這兩個經驗教訓，國民黨的領導高層意識到文藝政治化與鞏固政權之間的密切關係，而文藝政治化的具體施為必須借助知識分子的推廣力，才能得到普遍的支持。

　　1950 年，張道藩奉蔣介石之命先後成立了「中國文藝協會」（以下稱「文協」）與「中華文藝獎金委員會」（文獎會），這是主導台灣五〇年代反共文學發展的兩大組織。「文協」與「文獎會」「半官方」化的社群性質，成為當時文學體制的發展基礎。張道藩對文藝與政治的認知，使得他在領導國民黨文藝政策時，並不將文藝直接納入國家體制中，而是藉助與文藝知識分子的合作關係──官方主導、民間配合的機制，取得文學生產的支配權。在這個過程中，國家對國民所要求的倫理道德正當性，也成為提供社會「正面、保守、尊重道德教化」主導文化的意識型態基礎。

　　以「半官方」化的文學社群組織執行國家文藝政策，除了影響文學的發展原則，程度性地決定於執政者的政治、文化意識形態與社會控制之外，還顯示文學的發展規律被安置在一種政治效能價值勝過藝術美學價值的文學意識形態之中，這對形塑主流文學價值觀的思維邏輯，具有極大的潛在影響。

　　總體而論,「反共」就歷史現象來說,是國民黨政權在五〇年代維持「中華民國在台灣」國家現實、以及延續國共內戰歷史發展的情勢結果,而反共文學則就可以說是黨國政治情勢之下的時代生成物。

　　要客觀地了解反共文學,首先要了解推行反共文學的主導者張道藩。

　　對孫中山《三民主義》的信仰,以及(蔣介石在反對孫中山容共態度下所繼承的)國民黨三民主義建國意識形態,是張道藩主張文藝與政治之間能彼此協調的論述基礎,也影響了他個認為文藝與政治必須相輔發展的主張。

　　起初,國民黨並不關心政治文藝的問題,也並未特別注重政治文藝的影響效力;國民黨文藝知識分子以論述或行動對抗左傾或共產黨文藝知識分子,都是被動的。直到對日抗戰期間,郭沫若等左翼與左傾文人透過合作關係所展開的國家文藝發展雛形,以至抗戰勝利後,國共內戰失利而退台的總反省檢討,才讓國民黨真正意識到文藝與政治之間微妙但重大的傳播效力。

　　這個歷史過程,從 1943 年國民黨通過的「文化運動綱領」初始,延宕至國共戰爭失敗來台後,張道藩奉命成立「文協」與「文獎會」,是國民黨第一次有計畫地主控文藝政策。推動文藝政策過程所發展出的「半官方」組織化的文學體制,顯示國民黨越來越重視文藝政策,以及透過文人合作——而非直接使用國家暴力的柔性模式。

　　透過歷史現象的溯其源流與發展軌跡,我們可以看到反共文學在當時被推動的合理原因。這樣的觀察與思維角度,有助於讓我們避開個人在政治或國族的認知下不自覺採納的主觀詮釋路徑,在探問現象

的同時，也看到反共文學之於自身的歷史邏輯。我們可以從反共文學
的前歷史、反共文學機制的形成與體制組織、軍中文藝系統的建立、
反共文學的生產出版等四個向度，獲得較完整的認識。

一、反共文學的前歷史

　　國民黨之所以提倡「反共」國，基本上可以追朔至國共兩黨在中
國現代史中，既彼此競爭、但又不得不彼此合作的矛盾關係上。這個
省察角度，讓我們發現：要探究國民黨的「反共」，不能僅停留在被
迫失去大陸政權的歷史現實，而必須從蔣介石繼承孫中山革命意志後
不得不反共的立場來看；這與國共兩黨以黨爭形式爭取現代中國統治
權的過程中，兩黨站在不同階級立場所堅持的黨國民族主義理念，息
息相關。

　　簡單回顧兩黨在文學歷史上的衝突背景：1927 年國民黨施行「清
共」，國共第一次合作破裂。1930 年「中國左翼作家聯盟」成立，正
式成為中國共產黨的「同路人」組織，1936 年遭國民黨強制解散，之
後以「中國文藝作家協會」延續反帝、反封建的歷史現實，主張以文
藝實踐民族解放的自由。1937 年，中日抗戰爆發，基於中華民族共同
抗日的情緒，左翼與左傾知識分子協商右翼知識分子共同組立了「中
華全國文藝界抗敵協會」，開啟國共在第二次合作關係中的「文藝統
一戰線」。

　　在上述三○、四○年代國共分合政治背景中，國民黨知識分子先
後發動二次民族主義文藝運動，對抗共產黨知識分子的無產階級文學
革命理論，試圖取回文壇的主導權。在這二次文藝運動中，他們試圖

從論述開啟以民族主義為中心的文學思想，但從第一次宣言式的思想論述到第二次引進西方理論，都未能改變文壇作家普遍左傾的現實。

第一次民族主義文藝運動發生在 1930 年 6 月，由黃震遐、范爭波、王平陵、葉秋原、傅彥長、李贊華、朱應鵬、邵洵美、汪惆然等人成立上海「前鋒社」，並發表〈民族主義文藝運動宣言〉。宣言一開始，就針對「中國左翼作家聯盟」的「無產階級文藝運動」表示強烈不滿，認為「中國文藝界近來深深陷入於畸形的病態的發展進程中」。[1]

接著嘗試從民族與文學的歷史關係為論述重心，說明中國新文學的形式改革並未能「正確性」地提出以民族意識為文藝實踐的中心思想，不但不能根除封建思想的殘餘影響力，還導致新舊文藝秩序的轉換致使「無產階級文藝運動」趁隙興起。這是中國現代文學論述中，（國民黨）右翼文學陣營首次明確揭櫫民族（國家）立場與文藝內容的關係，並以民族主義作為中國新文學發展的意識重心。

第二次民族主義文藝運動是在 1940 年，由民間的陳銓、林同濟、雷海宗等「戰國派」人士發起──該年 4 月，西南聯合大學教授陳銓、雷海宗和雲南大學林同濟等人在昆明創辦《戰國策》半月刊，截至 1941 年初停刊為止，共出十七期。同年年底，陳銓等人又在重慶《大公報》闢「戰國」副刊，繼續宣揚「戰國論」與「力」的哲學，人們遂把以陳銓、林同濟、雷海宗為核心的這個知識分子群體稱為「戰國派」。

1　〈民族主義運動宣言〉，收錄於《民族［文藝論文集》（台北：帕米爾書店重印，1976），頁 132-135。

　　「戰國派」以當時中國所面臨的民族危機與國家困境作為文學政治化與民族化主張的現實基礎，他們認為當前的中國就像中國歷史上的「戰國時代」，在「唯實政治」與「尚力政治」的「大政治」作用力下，必然導向一統的歷史潮流。所謂的唯實政治、尚力政治指的都是國家政治的實力，能夠具有真正實力的（政黨）才能擁有國家的領導位置。

　　「戰國派」的基本觀點，主要呈現二個面向的論證：（一）訴諸「戰國時代重演論」的歷史觀點，以戰國時代為走向大一統帝制王朝國家的必然歷史現實與發展的證明，對照目前中國對日抗戰的時代處境，提出中國必須成為一個中央（國家）集權的民族國家，來因應時代的處境；（二）援引叔本華、尼采等人的文學與政治思想，作為國民必須以個人意志來接受民族與國家意志象徵或實質力量領導的基礎，強調以民族意識為中心的文學價值觀。

　　1930、1940 年的民族主義文藝運動，顯示國民黨對於界定文學與政治之間關係與內涵的態度，有兩個重要關鍵：（一）民族國家優先於社會與個人的政治立場，以此排擠個人主義、社會階級矛盾的文學立場；（二）內容不能牴觸《三民主義》的建國意識形態。

　　這兩個關鍵說明：國民黨並不是直接採取以主義思想領導革命文學理論發展的態度，而是依據政治上的現實需要，如三民主義建國，作為決定文學發展的政治邏輯，但是這並不表示文學就沒有自己發展的自由空間，而是讓文學在所謂的「純文學」藝術性格與「正確的」政治選擇之間，透過人性互證得到一致性。可惜，雷聲大雨點小，國民黨文藝知識分子陣營的民族主義文藝運動始終未能成功抵制左翼文

學勢力的擴張。

　　除了抵制左翼文學勢力擴張所發動的右翼民族主義運動外，國民黨也有進一步的組織運作。1930 年 2 月，以魯迅為首的「左翼作家聯盟」成立；7 月，以國民黨中宣部重要幹部張道藩為中心的「中國文藝社」也緊接著成立，成員大多為當時發起「民族文學運動宣言」的作家。分屬左右陣營的文人雖然一直處在政治對立的狀態下，但是，在組織關係上，卻弔詭地不是如此壁壘分明：1937 年 7 月 7 日「蘆溝橋事變」爆發，中國隨之被迫展開對日抗戰，國民黨中央基於情勢，暫先結束長達十年的國共武裝對抗，展開國共兩黨合作。

　　1938 年 3 月 27 日，「中華全國文藝界抗敵協會」於武漢正式成立。4 月 1 日，國民黨軍事委員會設立政治部，由陳誠擔任部長，周恩來任副部長，負責政治宣傳工作的第三廳，經陳誠力邀，由郭沫若擔任廳長。軍委會任用郭沫若，一方面是基於國共兩黨共同抗日的合作關係，一方面以「文藝統一戰線」訴求，將郭沫若收編至國民黨的組織系統下，為抗日宣傳效力；國民黨高層認為透過郭沫若的文壇影響力，可以將過去不願公開表態的文人和作家，都能一致擁護政府的抗戰政策。雙方的合作直至「皖南事變」才結束。

　　「皖南事變」是國共合作抗日以來，最嚴重的一次武裝衝突事件。當時郭沫若領導的「文工會」第三廳成員，持續聯合反對國民黨專黨執政的知識分子，從事共產黨抗日民族統一戰線的民主解放工作，並且發動文化界人士支持共黨，公開以「文化界時局進言」進行表態。蔣介石對「文化界時局進言」大為震怒，急令張道藩、潘公展等追查，最後，「文化界時局進言」的撰稿者郭沫若與他領導的「文

工會」，正式於 4 月 1 日被國民黨解散。

在此之前，「第三廳」原先就已經透過改組，解除主控抗戰宣傳與策劃方案的主要執行工作，到不再接觸群眾的研究工作。蔣介石改組「第三廳」的「離廳不離部」的策略，原意是希望他們不要去延安，留任下去，繼續發揮擁護國民黨政權的作用。但郭沫若與其第三廳成員反而利用國民黨官方組織與資源，宣傳共產思想，使得國民黨高層開始注意到文藝對政權的重要影響。

為阻止第三廳成員繼續支持共產黨，1941 年 2 月 7 日，國民黨中央宣傳部「文化運動委員會」宣告成立。「文運會」在運作初期，以尋求第三廳成員在國共合作關係中對國府政權的支持為重心。直到1943 年，「文運會」改為直屬中央執行委員會的單位，不必受宣傳部的指揮。之後再加上「文化運動綱領」的通過，「文運會」正式成為負責文藝政策化的宣傳機構。

「文化運動綱領」顯示國民黨開始正視文藝與國家之間的關係，並決議採取政策化施為的態度來實踐。在這個文藝綱領中，可以看到國民黨對於落實文藝政策化的發展重點：（一）文學的三民主義思想體系化；（二）民族意識精神的發揚；（三）文化生產的獎金制功利導向；（四）學術的體制化。這四個發展要項，在「文運會」成立期間，尚未有機會展開運作，一直要到 1949 年撤台後，才開始落實。

「文運會」在這段期間的工作重點是宣傳。宣傳要項，包括張道藩的〈我們所需要的文藝政策〉、國民黨〈文化運動綱領〉等。為配合國府的文藝管制措施，也接連公佈「書店印刷店管理規則」、「修正圖書雜誌劇本送審須知」、「出版品審查法規與禁載標準」等法律

條文。當時，僅重慶一地便有千餘種書刊被禁，百萬種劇目不能上演。

國府強勢的文藝管制措施，激起非國民黨陣營的文化界人士的強烈反彈，透過各種管道批評。包括共黨「新華日報」的評論文章；郭沫若「文工會」主導進行的〈文化界時局進言〉；昆明文化界〈關於挽救當前危局主張〉，有聞一多、李公樸等三百一十四人簽名；成都文化界〈對時局呼籲〉，也有李劼等二百四十八人簽名。「文運會」的宣傳終不敵文化人士的反彈。這些大後方文化人士的不滿情緒，使得國府認識到文藝政策的施行，不能單靠強制性的立法查禁，還必須獲得知識分子階層的支持。對日抗戰勝利後，國共兩黨又陷入武裝對抗的局勢，國民黨的國家文藝政策也因之停擺。

一直到 1949 年，國民黨政府以「中華民國在台灣」的國家形式，繼續宣稱對中國的執政權之後，國家文藝政策才真正得以獲得全面施行的機會。基於過去歷史中國共合作的文藝組織經驗，以及文藝管制所引發的負面作用力，國民黨並未以「文運會」黨部系統的官方組織為文藝組織基礎，反而轉向以「半官方」性質的民間文學社團方式經營。「半官方」性質的民間社團組織形態，也因此成為五〇年代國民黨來台後，重新建立文學體制的基礎。這些「半官方」文藝組織社群與國民黨官方的合作關係，構成反共文學機制運作的重要基礎。

二、民間反共文學機制的形成與體制組織

接續上述的反共文學前歷史來說，反共文學之所以會導向「半官方」組織化的體制性結構發展原因，實在是與來自國民黨與文藝知識分子在國共分合歷史中的實際經驗，有極大關係。這些經驗包括：

借助與政治異己者的合作關係，以及黨部系統的直接組織控制兩種方式。這兩種方式雖然都遭到不同程度的失敗，但是也提供不少國民黨在 1949 年主導反共文學時的借鏡。例如，為了吸收郭沫若在文藝組織的動員能力，國民黨不惜以官方組織系統提供郭沫若足夠的資源，以期提高國民黨的政治宣傳效應，但是，卻未料想到一山還有一山高，郭沫若與其第三廳成員反將國民黨一軍，利用國民黨的宣傳掛羊頭（國民黨）賣狗肉（共產主義）；後來，國民黨雖然利用黨部系統的直接組織控制，化解郭沫若等人造成的窘況，而確保住國民黨政治意識形態的純粹性。但是，又沒想到官方組織系統的官僚化，使得文學的政治宣傳效應反而更難達到預期效果，最後只能依賴強制性社會控制方式解決，如查禁、逮捕等，以致激起非國民黨陣營的知識分子的不滿與反政治府情緒，造成更大的反效果。

因此，國民黨撤台之後，基於上述的歷史經驗基礎，開始正式致力檢討文藝政策的施行，以致促使張道藩在台主持「中國文藝協會」的時候，採用「半官方」組織的方式進行。所謂的「半官方」就是指：在排除政治異己者的前提下，積極透過互惠原則，與文藝知識分子建立合作關係。這樣的方式既可避免國民黨過去積習已久的官僚化弊病與官方直接控制的專權反彈，也能柔性吸收認同的知識分子，進而有助於間接協助政府，鞏固政權。「中國文藝協會」之所以是「半官方」組織的原因也在於此。

進一步地說，「中國文藝協會」雖然是透過國民黨官方的政治與經濟支持所成立的文藝組織，但就體制組織名義來說，仍是隸屬於非官方形態的「民間文人社團」，加上籌組「中國文藝協會」的高層幹

部，多數都是以個體的文化或文學知識分子身份投入組織，因此，並不能將「文協」視為是國民黨的黨政國家體制範圍之下，具有直接掌控權力的國家文學體制。但因為組織核心運作幹部本身多數與國民黨高層有極深厚淵源，所以「中國文藝協會」表面上是屬於民間文人所成立的文學團體，實際運作過程卻可以視之為由國民黨所主導。「文協」是在台灣五〇年代負責推動國家文藝政策的重要民間文學組織。就張道藩個人來說，這也是他長期以來，處理文藝發展在政治行為之間，保持相互平衡的一種方式。

　　這個過程發生了以下幾個重要事件：1949 年 11 月，國民黨中央宣傳部任卓宣代部長，邀請孫陵寫作〈保衛大台灣歌〉，刊登於各報；接著馮放民於新生報副刊，邀請作家、讀者參與「自由中國文藝界公開座談會」的聯誼會；1950 年，張道藩成立「中國文藝協會」與「中華文藝獎金委員會」；直到 1951 年，蔣經國發表〈敬告文藝界人士書〉，主導「文藝到軍中去」政策，使得支持國民黨政權的來台台文人，也緊接提出以戰鬥為核心觀念的文藝觀點，將反共的訴求轉為更需要激情支援的「戰鬥文藝」。不管是反共文藝或是戰鬥文藝，都可以反應出當時國民黨在台所瀰漫的政治作戰空氣，而中國文藝協會與其社群的支持，是不容忽視力量的體制組織。

　　「中國文藝協會」最初由張道藩、陳紀瀅、王平陵、王藍等人士發起並擔任常任理事。其團體成員組成前身為 1949 年 11 月由當時各報紙副刊編輯所成立的「副刊編者聯誼會」。

　　張道藩在國民黨中，屬於主持黨政系統的 CC 系文人。國民黨的 CC 系，指的是 central club，英文直譯為中央俱樂部，有指涉國民

黨權力核心之意。CC 系在當時是以陳果夫、陳立夫為主要領導者。此兩人皆為蔣介石的親信團，負責黨政事務。CC 系主張擁護蔣介石成為國家最高領袖。此舉獲得當時中國國民黨中央宣傳部張其昀、教育部長程天放、國防部政治部主任蔣經國、台灣省教育廳長陳雪屏等支持。文協成立後，大量網羅跟隨國民黨來台的作家、評論家，除各報副刊、雜誌等編輯從業人員之外，還包括藝術界、影劇界名人。

「文協」會章總則第二條指出：「本會以團結全國文藝界人士，研究文藝理論，從事文藝創作，展開文藝運動，發展文藝事業，實踐三民主義文化建設，完成反共抗俄建國復國任務，促進世界和平為宗旨。」從這個條章可以看出「文協」的成立，一方面是國民黨黨政針對失去大陸政權，就文藝政策面向的檢討結果；一方面則是藉此鞏固大陸來台文人對國府的信心，繼續支持國民黨的在台政權。國民黨對文藝的投入與支持，使得支持國民黨而來台的大陸文人，得以迅速在五〇年代的台灣建立一個新的文壇，並獲得主流「位置」，進而構築成一個龐大而繁複的動力網絡。

值得留意的是「文協」內部的仿黨制組織化的運作模式。所謂的仿黨制的組織化運作模式，指的是文協的組織系統並不直接依附於國民黨黨部，但可以透過黨制系統中的會員制，以及由上而下的領導方針，確保「文協」能配合執行國民黨的國家文藝政策。

從效能來說，黨制組織化的運作模式確實也帶來「文協」在階層組織與工作分明的優點。例如，理監事會負責主要會務計畫的推動與督導執行，實際會務則交由理事會處理；理事會採取常務理事值年與分工辦法，在理事會下設總幹事、副總幹事，又分設各組，聘請組長、

副組長，或設專任幹事等人專責。權力集中與層級分明的組織系統，有助於效率推動長期性會務，又可以保有相當的彈性可以推行各種文藝活動，提供社會各階層的一般民眾參與。

除「文協」的仿黨制系統運作的經營模式，國民黨對「文協」運作資金的提供，也是使得「文協」必須接受官方指導的主因。為了能有效確保作家與（黨）組織之間的互利合作的權力關係，「文協」的會員採取從嚴審理制度，並配合繼續組織版圖擴張的地方化經營方式進行。

「文協」組織的勢力從 1950 年發起時，只有 150 餘人的基本會員，至 1951 年有 415 人，至 1952 年有七百四十七人，至 1953 年有 934 人，至 1954 年約 1000 人，數年之中請求入會總人數約在 2000 人左右，直至 1960 年 4 月 20 日為止，才共有 1290 人。其中台籍作家會員約 50 餘人。「文協」的組織在地理空間的勢力，也從台灣本島北、中、南、東部，漸次擴大至海外華僑居地。成立的分會有台灣南部、中部、澎湖等三個分會，及台灣東部（花蓮）聯絡小組。

南部分會於 1952 年 3 月 16 日在高雄正式成立，曾因南部會員工作職務調動頻繁，以致曾短暫停止活動，後因居住南部會員日漸增多，再由尹雪曼、王書川、陸震廷、艾雯、顧東等人積極籌畫，於 1959 年 4 月 26 日在高雄恢復成立。

中部分會則經第九屆理事會決定，委請童世璋、郭嗣汾、宗由、李升如、張秀亞等人負責籌畫，於 1959 年 7 月在台中市正式成立。

澎湖分會則委請澎湖建國日報發行人顧蓉君、社長楊煥文負責籌備，於 1949 年在馬公市正式成立。此分會規模較小，雖然只有會員

四十餘人,但均為當地社會與軍中優秀文藝工作者。

　　東部地區則委請花蓮更生報發行人兼社長謝膺毅負責籌組,但因新舊會員登記與入會者未達規定人數,暫在花蓮成立東部聯絡小組,俟達到規定人數後,再成立分會,至於海外,也積極準備在菲律賓與港九等地區成立分支單位。

　　因此,「文協」的組織社群透過國民黨的經濟資源與政治力的支持,迅速成為當時文壇的文學權力中心組織,擔負起義務支持國民黨文藝政策與輔正社會風氣的社會責任。但是,「文協」只是社群動員的組織機構,真正能夠推動反共文學創作的另一個重要組織,其實是與「文協」並稱的「中華文藝獎金會」(以下稱「文獎會」)。

　　「文獎會」成立於一九五○年四月,也是張道藩在蔣介石的指示下所成立的一個文學組織。與「文協」不同的是,「文獎會」是一個強調以獎助作為文藝作家與國民黨合作關係的功能性組織。「文獎會」主要的工作是每年定期舉辦各項文藝獎,落實反共文藝政策,並且維持反共文學創作的質與量。

　　因此,「文獎會」的獎金制度、「文協」核心班底為主的評審群,成為維護、審理反共文學創作的重要推行機制。透過獎金的功利導向,可以人性地激發文藝知識分子投入反共文學的創作意願,而「文協」評審群所主導的審核權力,則可以有效篩選符合反共意識形態、或是不違背反共意識的文學作品。透過「文協」與「文獎會」的運作機制,我們可以看到當時的主流文壇與(國民黨)國家理念或政治權力相契合的依存關係。

　　除了「文協」與「文獎會」之外,國民黨資源所支持的文藝作家

組織，還包括1953年成立的「中國青年寫作協會」（以下簡稱「作協」）、1955年以女性為主的「台灣省婦女寫作協會」（1969年4月改組為「中國婦女寫作協會」）。「作協」的成立，由「文協」的馮放民、姚夢谷、劉心皇等，與中國青年反共救國團文教負責人包遵彭、楊群奮等發起。宗旨與「文協」相仿：「本會以團結青年作者，培養青年寫作興趣，提高寫作水準，建立三民主義文藝理論，加強反俄抗共宣傳為宗旨。」

「作協」是國民黨黨政與軍政系統文人合作下的文藝組織，吸納對象的階層，以在學青年為主。「婦協」則是以女性作家為主，　成立宗旨，也是配合國府反共復國政策為前提，以資加強政府的反共抗俄宣傳，但僅作為附庸性質存在。五○年代女性作家的文學創作在當時的「反共」或「戰鬥」為目的的主流文學中，是被列入國家秩序底下的「家庭」範圍。

「作協」不同於「婦協」的附庸性質，而是作為「文協」培養文學世代的從屬組織。「作協」的領導階層，包括杜呈祥、趙友培、馮放民、劉心皇、葛賢寧、呂天行、鍾鼎文、覃子豪、尹雪曼、王臨泰、王平陵、魏希文、林適存、郭衣洞、宣建人、楚軍等人。這些委員透過「作協」的運作，確實也提供不少文學新世代可以嶄露頭角的機會。

一般來說，「作協」因具有協助國民黨的文藝政策向下推廣的功能，以及號召青年學生與社會青年成為黨國革命人力資源的政治功能，因此，會員制並不像「文協」那麼嚴格。「作協」的會旨就明確召示：「中國青年寫作協會，是中國青年文藝工作者適應時代需要的結合。領袖昭示我們『團結才有力量』。本會所負的任務，就是要團

結全國青年，成為一支堅強的筆部隊，共同完成國民革命第三任務而奮鬥。」[2] 除了團結青年，「作協」負責工作重點還包括：協助軍中文藝發展；加強文藝書刊出版；培養研究風氣、建立文藝批評等。

透過「文協」、「作協」、「婦協」等社群組織系統的運作，參與其中的作家也逐漸形成台灣五○年代的主流文壇中心。雖然這些組織透過合作關係而與國民黨的黨政系統有所聯繫，或者是在政治立場上支持國民黨，但因為這些社群並未被直接納入到國家體制，還是以聯結作家個體的民間社團形式進行，作家的創作與活動也因而保有一定程度的個體或團體自由。

相對於文協社群的民間社團形式，直接被納入國家體制下發展的文藝系統是軍隊，也就是所謂的軍中文藝系統。軍中文藝由國民黨軍政系統所主導，當時的負責人是總政治部主任蔣經國。提倡軍中文藝有兩個目的：一是藉由文藝思想強化國民政權的革命力量；一是希望能從軍隊中培養屬於黨國的作家群。所以，軍中文藝的發展比「文協」社群更見計畫性與持久性。

三、國家體制的軍中文藝系統

軍中文藝的提倡，一開始是從與文藝知識分子的合作關係開始，之後再獨立運作。五○年代初期，「文協」為了響應國防部總政治部「文藝到軍中去」的號召，漸次展開具體施為。包括：倡導推展軍中文藝工作、舉行軍中訪問慰勞活動、協助推行軍中文康工作等。其中以倡導推展軍中文藝工作，最為重要。

2　中國文藝協會，《文協十年》，頁141。

　　「文協」所參與的相關活動包括：1955 年 3 月由總政治部與〈軍中文藝〉月刊所舉辦的戰鬥文藝筆談與座談會，以及 1956 年，將〈軍中文藝〉改編為〈革命文藝〉的儀式化象徵行動；1958 年軍中與社會文藝作家組成「文藝作家前線訪問團」，參與八二三炮戰的實地訪問寫作，合集為《井與燈》小說；1959 年，訪問馬祖前線，彙成《海與天》專輯（《井與燈》姊妹作）；1960 年「以軍作家」的主題寫作、軍中作家集體接力創作的《明天》。

　　在這些活動中，「文協」除了提供推行軍中文藝的具體辦法與理論之外，對於協助 1956 年國府所推動的全面性「戰鬥文藝運動」，也形成相當助力。這個助力不僅使得國軍推行文藝政策所培植的軍中作家，能更積極參與國府建設「健康」社會的工作外，還影響軍隊成為所有社會階層中最能保持運動效能的文藝系統。

　　國民黨對軍中文藝系統的重視，顯示國家領導單位以政策指導文藝發展的直接性介入作為，與透過文協社群主導民間社會文藝創作的間接性介入作為，相互支援配合。軍中系統與「文協」社群也因此成為當時執行國家文藝政策的兩大文學權力組織。

　　軍中文藝與社會文藝的相互結合，是國民黨在五○年代時期所確立的國家文藝政策方向，但軍中系統的文藝生產較「文協」社群更被國民黨當局所器重。除了舉辦文化康樂大競賽與各種文藝活動之外，創設軍中文藝獎金與發行軍中刊物，是當時最能積極培育軍中作家的兩種方式。軍中文藝刊物的發行，為當時軍中作家提供了充足的創作發表空間，而軍中文藝獎金的設置，除了提供投入文藝創作的經濟誘因外，還能直接篩選出優秀的軍中作家。這些優秀的軍中作家，也因

得獎而獲得文壇位置，影響力自然能從軍中再擴大到社會。

　　當時發行的軍中刊物包括：《軍中文摘》、《青年戰士報》、《國魂》、《勝利之光》。其中，《軍中文摘》從初期 1950 年不對外發行，「純粹為軍人服務，為軍人打算的新型刊物」；到 1953 年開始改名《軍中文藝》，轉變為「開闢軍人自己的創作園地」；到 1956 年再次更名為《革命文藝》時，更是「要使軍中文藝的力量和社會文藝的力量交流互注，以擴大革命事業的陣容」[3]。這個過程顯示，軍中文藝刊物的發行量與作家群已漸漸形成一支壯大的「筆隊伍」，這也是台灣五○年代最具代表性的文壇特色之一。

　　不同的是，「文協」社群是以知識分子認同國民黨政權為前提的民間文學社團組織，軍中系統的作家群則是直接執行國家文藝政策的行動者。因此，軍中文藝可以說是五○年代反共戰鬥文藝最重要、但也是最保守的官方思想與行為支持系統。不過，官方的要求僅在於文藝政策所指導的思想內容，在推行的過程中，並未完全嚴格限制文藝形式與內容的彈性。作法與「文協」社群組織的建立一樣，也傾向以鼓勵的彈性方式處理。

　　國民黨執行文藝政策的柔軟彈性，使得軍中文藝與民間文藝都被確保在「國家政策主導──個體配合執行」的發展模式之下。也就是說，在不違背國家政策所主導的文藝發展方向的原則下，作家仍保有一定程度的個體創作自由，以及彈性的藝術自主原則。這個有原則限度的自由，保留住文藝發展可以由量化轉向質化的進步空間。

3　轉引自應鳳凰，〈五○年代文藝雜誌概況〉，《文訊》213 期（2003.07），頁 30-31。

　　總括而言，軍中文藝系統在國家體制的保護下，獲得了重要的發展位置，也造就了對文藝寫作有興趣的軍人，可以獲得發展文藝創作的機會而成為軍中作家，更因為軍中文藝系統與「文協」社群之間所保持的友好關係，使得軍中作家不單只是國家文藝政策的集體執行者，許多優秀的軍中作家也能因此從軍系轉往「文協」社群所建立的文壇位置移動，兩者之間具有一種微妙的互動關係。

四、反共文學的生產情況

　　在時代政治影響之下，文協與其社群組織，以及軍系作家大規模地投入反共文學的創作，是可想而知。尤其是文協，除了台灣地區，也積極向海外僑地發展。但是，台灣與海外地區在文藝政治的訴求卻不一樣。台灣地區因處於反共抗俄的前哨站，反共的政治空氣較濃厚；海外華僑地區以香港為主，其他如：菲律賓、南洋群島、美洲等多數為西方國家的殖民地，這些國家的社會生活方式多為英美式，且受英美政治制度影響，文學創作不以政治為目的，而更重視個體的生活自覺感受。值得注意的是，當時集結在「文協」社群系統之下、非專業化導向的特殊文學生產現象，一是以個人為單位或友人集資合作的出版商現象；一是個人兼有作家、媒體發行人、編輯、出版商等多重身份的生產機制。

　　在出版商方面包括：張道藩主持的「文藝創作出版社」；陳紀瀅、徐鍾珮、趙友培、耿修業等人組織的「重光文藝出版社」；馮放民等人組織的「群力出版社」；葛賢寧等人組織的「中興出版社」；施魯生等人的「文藝生活出版社」；潘壘等人組織的「暴風雨出版社」；

穆中南等人組織的「文壇出版社」；尹雪曼、駱學良、王書川等人組織的「新創作出版社」；吳曼君主持的「新中國出版社」；屠義方等人主持的「改造出版社」；李辰冬等人主持的「中華文藝出版社」；林適存等人組織的「中國文學出版社」；吳裕民主持的「暢流出版社」；陳紀瀅主持的「文友出版社」；王藍主持的「紅藍出版社」；鍾雷主持的「華實出版社」；浦家麒主持的「遠東出版社」；劉宜守主持的「明華書局」；任卓宣主持的「帕米爾書店」等。

　　除了作家兼出版商的雙重身份外，作家兼文藝刊物主持人或文學媒體主編，也是當時的常態：例如：主持《文壇》的穆中南、主持《亞洲文學》的王臨泰、主持《筆匯》的任卓宣、先後主持《中華文藝》的李辰冬及謝吟雪、主持《文學雜誌》的劉守宜；主編《文藝創作》的葛賢寧；主編《文藝月報》的虞君質；主編《幼獅文藝》的劉心皇；主編《寶島文藝》的潘壘；主編《自由談》的姚朋；主編《暢流》的吳裕民、王琰如；主編《晨光》的吳愷玄；主編《海風》的鄭修元；主編《群星》的尹雪曼；主編《半月文藝》的程大城；主編《野風》的師範；主編《現代詩》的紀弦；主編《藍星詩刊》的覃子豪、余光中；主編《今日新詩》的左曙萍、鍾雷、上官予；主編《創世紀詩刊》的瘂弦；《公論報》文藝周刊的何欣；《民族晚報》的孫陵；《新生報》的馮放民；《中央日報》的孫如陵與耿修業等。一般性綜合雜誌而內容亦特別注重文藝的有：趙友培主持的《中國語文》；錢江潮主編的《自由中國文摘》；梅遜主編的《自由青年》與《當代青年》；王宇清主編的《戰鬥青年》；史紫忱主編的《中國一周》；王文漪主編的《婦友》；李青來主編的《中華婦女》；狄介先主編的《中國勞工》；

石叔明主編的《路工》；魏希文主編的《民間知識》等數十種。

　　從上述這些的文學出版與文化生產機制現象，可以看出當時國民黨以國家權力介入民間社會文藝發展以形成主導文化氛圍。也就是說，政治權力篩選單一政治傾向的文學社群之後，不僅可以確保此文學社群分配資源的獨占性，也給予社群成員實際文學生產的彈性空間。這也是「文協」為中心的社群之所以成為當時主要的文壇新興勢力，並迅速取代日治時代台灣文壇的原因之一。當然，除了少數能夠克服語言障礙的台籍文學知識菁英之外，「文協」社群組織的成員大多以隨國民黨政府遷台的文藝／文化知識分子為主。取得「文協」的社群身份就像是擁有了當時台灣文壇的入場券，有了更多能夠發表作品或直接出書的機會與優勢，如果還能成為文協社群的主要成員，則可以保有更多彈性自主的生產主導權。這也使得文學作家在當時想出書，如果不參加國民黨主辦的文藝獎項，像是「中華文藝獎金委員會」這種每年定期提供的徵文與集結出版機會，另一個選項就是作家自己成立出版社，出版自己的書。這種以會員個體為單位的彈性主導生產機制，造成作家兼出版商兼編輯多重身份於一身的非專業分工現象。雖然與執政黨經由政治力分配文學權力獨占的體制性格息息相關，但這種機構組織化卻未能趨於專業分工導向的特殊體制，也顯示出文壇主流或菁英成員獨占文學生產的場域權力。不過，也因為這種半官方的文學體制，文學創作也難完全脫離政治而完全自主發展，以致於台灣地區的反共文學的質量生產，較海外地區更高度帶有文學政治化的傾向。

　　海外地區則以香港為中心，在文學生產方面，較台灣更具有傾向

文學藝術自主性的特色。之所以會產生這樣的異質性，與兩地不同的文學體制有很大的關聯。

　　台灣地區的體制性文學生產因「半官方」或「官方」的特殊性，與國民黨的建國意識形態必須具有政治意識形態或文化意識形態的相容性。但「文協」社群的海外組織，因置身於沒有建國歷史氛圍的海外華僑地區（香港、菲律賓、南洋群島、美洲等）——多數屬於西方國家的殖民地，深受英美生活與政治制度影響，對文學的藝術自主原則有較高自覺，也獲得較好的質量平均性。

　　必須說明的是，海外的反共文學與台灣的反共文學，仍有文學上的政治文類與文學的政治意識形態的區隔程度。政治文類指的是：創作者以個體單位為主，在公民社會中的文學體制中，發行有關政治內涵的文學類型。文學的政治意識形態則趨向於第三世界國家文學類型，而在建國初期，從傳統轉向現代化發展過程中，容易出現集體性的精神病癥，這個集體性精神病癥，以文學的政治化現象，最為明顯——以文學作為建國意識形態的實踐場域，使得審美性的藝術自主原則，往往雜相交融於一種預設性的政治立場或「主義」的意識形態。這使得文學創作往往被導向於總體的目的性與功能性的價值判準，而非個人獨立性為前提的審美價值判準。

　　台灣的反共文學因直接處於國民黨右翼中國的建國實踐歷史，以及政治力介入而帶有特殊性質的現代文學發展體制，因之所表現出來的特點，既是政治文類，但又具有高度的文學的政治意識形態精神病癥。海外的反共文學，則比較可以視之為單純的政治文學類型。其中以香港地區最為重要。

五、反共文學體制的特殊性

　　總體而論，「文協」的半官方性質，對國民黨官方來說，一方面避免四〇年代郭沫若在國民黨軍委會政治部第三廳與文工會時，左傾與左翼文人直接使用黨政資源的危害；一方面又可以避免「文運會」時期，官僚化所導致的效果不彰。透過黨政資源與文人政治合作的基礎，既可達到大陸來台文人的社會整合功效、避免共黨潛伏文人的滲透，又可間接主導民間社會的文化發展。組織的黨制化、以及透過組織平台吸納民間知識分子參與的合作關係，是國民黨對於當時文壇相當重要的控制技術。

　　因為「文協」的黨制組織化與合作關係的控制技術，使得文藝知識分子的創作個體或所屬的文藝社團被納入政治性操作，成為決定文藝知識分子階層的「作家」社會身份認同的前提。也就是說，透過以「黨制組織化」為前提的體制，才可以將創作個體性與所屬文藝傾向社團，轉化到以國民黨所認可的條件範圍，進而決定「作家」的社會身份。

　　國民黨提供「文協」社群的政治性與經濟性的文學資源，也使得「文協」的會員，不僅是作家取得身份認同的社會化儀式象徵，更可以晉身為「指導社會大眾」的文壇菁英階層，獲得「文協」舉辦的各種文藝研習輔導機構、各種定期文藝社會活動、倡導文藝創作及出版方面等文學活動的機會，甚至包括透過組織社群的連結而獲得的發表創作資源。這種基於互利基礎的合作或相容關係，也強化作家與（政黨）組織之間，共謀利益與權力的右翼保守性格。

　　我們因而可以看到：五〇年代國民黨的政治威權體制對於文學場

域的社會控制，並不是訴諸激烈的全面國家化體制形式，而是以政治力介入社會體制運作的方式，獲得主導公民社會的社會意識基礎，進而建立與建國意識形態相容的「主導文化」，作為公民社會自由發展的社會意識基礎。

這個社會控制來自於以政黨實體為主的執政階層與文藝知識分子階層之間的合作關係：政黨階層訴諸政治意識形態或文化意識形態的相容性，以政治權力決定文學知識分子在體制的發展位置，而進入體制的文藝知識分子則因此得到發展或控制文學媒體的權力。這使得文學體制與文學場域的結構關係，在文學歷史的發展動能上，隱藏排擠與收編（協商）兩種基礎特質。這種基礎特質與國民黨建國意識形態所預設發展的社會體質，具有密切關聯。

也就是說，反共文學作為反共文藝政策所大力提倡的文類類型，可以看到此文類背後國民黨對文學生產機制的介入與控制。透過反共文類的傳播，國民黨得以將延續（文化中華）民族國家命脈的「反共」正當性理由，視為是規劃現代文學在社會體制發展的積極內容與文學社會秩序。在這個過程中，「文協」的「黨制組織化」與「文獎會」的獎金制度，對「反共文學」的文學生產，起了重要作用。這兩個體制性施為，涉及到兩種不同制度的運作技術與邏輯。

前者來自於組織的系統控制，是共產社會實施制度的基本技術；後者則依賴於資金援助的功利導向，是資本社會運作自由經濟原則的人性邏輯。這兩者透過體制，成為「反共文學」生成背後的重要誘因，也構成「反共文學」的生產特殊性。

以埃斯卡皮的文學社會學作為這個特殊性的對照理論說明。埃斯

卡皮注意到，西方現代社會的文學生產制度與資本主義經濟市場邏輯的緊密關係。這個緊密關係使得文學傳播過程中的發表行為，創作被視之為脫離作家的獨立作品，進而促成出版商的出現。出版商在文學生產功能中，控制篩選、生產、銷售三道程序，出版商可以根據想像的讀者群與文學品味進行篩選。對於篩選的人為過程，埃斯卡皮提出文人圈與大眾圈兩種系統。前者會出現互相限制的連環篩選，包括出版商篩選作品、限制書商的選擇、書商的篩選、限制讀者的選擇：一方面由書商反應行銷部門，一方面透過文學批評，被出版商的編審委員所吸納，限制出版商日後選擇範圍，造成文學參與者的封閉狹隘圈。後者雖不具文人發行圈連續挑選的封閉狹隘性，但讀者的反饋作用難以存在，作品的主動控制權，掌握在出版商與發行者，除導致文學形式的衰退與質變，也使得大眾圈的文化自由喪失殆盡。

　　文人圈的出版發行，形成高度依循文學藝術性自主原則的專業文學體制，使得文學被侷限在受過良好教育與審美能力的小眾；大眾圈的出版發行，則因過度自由市場經濟為導向，而演化為「文化工業」，雖然因通俗而享有多數閱讀人口，但被排除在文人圈的主流之外。

　　「文協」社群的「半官方」性質，以及其在文學生產的權力位置，顯示國民黨政權在現代文學體制發展過程，採取融合蘇聯共產社會與西方資本社會的生產方式。蘇聯共產社會的現代文學制度，則透過黨的協調、官方文化機構、既有生活方式與群眾取得聯繫等干預管理技術，使得作家不受出版商或書商的仲介影響，但文學作品的獨立性，卻受限於意識形態，未能得到人性化的解決方法，國民黨政權保留了資本社會制度的市場機制運作，但透過共產社會制度的黨制組織化技

術，篩選出與之政治或文化意識形態相容的文人圈，進行大眾圈的文學生產，並且以法律監督、控管這兩個圈子文學生產，能持續生產與政權意識形態相容的內容。

這種融合兩種社會制度的文學體制特殊性，使得當時文學生產的生態發展，產生決定性的發展影響：文人圈以作家兼任出版商、發行人與文學評論者多重身份、或文人之間人際脈絡的非專業分工模式進行；大眾圈文學品味中的通俗性，必須相容於國民黨政權所認可的政治或文化意識形態，以及具有正面性社會功能，才得以被保留住。過程中，由上而下同化的主導性，也影響報紙副刊，成為文學發展重要傳播媒介的原因。

這些發展影響，可以說是奠基於國民黨政權在台灣五○年代發展現代文學過程中的複合式文學社會體質。這種來自資本社會與共產社會的複合式文學生產體質的體制性，與《三民主義》思想中、民生主義所預設的經濟建國想像，有極密切的關係。

孫中山認為共產主義不適用於中國的原因，在於中國的經濟條件，尚未構成資產階級與無產階級之間，貧富不均的對立矛盾。但為阻止西方資本主義，放任私人資本過度膨脹，所導致的階級對立。他主張以國家資本主義的經濟發展模式，進行中國的經濟現代化改造。

孫中山所欲建立的國家資本主義經濟體系，並非是以國家資本取代民間的私人資本，而是依照民生需要的公共範圍，以國家資本設限私人資本的運作範圍。這種複合式資本主義的經濟體系設計，從建國的實踐邏輯來說，國家資本所完成的工業建設，可以提供私人資本的經濟發展基礎，在此發展基礎下，使得國家成為私人資本經濟發展的

主體，既可推動私人資本經濟的發展、又可間接節制私人資本的過度膨脹，有其實踐邏輯的合理性。但從概念操作背後所預設的理念，則隱藏難解的矛盾。

以國家資本節制私人資本的概念，來自於社會性的平等理念，社會性的平等理念來自於社會主義的基本預設。不同於西方資本主義的自由經濟市場，透過個體交易的自由概念，作為資本流通市場的基本原則，其背後的價值預設，來自於個體性的自由。孫中山的複合式資本主義經濟體系，以國家節制私人，雖實踐了社會性平等理念，但必須在犧牲個體性的自由前提下，才能完成。

這個矛盾，也同樣出現在融合資本與共產社會制度的文學體制的特殊性：訴諸國家正當性，以政治性的文學社會控制發展符合主政階層意識形態的文學，在理念上，是以犧牲個體，完成主政階層所預設的國家（民族）價值。因此，在實踐過程，是依據意識形態的互容性來保留有限的個體自由，對於不具互容性意識形態，則採取排他效應，而不是全面朝向基於個體自由的多元發展。

【延伸學習】

1. 台灣為何在五〇年代出現反共文學？在此之前，國民黨文人在三〇、四〇年代的中國地區主導過什麼樣類型的文藝運動與組織，因可被視為反共文學的前歷史？

2. 張道藩在台灣的反共五〇年代之時成立哪兩大組織？這兩大組織以何種方式運作，協助國民黨推行反共文學？

3. 請簡要敘述反共文學的體制生產、與其背後所反應的文學社會體質特徵。

第三章

誰在行動──從軍中文藝運動、
文化清潔運動到戰鬥文藝運動

第三章

誰在行動——從軍中文藝運動、文化清潔運動到戰鬥文藝運動

　　五〇年代除了有反共戰鬥的「個體言說」的論述正當性，也有因應國家反共戰鬥政策而動員的「集體行動」。這些社會行動的參與者，多數為反共文學體制的社群組織成員，透過他們的行動，我們看到五〇年代反共文藝的社會實踐面向。這些社會實踐面向包括了 1951 年的軍中文藝運動、1954 年的文化清潔運動、1956 年的戰鬥文藝運動。從這三個與反共文藝聯繫在一起的運動，可以看到知識分子為了回應反共政策的社會行動，而這些社會行動反應了國民黨政權在反共建國意識之下、由上而下、從軍中到民間社會漸次擴展的國民精神建設工程。

　　國民黨政權之所以來台之後如此重視知識分子所動員的文藝運動，甚至以國家之名賦予其正當性，都是來自國共黨爭的歷史教訓。

　　三〇年代，由左翼知識分子陣營所發起的「無產階級革命文學」文藝運動，將文學轉化為政治行動綱領的效應，使得共產黨社會主義的新中國想像被許多知識分子所接受——或投身於共產黨的革命事業，或成為同路人。以國民黨為中心或傾向國民黨的右翼知識分子，雖然也發起「民族主義文藝運動」對抗，並透過政治屬性相同的文學社群，試圖取回領導權，但都未能如願。共產黨以文藝政策經營政治版圖、鞏固政權的歷史經驗，使得國民黨痛定思痛，除將文藝政策的

執行列入建國工程，也開始重視文藝知識分子對政權的影響。

一、1951 年「軍中文藝運動」

　　軍、公、教不僅是國民黨黨制國家體系主要科層化階層，也是隨國民黨遷台的主要成員，尤其是軍隊，具有直接鞏固政權的影響力。軍中的思想淨化教育，更具有穩定時局的作用，因此成為蔣經國掌理國防部總政治部時積極推動的一項工作。1951 年的軍中文藝運動，就是其中一項。

　　軍中文藝運動的發動，除現實政治目的之外，其運動本質與國民黨《三民主義》的建國意識形態更是息息相關，也因為國民黨政權初撤台灣時，國共內戰失敗、大陸失守的慘痛經歷，軍力不振、軍心渙散都是可想而知。為了振奮軍隊士氣，繼續反共的國民革命任務，柔性的精神建設工程是必要的。這項工程首度由國民黨發動文藝知識分子協助完成。

　　軍中文藝運動正式始於 1951 年 5 月，國防部總政治部所發表的〈敬告文藝界人士書〉。此書號召社會知名文藝作家，支持政府「文藝到軍中去運動」的構想，除希望作家提供國軍官兵從事文藝創作的資源，以落實軍中文藝政策外，也希望藉由文藝的宣傳，建立「軍民一體」的社會氛圍。

　　在此宣言發佈之前，總政治部也積極主辦作家與軍中文藝愛好者的座談會，透過報刊與廣播等媒體散布到社會。內容主題包括「軍中文藝克難運動」、「喚起官兵文藝思潮」、「展開軍中寫作競賽熱潮」、「怎樣教軍歌」、「如何推動軍中戲劇工作」、「軍中文藝的

領導方式」等。正式宣言發佈以後，1952 年 6 月的「軍中文化示範營」，提出「兵寫兵、兵唱兵、兵演兵、兵畫兵」的口號；1953 年，文化示範營擴展到陸、海、空、聯勤、憲兵各司令部；1954 年，推出《軍中文藝》月刊，邀請「文協」作家組團到軍中訪問；1956 年，全面響應戰鬥文藝運動……。軍中文藝運動的持續推動，最終目的在於培養軍中系統的文藝作家。

　　軍中作家的大量出現，有助於國民黨不必與文人合作，便具有直接進行文化再製的能力，這不僅對於「文化霸權」的鞏固更有效力，還能主控民間社會的文化生活內容，以營造符合國民黨歷史與文化意識形態所需要的社會語境。這個政治目的，點出軍中作為台灣五○年代文藝運動的第一波對象，並非只是消極地防止國府退台後可能潰散的軍心士氣，還指出國民黨以政治力介入文學公共空間，以行社會控制的積極性，也就是說，軍中文藝運動是國民黨在台灣積極投入文學公共空間的第一波社會控制準備階段。

　　當然，這也是國民黨對國共黨爭中不敵共產黨文藝政策的檢討結果，因此以文藝重整國軍心理，推動國軍文藝運動，以重建國民革命軍的精神武裝都是可想而知。然而，為什麼五○年代國民黨政權這麼重視國民革命的精神建設工程？這與反共、三民主義之間的歷史邏輯關係又是什麼？

　　我們都知道，孫中山在滿清末年所提倡的國民革命，即是國民黨推翻滿清帝制、建立中華民國的歷史正當性的基礎，而三民主義正是國民黨透過國民革命建設現代新中國的歷史使命。但是，對日抗戰結束之後，共產黨以內戰形式繼續兩黨之間的鬥爭，以爭取建設現代新

中國的領導權。國民黨在內戰中連續失利而被迫計畫撤台,撤台顯示蔣介石仍不願放棄以三民主義完成建設新中國的國民革命理念,也意謂著企圖以台灣作為未來復興民族國家大業的基地。「反共」因之成為國民黨第三期國民革命的目標,也成為國民黨在台灣實施政黨國家體制以鞏固政權的核心政策。

再從孫中山具體架構國民黨發展方向的兩個關鍵:思想的精神指導(三民主義的正當性)與組織的技術運作(上層負責指導,下層依實執行)來看,蔣經國為何在國防部總政治部任期,大力提倡軍中文藝運動?又為何以動員文藝知識分子的方式進行?這涉及國民黨如何在歷史經驗中理解主義信仰的傳播與知識分子之間的關係。我們都知道,國民黨清黨之後共產黨開始轉往農村地區發展政治實力,可是後來竟在國民黨執政的城市地區,也獲得為數不少知識分子的認同,對此,國民黨普遍將之解釋為,共黨透過文藝為政治服務的理論思想與文藝組織化,所發揮的宣傳效力。

這個解釋的潛在邏輯為:國民黨的失利不是三民主義不夠好,而是在組織技術上不夠嚴密。軍中文藝運動的提倡,正顯示國府對於國共黨爭失利的補強心理,另一方面,透過軍中刻意的栽培,出身象徵黨國意志的國民革命軍的軍中作家,更能感同身受地將主義信仰宣傳於社會。

當然,軍中文藝運動的產生並不是這麼的單純,運動背後所根據的核心思維,更深層地指向國民黨採取「正統中國」的文化保守主義的右翼民族主義立場,以及以此回應五四啟蒙運動之後,對於左翼知識分子所訴諸現代中國論述的文化對立抗爭面向。

國民黨政權在戰後台灣所建立的「反共」體制，以及以「反共」作為中國現代化執行者的正當性與合法性的歷史精神結構，透過軍中文藝運動所啟動的歷史文化機制，更深層地點出這個歷史脈絡的解釋意義。也就是說，蔣經國所主導的軍中文藝運動，除了幫助軍隊成員找回國民黨員的革命精神，使得國軍能在第三期國民革命中，繼續反共重任的政治目的，軍中文藝運動的精神主軸與國民革命目的是緊緊繫連。

在具體實踐過程中，軍中文藝運動所強調的是「克難運動」——蔣經國具體指出，推行「克難運動」的目的在於重振軍中對國民黨領導革命建國的信心，而「克難運動」所象徵的意義，更關乎國民革命的實踐精神。吳曼君指出：「自由中國的實踐克難運動，考其淵源，乃由革命實踐運動而來……總裁認為我國的國民革命，本有總理首創博大精深的主義為革命方針，又有先烈血和淚凝結的史蹟為革命的楷模，然而仍不免遭遇大陸之悲慘失敗……一言以蔽之，就是由於『虛而不實，偽而不誠』所致。……而去偽之道，唯有一切言行皆從實踐做起，而後乃能表達我們革命的決心，激勵民眾革命的熱情，以收群策群力眾志成城之效。於是　總裁乃發起革命實踐運動，使我們相期於言必行，行必果，負起反共抗俄雪恥復國的責任，擔當第三期國民革命的使命。革命實踐運動的內容，計可分為三方面來說，在革命實踐的基本思想方面，一是要為民族生命而犧牲個人生命；二是為人民自由而貢獻個人自由；三是要為群眾生活而節制個人生活。」[1] 從這段文字來看，除一貫反省大陸失守的現實理由之外，值得注意的是，軍

1　吳曼君，《自由中國實踐克難運動》（台北：改造出版社，1953），頁1。

中運動透過訴諸個人主體精神以推動改變客觀環境的思維方式。

　　「虛而不實，偽而不誠」的總反省是關鍵。基本而論，虛實偽誠是一種個體式的自我省思，這種思維方式，來自傳統儒家訴諸人本精神所形塑的世界觀，而這種世界觀所啟動的的個人文化主體與結構性文化心理制約有極大關係。

　　從儒家政治的特質來說，這是一種透過個人道德主體的實踐來成就客觀世界秩序的唯心思維，也就是儒家一直強調的「內聖外王」之道。內聖而外王之所以能夠成為儒家在政治實踐的理解模式，主要與傳統社會結構形成的人治思維和客觀歷史條件有關。

　　我們知道，儒家不僅為中國傳統社會提供一套以道德為想像秩序的世界觀，同時還依照血緣親疏原則進行分類，將此形式化為社會禮法制度。因此，個體對於禮的實踐，不僅抽象地保證個人道德主體象徵意義的完成，也具體地在儒家世界觀所投射與建構的社會秩序中確立了自己的位置。傳統儒家的政治思維是寓抽象於實際之中，這是儒家建構政治社會的一個極大特徵。革命實踐運動以「實踐──革心」的雙向互證性為運動本質，顯示自孫中山以來，國民黨所領導國民革命行動的思想基礎，本質上並不是西方現代思想的產物，而是來自於傳統中國舊世界觀的繼承。

　　就這個層面來說，「虛而不實，偽而不誠」的自我認知，之所以成為運動根本核心，來自於儒家政治由內自省而外實踐的文化人格養成認知，因此，要求投身運動的個體透過「虛而不實、偽而不誠」的反省指標，才能進入克難運動背後所預設三大群性規範與秩序──民族生命、人民自由、群眾生活。由此看到群性規範與秩序在運動中，

往往被賦予比個體更高的理念價值與終極意義。個體在群性規範與秩序因而得以共享理念價值與終極意義的想像快感，以作為排除個體本能衝動或取代壓抑本我的心理補償。

　　除提供個體對於融入群性秩序的慾望心理驅動力外，個體在運動中所訴求理想意義的神聖性與美感經驗，也得以強化。在儒家文化性格中，這種以自我壓抑為起點、到有限度解放所獲得的自由美感經驗，本身是以循序漸進的理性思維與自律美學作為平衡機制，而絕對誠實原理的自我管理技術，則是運動在虛實偽誠自省要求中所呈現的儒家政治文化的唯心性格。

　　儒家政治文化的唯心性格與歷史特徵為孫中山想像現代民族實踐提供豐富的文化資源，甚至從「孫文學說」一脈相承，成為國民革命精神的原型。在「國者人之積，人者心之器，國家之治亂繫於社會之隆污，社會之隆污，繫於人心之振靡」[2]的前提下，孫中山強調「革命必先革心」的實踐法則，認為國民的精神建設是革命建國的基本；革命建國的成敗，繫於國民的心理。蔣介石在此思想基礎上，以「力行哲學」作為黨員與國民具體實踐的補強論述，並明確訴諸〈大學〉、〈中庸〉之道作為「革命心法」，以「去偽存誠」作為革命可達於推己及人效應的方法論。

　　事實上，以儒家文化道德唯心世界觀為主軸的革命精神實踐邏輯，在不同的歷史時空，都被反覆運用在國民黨改造黨員或對國民形塑的外化行動中。從三〇年代，以蔣介石權力意志為中心的「三民主

2　孫文自序，收錄於《孫文學說》台北：中央文物供應社，1953 年，頁 4。

義力行社」積極提倡民族文化復興運動、新生活運動，到五〇年代戰後台灣蔣經國所大力支持的軍中文藝運動，都可以窺探到：國民黨以繼承中國傳統文化與民族思想遺產的正當性，企圖以現代化形式改造中國所訴諸的「中體西用」思維。

首先登場的是民族文化復興運動與新生活運動。這也是國民黨官方在台灣繼反共文藝之後，內塑台灣社會的主要文化政策。

第一次民族文化復興運動與新生活運動的背景發生在國民政府面臨共黨與軍閥內憂與列強侵華的外患處境中。當時中國歷經「九一八事變」，前途岌岌可危，蔣介石適時復出，為負起救國建國重責，復興民族為其認可的當務之要。因此，他採取黃埔軍系滕傑等人建議，倡導民族復興運動，以「三民主義力行社」為最高權力機構，以「革命青年同志會」、「革命軍人同志會」為次級組織，「復興社」為三級組織，由蔣介石親自領導，組織運作採取極端秘密方式進行。

力行社所推行的「民族運動」包括新生活運動、國民軍訓運動、勞動服務運動、國民經濟運動等四大國家改造運動。其中，新生活運動被視為復興民族的重心，以宣揚中國儒家傳統文化道德為民族本質；在形式上，則是借重義大利與德國復興民族的法西斯國家組織化，作為改造現代國民的手段，強調中國有了現代國民，才有可能成為現代民族國家。上述的全民軍事化與國家中心的現代國民論述，到了台灣再度借屍還魂。

1951 年在台灣發起的軍中文藝運動，為繼續第三期國民革命「反共」歷史任務的訴求，要求領導國民革命的國軍再度不只要以革命武力打擊共黨，還要配合「革命必先革心」的實踐邏輯。對文藝知識分

子的收編，也漸漸在由上而下的心理建設與宣傳強化教育外，展開以文藝政策取代直接訴諸主義的策略。文協社群在「政府主導、民間配合」原則下所建立的文學體制，成為宣揚反共文學的重要基礎。

值得注意的是，軍中文藝運動一秉民族文化復興運動與新生活運動的模式，以「克難」——符合現實處境的實踐形式，達到以民族文化本位作為精神本質的運動模式。在這個意義上，可以視為延續中國五四新文學發展以來，以民族主義為右翼革命文學精神。國民革命所一貫秉持的歷史精神、行動思維與黨國秩序使命，使得國民革命軍成為一個聯繫上層思想到下層作為的一個核心中介點。

這意味著國民黨政權以武力實踐《三民主義》建國理想的核心思想，將軍隊視為國民革命的主力，而納入以黨建國、以黨治國的歷史革命實踐進程中，並負責將黨國意志擴及到民間社會。因此，軍隊是國府從事國民革命的基礎，推動軍中文藝運動也理所當然地成為國府思想施為運作到社會的起點。軍中文藝作家的培訓，更在蔣經國任國防部總政治部主任與國防部部長時的支持與推動下，得到了成長的機會，文藝思想教育的模式也成為軍中長期以來所重視的思想教育模式之一。軍隊是擴散黨國意志到社會各階層的重要傳播中介點，不過，軍中文藝到社會去，雖然是革命實踐運動的一個思想施為體現，但也相對使得軍中文藝作家在「自由中國文壇」擁有體制內既定的發言位置，進而造就台灣五○年代很特殊的文藝現象。

再從革命實踐運動步驟背後所依據的原理來看，也會發現孫、蔣在一貫繼承「先立其本，以人格與精神樹信於國民」的傳統儒家人治精神理念之下，影響國民黨政權在台的建國復國工程，是以奠立復

興（以中國傳統文化為前提定義下的）民族的基礎。因此，軍中文藝
運動雖然只是這個龐大、複雜的政治社會運作中的一小環節，但是從
國民黨革命實踐的黨國歷史核心背景切入，則會發現孫中山在中國現
代啟蒙知識分子中，對於傳統知識分子提出「中體西用」的思想繼承
者位置。這個觀察點可以看到國民黨以革命激進形式推翻滿清帝制，
首次取得中國現代民族國家的合法改造權後，仍是建立在繼承傳統民
族文化的保守性；以及國民黨透過革命武力取得的政權，也以革命政
黨形式建立民族國家的特殊屬性，來確保帝制與儒家官僚相互結合
的「廟堂（朝廷）」高層結構的領導位置。

　　軍中文藝運動與國民黨革命歷史之間的結構意義，突顯出國民黨
政權主導運動的政治目的，具有可預期的效能性──以黨國意志培育
的文藝作家群，直接執行文化建國性質的文藝政策。這使得「文協」
社群只是短暫輔助性質的行動者，國民黨政權與軍中文藝作家才是主
要的長期行動者。

二、1954 年「文化清潔運動」

　　如果將 1951 年的「軍中文藝運動」，視為國民黨政權主導、「文
協」提供支援的一項文藝運動。1954 年的「文化清潔運動」則是「文
協」所主導、國民黨政權以國家暴力機制予以執行的文藝運動，從中
可以看到政黨知識分子對社會大眾的自我認知與領導意識。

　　嚴格說來，「文化清潔運動」為期不長，但對於文學生態所造成
的影響卻相當深遠，包括：國民黨政權對於文學場域中文化再製的控
管，以及持續提供利於主導文化的生成環境，使得國民黨與「文協」

社群在文學場域擁有居於主流位置的優勢。另外值得注意的一點是，國民黨接受美援後的積極現代化，是奠定社會場域進行分化的基礎條件，可是，之前透過政治力所滲透社會各個場域以整合社會秩序的力量仍然存在。新興的現代化所造成的社會分化驅力與統一社會的政治驅力，開始形成彼此的抗力，而產生場域與場域之間自律與他律原則的互動與拉距。

文化清潔運動在上述的觀察向度中，可以視為文化知識分子以文化自清的積極形式回應官方政策的執行。影響所及，則是造成體制內的文人圈與大眾圈的文化生產者，形成迫害與被迫害的關係因為「文化清潔運動」主要是「文協」核心成員對蔣介石1953年〈民生主義育樂兩篇補述〉的具體行動回應。

當時常務理事陳紀瀅以「某文化人士」名義，於1954年7月26日的《中央日報》、《新生報》正式提出，至8月7、8日，與王藍正式揭開運動序幕。9日時，全國各報共同發表〈自由中國各界為推行文化清潔運動例行除三害宣言〉。宣言中，明白點出「赤色的毒」、「黃色的害」、「黑色的罪」，將會摧殘民族文化、斷送國家命脈，因此提出自清與對外清除的要求。

文化界要求自清與對外清除的原因在於：三害已經超越言論自由的法律保障範圍，不僅會使文化界蒙羞，還會摧殘全國軍民的身心健康，離間海外僑胞與祖國情感，敗壞國家道德，損傷社會風氣。因此，為了社會國民道德與國家民族自由，文化從業人員有不得不清除三害、並聲明知識分子具有將社會大眾文學導向道德的義務與責任。於是，政府在「撫順輿情」、「尊重法治」的考量下，下令處分含有「三

害」毒素的報刊雜誌，當時內政部長為了政府取締少數不良刊物的「限
制民間言論自由」舉動，也提出合理的辯解聲明。

　　內政部長發佈的新聞聲明，突顯國民黨政權處理言論自由與三害
的三個面向：（一）「三害」因本身所含有的非道德性成分，而被排
除於民間的「言論自由」範圍之外；（二）社會大眾對「三害」無辨
識能力，又易被誘惑，政府必須出面整肅；（三）「三害」是共產黨
破壞台灣正常社會秩序的宣傳毒素。這也是「文協」發動「文化清潔
運動」的基本主張。

　　雖然整個運動為期不久，但透過知識分子的發言，以維護社會道
德秩序為前提的言論自由，賦予政府機關透過國家暴力干涉民間媒體
經營的道德行動綱領等運動模式，「文協」社群知識分子以維護大眾
與社會道德所主導的運動正當性，反映出文化知識分子作為社會菁英
的領導位階。不過，文化知識分子投入政策執行行列、與政權形成權
力互享的共犯結構，也不是五○年代才有的特例，而是每一個時代都
會出現的現象。文化清潔運動的特殊性則是在於「文協」社群的文藝
組織形態，以及當時仍以文藝為建立軟性社會言論與意識的主流傳播
媒介形式；另外一個特殊性，則是知識分子以國家政策優位於文化上
個人原則的理所當然，以及政治指導知識論述的接受性或兩者在道德
文化意識的一致性，透過政黨合作關係而獲得更多文化資源與主流位
置。這些現象可以看到「文協」社群的文化保守性格，使得官方以知
識論述控制公民社會自由言論發展的權力，長期以來都能透過意識相
容的合作或收編關係，在台灣社會或文壇累積實力雄厚的文化資本，
而佔有主流性的發言或表態位置。

　　這也側面地幫助我們了解，「文化清潔運動」的政治效應與運動目的，為何除了是以道德原則訴諸社會秩序，優先公民自主能力的正當性之外，也回應國民黨政權的公民社會領導權，是以道德原則作為維護國家「反共」秩序的想像邏輯，反應出以文化為本位的民族國家原型，以及以道德為本質的自由社會秩序。這說明了「文化道德」是「文化清潔運動」所支持的價值理念，也是國民黨建國思想所一貫維護的歷史性民族資源。「文化道德」在中國儒家建構政治社會秩序中所形成的核心觀念，亦與以人為治、人治首重道德的思維導向有關。

　　也就是說，儒家建構理想的社會形式並不是從客觀的法治秩序為想像起點，而是基於人透過道德主體所自然成就的普遍道德行動，才是理想社會秩序的實踐基礎，將道德文化視為穩固社會秩序的重要條件。這種以主觀性的「文化道德」原則作為開展客觀性社會秩序的預設前提的思維模式，本身即隱含對於「心的理知與道德功能」之思想力量優先性的強調。這是隱藏在文化清潔運動現象背後的思維本質。

　　學者林毓生曾解釋這種以文化道德意識建立社會客觀秩序的特殊性。他指出：所謂的「心的理知與道德功能」是一種信念，相信「心」的特殊理知功能會導致所嚮往道德的功能。[3] 就儒家傳統而言，為解決道德與政治問題，特別傾向於基本思想或觀念的力量與優先性；並強調心的理知本能為掌握基本觀念的手段，以及掌握此種基本觀念後，就會產生解決道德與政治問題的功能。

　　林毓生認為這種傾向以政治道德化與文化道德化的一元社會建構

3　林毓生，《中國傳統的創造性轉化》（北京：三聯書局，1992），頁125。

形態，最大的問題在於導致傳統社會規範與政治運作，以及傳統文化符號與價值之間的無能辨識，以致呈現「藉思想、文化以解決問題的方法」的「五四綜合特徵」，之所以稱之為「五四綜合特徵」，是因為這樣的特殊思維行動首出於「五四運動」。

從這個理解向度來看文化清潔運動，會發現以「文協」社群為主的知識分子在主導「文化清潔運動」時，也具有一樣的思維本質。而主導運動的文藝知識分子就是將掃除文化思想的「三害」，作為維繫民族國家生存的解決方式與行動理念。在本質上，除了呈現儒家建立客觀秩序時的唯心思維之外，也可以看到 1949 年之後台灣社會的現代化過程，社會群體精神意識的建設是以傳統文化資源為發展根基，以及台灣五〇年代文藝運動與建國邏輯之間所共同呈現的歷史性特徵。

所以，「文化清潔運動」以維護社會道德為目的、同時也是協助國民黨政權鞏固「反共」秩序的政治運作。「文協」社群的文化知識分子將反共建國秩序與社會道德價值之間所形成的互等性認知，使得「三害」的認定是來自政治道德化的主觀價值，並以此混淆「三害」生成的客觀社會現象。這種思維方式讓「三害」充滿破壞反共建國秩序的想像性危機，而無法單純將此看作是一種訴諸經濟原則為主的文學生產現象。事實上，以市場的經濟原則所主導的商業化文學生產，正是大眾圈不同於文化圈的地方。但是在反共文學為主流、純文學為次主流的五〇年代，以建國的政治思維主導社會發展形態的社會行動之下，蔣介石〈民生主義育樂兩篇補述〉就曾針對這個問題，將文學的商業化視為是當前的文學問題，為文化知識分子清除三害行動提出

論述的正當性基礎。

補述特別強調：文學作家若為了閱讀市場而迎合群眾的品味，不僅會妨礙文學的真摯與優美，還訴諸共產黨利用這個空隙進行文藝運動的歷史經驗，將階級鬥爭的思想與認同感情不正常化，並灌輸到國民心中，視之為阻止中國民族主義接受的絆腳石。「文協」社群以文化知識分子為本位，同意文學的市場化會導致民族心靈的腐敗墮落看法，並接受蔣介石的指示提出宣言，主動發起「文化清潔運動」。

在宣言裡，同樣以影響一般國民心理健康的思想文化毒瘤為理由，要求政府清除，並提出政府扶植正當文化事業的期許。其他民間文化團體如自韓歸來反共義士、《自由中國》等九93家雜誌社、「中國青年寫作協會」也相繼簽名支持。「作協」甚至公開表達「為了文藝、為了愛國家、愛民族、為了公理正義，我們始終不移的站在真理這一邊。我們一致擁護文化清潔運動，我們尤願這一運動做得徹底，做得持久，做得有切實效果。」[4]

這個危機意識雖然可在四〇年代的國共鬥爭中找到相對應的原因，但真正值得注意的是，兩黨知識分子在爭奪建國權力過程所共同呈現的「五四綜合特徵」，以及同樣藉由文化思想建立民族國家的歷史過程，在中國儒家傳統文化資源與馬克思主義的西方現代思想，兩者資源之間的對立與矛盾。

從對立矛盾面中可以發現：共產黨的建國程序是極力透過無產階級思想屬性的制度，完成民族國家的社會基礎；對於文藝的控管，則

4　轉引自陳紀瀅，《文藝運動二十五年》，劉心皇編選，《當代中國新文學大系：史料與索引》（台北：天視出版社，1981），頁399。

採行將文藝作家與文藝生產直接納入國家社會體制的方式。然而，國民黨所強調的是建立三民主義思想與五權憲法體制的民族國家，傾向以威權與懷柔兩種技術同時進行民間思想管控：一是建立文學社群的權力網絡，以文學資源或具相容性的文化意識形態來柔性收編可合作或不反抗政權的文藝知識分子；一是以國家合法的暴力機制限制民間的言論自由，如立法查禁等，以確保社會知識論述的淨化。

因此，在文學思潮轉化到政治行動綱領的三○年代，國民黨陣營即以三民主義的民族主義作為中國右翼革命文學的意識形態，但一直到了五○年代，才有機會將文學場域納入建國工程的政治操作與具體實踐。這個建國的精神工程，除了反共政治意識形態，還結合儒家傳統道德文化意識形態的正當性，將文學場域發展的權力機制與文學生產收編在政治原則之下。反共建國的政治目的，結合儒家傳統社會的道德文化意識與規範，理所當然地成為國民黨政權主導民間文化社會發展，與確定民族國家本位的正當性論述。國民黨以國家政權介入台灣五○年代文學政治化的操作模式，對於知識分子建立文學價值理念最大的影響，就是將傳統儒家的「載道」文學觀轉換為納入建國程序後所帶來的「當代社會政治效益」的價值評估。

所以，「文化清潔運動」結合社會道德與國家民族生存的政治性文學行動綱領而形成的運動模式，具有兩個思維邏輯的特徵。一是以政治意識形態決定思想文化的社會性病徵，一是以（政治意識形態）「正確」的思想文化解決問題。這兩個面向都強化文學發展中思想傳播性的價值觀，包括高度政治化或廣泛社會效應化兩個面向，而不是藝術性的美學價值。

對於「文化清潔運動」的共同行動者——主導的「文協」社群與大力支持的國民黨政權，一方面共同以文學思想的傳播效應的價值理念預設「三害」的非道德性，一方面又以文學思想中的政治或文化意識形態的相合或相容性，形成文學場域中的權力關係，至於相合或相容於政治與文化意識形態的內容，則由統治政權的國民黨來決定。

就權力位階來說，「文協」社群既是「三害」的支配者，也是政治力的被支配者，政治力可以說是被納入建國程序的文學場域中，最具獨占性的權力機制。「文協」社群組織透過政治或文化意識形態的相合或相容所掌握的文學權力，則成為影響的次要性權力機制，具有主導藝術自主原則發展的影響力。

但是「三害」的文學商業化行為，卻擾亂場域中原有的權力機制運作，「文化清潔運動」與「三害」文學商業化之間的對立，顯示「三害」在文學生產過程，只遵循自由經濟市場機制中的經濟原則，而不是政治與文化道德的原則。

另一方面，以經濟原則決定文學生產內容的商業化行為，使得自由經濟市場的獲利，導向優先於建國意識形態所需要的，社會道德規範與文化思想傳播，也排除來自文學形式或內容的藝術自主原則檢驗。就權力機制運作來說，這是直接挑戰政治力在文學場域的獨占性，也牴觸政治或文化意識形態在文學發展的獨占性。

「文化清潔運動」顯示政權在文學場域的權力位置，正如宣言所強調，政府機關必須介入文學媒體的生存與文學生產，才能保障文學的「正當」發展。宣言的訴求，使得原本屬於民間的文學媒體與文學生產，被迫交由政府機關監督、查辦，不僅更強化文學場域中政治的

主導力量，也間接使得政權階層可以政治意識形態或文化意識形態的相容性，決定文學媒體在公民社會的言論自由範圍。不過，這裡仍然出現一個問題：文化清潔運動雖然具有透過知識分子的發言以保障政治力、獨佔權力機制的作用，以及知識分子在文學生產的主導控制權，為什麼經濟原則會被建國的政治原則所排擠？因為文學的商業化與都市化或工業化文明的程度息息相關，不管是都市化或工業化文明，都是現代化過程中的自然發展現象，對於企圖以政治力達成建國目的的國民黨政權而言，民族國家與社會的現代化發展一直是積極努力的方向，文學商業化為何不能被建國意識形態視為現代化過程的一種正常現象？反而在文化清潔運動之後，繼續發起更具危機意識的「戰鬥」精神與行動，以服膺建國政策？

三、1956年「戰鬥文藝運動」

　　在上述文化清潔運動中，我們已經看到文學組織與政權在文藝運動中的合作關係，可是，這樣的合作關係真能一直保證政治權力與文學權力的和諧？有沒有什麼理論可以幫助我們看清這兩種權力的互動，並提出具有效力的解釋框架？法國社會學家布赫迪厄（Pierre Bourdieu，1930 — 2002，法國社會學家）的場域理論，是我們洞察五〇年代發展的一個很好的觀察切入點。

　　布赫迪厄認為現代社會的力量形成並非單一面向，而是因為現代社會的專業分工發展特質而導致不同的場域形成，場域與場域之間亦會彼此抗衡鬥爭。如：文學場域在階層關係的社會場域中，會因文學專業的美學原則而自動形成特有的支配位置；但在權力場域中又是處

於被支配的地位。權力場域是各種力量關係的空間，擁有足夠的資本量即可佔據支配的位置；但當其他行動者也具備足夠資本量，即可對支配者進行挑戰。

相較於「文化清潔運動」，「戰鬥文藝運動」最顯著的歷史特徵是「文協」社群在組織體制的權力正日漸消退，取而代之的是文學性社群的權力以非政治性的新興文學藝術觀漸次向主導位置移動。在1956年的「戰鬥文藝運動」中，國民黨政權主導文藝政策的方式不再是以溫和的資源互享的合作關係進行，而是開始出現直接介入民間社會與文學場域的聲音，顯示政治力繼續強化主導文學場域的意志傾向。但是，在文學歷史現象方面，反而有反共文學迅速式微與現代主義思潮開始出現的逆行趨勢，這個特徵突顯文學場域不再單向依循政治力的發展，而漸次出現尋求層級化自主原則的反動。

回到歷史現場，「戰鬥文藝」的名號在1949年後就被廣泛的使用，包括1955年文壇先行推動的戰鬥文藝創作；但是以明文定位「戰鬥文藝」的內涵意義、實施要項、具體執行方法，就非要等到1956年國民黨中常會正式通過的「展開反共文藝戰鬥工作實施方案」了，這個方案是由蔣介石親自號召並正式宣佈，才成為國家文藝的既定政策。

內涵意義包括有：（一）宣揚三民主義，闡揚反共抗俄國策，以建立反共復國的心理基礎。（二）揭發奸匪與俄寇勾結賣國之各種陰謀暴行，以激起全國人民同仇敵愾的心理。（三）發揚中華民族傳統文化，以加強國民的愛國觀念。（四）褒揚軍民英雄事蹟，以激勵冒險患難、犧牲奮鬥的精神。（五）表揚忠貞打擊邪惡，以嚴肅戰時生

活轉移社會風氣。

在這個方案中，我們除了可以看到國民黨政權以文藝政策推動民間的戰鬥精神，阻止共產黨滲透台灣社會的意圖之外，還包括將民族文化與道德精神作為動員社會持續反共的想像基礎與最終目的。這個方案的最大特徵就是使得文藝的國家化發展訴諸以結合國民的社會道德意識與政治認同的建國想像，而這種社會政治化思維運作，使得現代社會原本以個體為單位的公民社會意識形塑的發，一開始就被迫結合以國家的政黨政治權力與道德意志，而被要求形塑為服膺於或具備建國意識形態的國民。

這種以混同政治運作或道德價值，為社會個體發展基礎的特質，使得原本應該以個體公民身分集合所隸屬的公民社會，被政治意志所滲透，而在建立公共空間的發展認知上，造就國家優位社會的意識。政治的道德化而非制度化，是儒家傳統政治社會的重要特徵，也是重新理解五○年代，反共建國政策與文學的關係是辯證對話，而非線性對應的關鍵理由。因此，「戰鬥文藝運動」雖然在推動反共文學的過程中已經是強弩之末，但從社會與文化意識的建國工程的角度來看，「戰鬥文藝運動」除了可以視為五○年代文藝運動在發展時代與文學內容的集大成者之外，也隱藏了一個重要的訊息：從文藝推動國民建國意識已經功成身退，如何從文藝形式中心轉為其它更具社會意識控制的文化形式，才是國民黨文化政策繼續執行的重點。

所以，回到「戰鬥文藝運動」的執行層面，國民黨文化知識分子為了確實推動「戰鬥文藝運動」，在方案中提出了六大目標、八點基本工作、八點文學方面的實施要項；內容除整合「軍中文藝運動」第

三期國民革命「反共」任務、「文化清潔運動」維護國民心理健康目的外，更將發展重心放在民族傳統文化與文學的保存與再整理，以及民族道德文化、自由平等博愛理念的國民精神建設工程。「戰鬥文藝運動」顯示國民黨政權對文學場域的介入，開始從民間發起的政治化文學行動綱領轉向體制性文化政策的執行。

1957 年「中華文藝獎金委員會」瓦解，國家行政體系的軍中文藝作家逐漸取代「文協」與政權之間的體制性文人合作關係，最後由國民黨軍政系統的知識分子直接負責主導民間社會的文化改造運動。「文協」成為此階段國民黨文藝政策的外圍執行單位，張道藩的失勢使得文協社群的組織性文學權力出現世代交替的現象，漸次產生從政治屬性分化為以文學屬性為主的媒體社群。

觀察「軍中文藝運動」、「文化清潔運動」到「戰鬥文藝運動」的歷史演變過程，文協社群重要推手張道藩以三民主義作為平衡政治與文學發展的基礎，雖然不免使文學的主體被限制在三民主義建國意識與相容互應的文化形態中，但在政治安全範圍內，也透過三民主義保障純文學發展的獨立空間，為台灣的文學場域與體制建構過保留了文藝自主原則的彈性。張道藩以政治意志主導文藝形式與內容的政治文藝觀，影響國民黨政權執行國家文藝政策時，是以政治與文學的相容性發展體制，某種程度也保留了政治群體意志與文學個體意志，可以同步進行的彈性空間。雖然「戰鬥文藝運動」未能帶來國家文學政策化的效應，但卻因為這個未能達到預期政治效應的失敗，使得我們在反共文學終將走入歷史的最後激情中，察覺到社會爭取自主運作與政治權力控制之間，所持續進行的抗衡性發展。這個觀察指出國民黨

建國意識形態與社會體制發展之間的微妙關係：一方面企圖以高度政治意志貫徹社會所有場域的權力欲望，另一方面又不得不開放社會實體以獲得運作的彈性自由。

四、「名」正而言順──文藝運動、社會場域與文學歷史發展

　　觀察五〇年代反共文學與三大文藝運動之間的互動，既然不能從提出政治或文學理由同意或反對的線性思考出發，歷史與社會之間不斷以辯證方式發展的詮釋脈絡，則讓我們在時間意識之下的歷史生成思維模式中，不得不注意到社會關係形成與建構背後所運用的「場域」的空間意識進路。

　　現代社會中各個場域之所以有自主發展邏輯，是因為「現代社會是處於一個逐漸分化的過程」，事實上，這也是場域自主理論可以成立的重要理由。布赫迪厄指出，社會場域是行動者在各自所處的位置、與其存在客觀關係之間所組成的一個網路或建構。這些位置的客觀界定，會根據位置的存在，與佔據位置的行動者或體制所擁有的不同類型的權力或資本，以及與其他位置的客觀關係形成或支配關係、或從屬關係或對應關係、或上述複合存在關係。也就是說，在高度分化的社會裡，整個社會就是由這些相對自主的小社會所組成，這些客觀關係組成的空間，擁有其特定的、必然的、與其他場域不同的運作邏輯，例如文學場域、宗教場域、經濟場域……等，每個場域都有其各自的運作法則，但這些場域又不是完全獨立，而是與其他場域之間存有不同程度的互動。

　　布赫迪厄在《文化生產的場域》的著作中，仔細地分析階級場域、權力場域與文學場域之間的關聯。就文學場域來說，文學的藝術性就是文學場域中的自主性原則，但文學場域往往會受到權力場域的控制，特別是來自經濟或政治利益相關權力獨占的時候，經濟或政治因素就成為文學場域中的他律性原則。場域的自律與他律原則之間的互動是我們觀察五○年代反共文學場域的極佳思維視野。

　　在「文化清潔運動」中，知識分子提出文化自清的行動綱領，其目的在於維護與國民黨政權相應的文化道德意識，因而獲得國民黨政權的支持。知識分子的道德輿論自清行動與國民黨的行政立法命令，共同抵制文學大眾閱讀市場中的商業化傾向。這是以政治原則主導文學發展的現象，甚至使政治原則為文學場域的獨占性權力，迫使文學生產中的經濟利益原則被排擠出去，使得經濟市場不再具有主導文學生產的位置，而使文學生產必須以符合社會文化道德意識為前提。

　　從文化社會來說，文化道德是國民黨建國意識形態的重要基礎，文學商業化則來自資本主義社會的自由經濟市場機制，這兩者雖然不屬文學藝術性的自律範圍，但透過閱讀傳播，同樣都會對形塑特定或模式化的美學經驗與認知意識產生影響。五○年代反共文學場域中的文化清潔運動，顯示出一個重要問題產生：為什麼以反共政治原則主導文學場域的發展，就會出現排擠經濟原則的現象？我們可以透過反共背後的建國意識與文學商業機制，所依循的自由經濟市場邏輯找到解答。

　　簡單來說，自由經濟市場機制得以運行的邏輯，是來自於交易平等與自由市場這兩個基本概念，其所強調的是個體與個體之間，在契

約觀念之下的平等位置，以及享有獨立於政治領域的國家、在經濟活動領域之社會的「自由放任」原則。這種奠基於「獨立經濟體系」品格所引發的結構秩序，會促使社會朝向一個由諸多關聯的生產、交易與消費行為構成的總合，並擁有自身的內在動力和不受外界影響的規律，從而獨立於政治或國家。

但是國民黨政權在反共目的之下的民族主義建國意識形態，卻是以繼承中國傳統文化為民族國家的本質，使得儒家的道德政治文化意識成為凝聚民族意識的重要成分。民族意識、政治意識、文化意識與道德意識的相互結合，在國民黨政權所提出的《三民主義》建國方案中，在民權主義、民生主義改造中國政治現代化、經濟現代化的同時，透過民族主義保留「政治—道德—文化」三位一體的民族國家主體。

三民主義的文化民族主義思維，使得建立現代民族國家與現代化社會實體變成同步進行；「政治—道德—文化」的民族國家主體，也同時成為維護社會秩序的價值主體。因此，三民主義建國也因而導向一個很特殊、且不同於西方因專業分工而分化的現代社會體質——以民族國家建立等同於社會實體建立的現代化儒家社會。也就是說，社會實體必須置於民族國家的建國程序中，才能完成所預期的民族國家，國家與社會不是二元化，而是以國家政治統領社會發展的國家社會。這可以看到，國民黨以繼承儒家傳統文化為建立民族國家意識基礎，同時也保留了儒家以道德原則建立社會實體運作的基本思維原型，這正是林毓生所指出的：「道德與思想的意圖可以直接有效地導致政治秩序的建立」[5]

---

5   林毓生，《政治秩序與多元化社會》（台北：聯經出版社，1989），頁 40。

　　但是，這會使得我們發現其中有兩個問題：一是政治個體或群體的道德主體與權力意志，無法被有效區分，也缺乏明確的客觀性社會制衡力量（如法律權限）。社會實體雖然具有道德言論機制運作權力，但未能獲得充分的自主權去發展抗衡力量（如公民社會的自由輿論機制）；一是道德主體性與社會客觀性的被混淆，道德秩序等同於政治社會文化秩序。道德的主體服從原則，使得個體與社會關係之間，缺乏基於個體自由平等的契約理念，社會實體也因服從道德原則而變成政治秩序的一部分，社會性客觀問題往往被轉換到道德性議題，並以政治權力意志作為解決方法。

　　因此，國民黨建國意識形態的預設，是透過政治的控制力量來整合社會實體發展，並訴諸道德的理性實踐與價值，以維護秩序邏輯的正當性。政治原則成為權力機制中最重要的邏輯原理與運作技術，這與文學商業化獨立於政治或國家之外的自由經濟市場的自主力量，以及背後承認自然個體擁有人身自由、私有財產的客觀理性、肯定人性追求私利的慾望本能並不協調，甚至發生原則與權力技術運作之間的結構性矛盾。

　　所以，「文化清潔運動」之所以視文學的商業化為社會病徵，而不是社會現象，突顯出（傳統儒家）文化政治道德意識形態與社會場域朝向分化自主發展的衝突。這個衝突顯示國民黨以「民族主義」的「革命」形式開啟民族國家的政治契機，以及發展國家現代化的政黨權力，但並未具有回應傳統文化意識與現代社會，分化運作之間結構性矛盾的反省能力，反而以政治原則中的政權意志與國家權力，限制不同社會場域的自主發展。

　　從這個推演邏輯來看，國民黨政權在台灣五○年代的反共建國工程所推動的社會現代化，並不是社會與歷史進化的自然產物，而是結合傳統文化意識在政治現代化過程中的國家權力產物。這使得台灣的現代化社會發展形態，缺乏以個人為主體的自由公民社會思想基礎，取而代之的是，單一政黨主導民族國家的建國意識與政治現實所強化國家／民族與政黨價值理念同化的社會思想。換句話說，以國家民族主體壓抑個人主體發展的價值性思想，不僅是國民黨政權延伸孫中山《三民主義》思想對現代化社會實體建設的預設理念，也是以傳統文化意識建設現代化民族國家的自然演進。

　　進一步解釋，《三民主義》是國民黨領導革命建國的重要思想與理念基礎，透過三民主義的民族主義，提供現代民族國家的本質性需要與正當性；而民權主義、民生主義則分別在政治社會與經濟社會，提出民主共和與國家資本化的現代化體制形式。依照孫中山的構想，維繫民主共和制度運作的基礎權力，來自政黨，而不是天賦人權所強調的平等個體；基於西方馬克思主義對成熟資本主義社會運作形態所產生的階級剝削與階級矛盾的先見，孫中山在處理中國民生經濟問題上，則傾向以國家資本的運作而不是階級鬥爭為解決之道，因此，民生主義所提出的是以國家發展為核心的自由資本主義體系，而不是完全放任的自由經濟市場原則。所以，孫中山以「民族主義」、「民權主義」與「民生主義」所提出的現代中國藍圖，都指出國家政治力是中國改革為現代化體制國家的重要技術與根源。

　　孫中山認為，中國如果要解決民生問題，必須要先發達資本、振興實業。但中國無法依靠自己的力量做到，必須引進外國資本，並

以國家管理防止私人資本膨脹的弊端。這個實踐前提是，中國必須從既有的傳統農業社會結構轉型到工商業社會，因此，孫中山提出平均地權的想法：將屬於地主階級的私人土地以非革命手段重新分配。國民黨政權來台後連帶一併改造台灣經濟社會的現代化，基本上即是根據孫中山這兩個技術性想法，一方面努力爭取美國經濟援助台灣（以下簡稱美援），穩定國民黨政權在台基礎；一方面推動土地改革，包括「三七五減租」、「土地國有」、「公地放領」到1953年「耕者有其田」，順利將台灣農業社會「地主──佃農」的封建結構瓦解。但是，美援的介入，使得孫中山的構想並不是朝向擴充國營企業或經濟國家體制化的模式進行，而是透過指導主管美援組織的技術官僚，轉而推動以民營企業為主體的進口替代工業化政策。

這個政策的影響，使得國民黨政權進行土地改革時，可以將國家收購地主釋出土地的固定農業生產價值資金，轉抵以國債、國營企業股票，或投資於政府所主導發展的民間產業，形成國民黨政權與台灣本土資產階級利益的結合基礎；而佃農也因有自己的耕地更能提供農業生產效力，和平解決地主與佃農之間潛在性經濟分配不公的衝突。民營企業的發展雖然受限於政治力，但開放民營企業經營模式所需要的自由市場機制與資本運作技術，仍在政治原則主導的獨占性經濟的利益分配條件下，成為台灣工業化社會實體發展的一部分。民間的私人資本開始有累積的機會，卻還未能達到社會自主發展的環境，以及反向決定政策制定的力量。

因此，國民黨所奠定的台灣社會秩序基礎，除了以儒家文化道德政治的社會意識形態化，鞏固國民黨以政治原則控制社會場域自主發

展的權力正當性；在積極主導現代化經濟的過程中，以政策導向與政經結合的控制技術，限制場域分化的自主發展，形成台灣「不均衡現代化」的發展現象。前者具有傾向封閉的穩定作用；後者仍保留限制性的自主發展的變動能力。政治力是平衡後者破壞前者的最重要權力機制。

　　文學的商業化現象，顯示文化的生產模式，受到經濟利益的獨占性控制。「文化清潔運動」對文學商業化的抵制行動，顯示不能接受自由經濟市場機制的獲利原則。這會出現一個問題：文學生產的商業化現象，是文學場域與經濟場域的互動，最後由經濟原則取得優勢的結果，為什麼不被容許？運動所發起的抵制性意識形態，顯示政治道德原則在社會場域所佔的獨占性權力與思維方式。保守的、道德的文化價值觀，正是國民黨政權在台灣社會的主導文化的重要運作基礎，也是鞏固政治權力的正當性根源。

　　這種以文學傳播價值的道德觀否認文學生產經濟行為的意識形態，是文學的建國工程在台灣「不均衡現代化」環境的自然生成。以政治道德抵制商業化的文學生產與消費形態，顯示以政治道德原則統整文學與經濟場域之間互動、鬥爭，以及不容許場域分化、互動、鬥爭的自由發展的意識形態。傳統儒家政治道德的文化意識形態與現代社會場域依循自主原則邏輯的分化發展之間，有著難以調和的矛盾。這是因為儒家的政治社會實體是以道德秩序作為系統發展的基礎，現代社會卻是以分工技術作為場域發展的基礎。前者視道德原則為社會系統發展的共有功能，以此作為內在統合、自我調節的基礎，而朝向建立統合式的社會形態。後者恰好相反，每一個場域並不具有組成部

分與要素的根本作用，彼此之間存有衝突與競爭的緊張關係，道德無法在所有場域中發揮內在自我調節的作用，權力場域對其他場域所形成的宰制關係，才是關鍵。

　　這也說明國民黨政權原本將應由公民社會自行依循其歷史文化思想資源所建立的道德秩序，收編到政治權力的控制之下，使得政治權力成為實踐公民道德與思想的意志來源，而不是讓社會主體在社會規範與文化價值中自然形成。建國意識形態所運用的政治原理，使得政黨意志得以輕易假發展國家之名，行穿透民族國家與社會實體之實。國民黨政權在台灣五〇年代以反共建國為名所開啟的台灣現代化建設，雖然透過政黨政權的國家政治力取得社會認同與道德論述基礎，而能維護社會各個領域的均衡發展，但以政黨建國意識形態限制社會場域自由發展，本身就是一種「不均衡現代化」的現象。五〇年代在這種「不均衡現代化」的歷史語境中，使得「三害」成為「文化清潔運動」首要抵制的社會病徵。這顯示「三害」在國民黨建國意識形態的社會發展是具有威脅性。「文協」社群之所以能與國民黨政權一樣，成為去除「三害」的共同行動者，除了對政權的正向回應外，「文協」與國民黨政權在文學場域所形成的權力互動，對大眾圈文學生產的控制，才是「文化清潔運動」的後續政治效應的重點。

　　法國另一位社會學家埃斯卡皮〔Robert Escarpit，1918-2000〕，曾就文學生產與閱讀市場的理論模式進行探討。他針對讀者群的文學身分的發行圈，指出「文人圈」與「大眾圈」有其存在的界限。因為「大眾圈」相對於「文人圈」，是專為文化素養較低的讀者群所服務的發行系統，所以「大眾圈」中出版商連續挑選的特徵、讀

者反饋、或以標準化的機械生產程序來滿足讀者需要的情況，在「文人圈」中都不存在。這使得「大眾圈」文學生產的主動權掌握在發行者身上，導致文化生產的工業化經營，雖容易使得作品被大量粗製濫造，但卻擁有比「文人圈」更寬廣的消費基礎。埃斯卡皮從四種經濟手段的分析，試圖解決「文人圈」與「大眾圈」之間長期以來在文人認知中即彼此對立的社會障礙問題。埃斯卡皮的前提是各自肯定這兩種發行圈的文學階層屬性，跳脫傳統文人在美學藝術認知的價值判斷思維，以閱讀與經濟消費的文學社會性思維，讓我們認識到「文人圈」與「大眾圈」在審美藝術是有其所屬的品味問題，兩者間的涇渭分明，也造成不同的閱讀市場區隔。埃斯卡皮的理論恰好提供我們分析「文化清潔運動」運作的一個絕佳觀察視野，根據他的觀點，「三害」所反應出來的是漸次形成的大眾圈與其文學生產，文人圈與大眾圈的文學生產因其讀者品味而有市場性的區隔，這說明兩者在美學藝術價值的認知對立，並不一定發生在閱讀市場上的對立。

可是，「文協」提出的「文化清潔運動」，卻為我們帶來一個極不同於埃斯卡皮所觀察到的「文人圈」與「大眾圈」互不干擾的文學生產現象。「文化清潔運動」利用文學運動所帶來的政治效能，讓政府機關能「名正言順」地以公權力限制「大眾圈」的發行，使「文人圈」的發行可以直接進入「大眾圈」。被「文人圈」所排擠的「大眾圈」文化生產類型，則轉以非正常化的商業生產方式，如地下化方式繼續維持市場的消費供需；即使能在合法的商業生產與市場消費運作，所生產的文學類型也往往被排除在主流批評論述的理解模式之外，造成體制的邊緣化或次等化情形。

另一方面，政府機關公權力的介入，使得原本以商業發行為主的「大眾圈」系統，被迫吸納「文人圈」過剩的文化生產。大眾的文化生產一旦被迫進入到「文人圈」的生產範圍，也就被納入政權政治力的社會控制範圍之內。不過，就身為「文人圈」的核心組織「文協」社群來說，文化清潔運動有助於原本就屬於文人的小眾化閱讀品味，擴張到大眾圈的閱讀市場，解決其可能生產過剩的問題。但是，文化知識分子與政權合作打壓「大眾圈」的消費出版經濟運作，本身就是一種以道德論述所進行的迫害行為，對「大眾圈」的讀者而言，娛樂性的閱讀消費選擇變少，也變嚴肅。

「文協」的社群組織化技術是確保國民黨政權對文藝知識分子創作的社會控制的重要關鍵，也是文化清潔運動雖然短暫、卻造成長遠影響的原因。「文協」的社群組織意謂著，五〇年代的「文人圈」不完全是以作家個體自由為基礎的文學體制，而是國民黨政權以社群組織進行文化知識分子的篩選，通過篩選的文化知識分子可以與之建立體制性的合作關係，得到資源。也就是說，當時的文化知識分子必須先透過組織的體制性，才能得到文壇的作家身分與資源。這個合作關係使得「文人圈」的文化階層屬性，在「不均衡現代化」發展環境中，難以不受到政權的政治意志與文化意識形態的影響。雖然政治力的介入，可以使「文人圈」的發行直接進入「大眾圈」，進而帶動「大眾圈」文化生產素質向上提升的作用，但並未能真正解決埃斯卡皮所提出兩者界限的問題，只是更強化文化知識分子在文學場域結構中的菁英階層與影響權力，以及文化知識分子階層在政治、社會權力的共犯結構。受到排擠的「大眾圈」消費文學的非正常化，顯示社會大眾階層自主

性的被剝奪，以及文化知識分子與社會大眾在公民社會中不平等的階層化發展。

　　上述這些潛在的文化屬性階層化的結構，指出「文化清潔運動」知識分子與「三害」文學消費群之間，存在著意識形態與權力位置的緊張關係。「文化清潔運動」的宣言指出「三害」的存在，「不僅文化界受辱蒙羞，其摧殘全國軍民的身心健康，離間海外僑胞與祖國的情感，敗壞國民道德，損害社會風氣，貽害整個反共復國等事實」。宣言並一一明確指出「三害」的迫害內容與真相，要求媒體的自律與政府公權力的制裁。宣言中強烈的政治與道德立場，以「唯利是圖」否定媒體與文化從業者在市場的自由競爭機制，並以社會大眾缺乏認知判斷的自主能力，強力疾呼政府機關維護社會道德秩序的重要性，而不是檢討媒體運作的社會性公平秩序。因此，運動所真正發揮的權力效應，是政府機關透過「查禁取締」的公權力，以維護社會道德的正當性，干預媒體的發行經營權，否認屬於公民社會的讀者群的消費權，同時也讓政治操作混淆文學消費與市場機制的自由運作。

　　影響最大的是屬於「文人圈」的三○年代文學作品，以及屬於「大眾圈」的通俗報刊與新聞雜誌，前者被列舉為與匪有關的「赤色的毒」；後者因色情的「黃色的害」與爆內幕的「黑色的罪」，而危害民族國家與社會秩序。「赤色的毒」來自國民黨建國意識形態的「唯一性」、以及內戰失敗歷史的排擠效應。中國三○年代左傾與左翼文化知識分子，紛紛投入不同於國民黨意識形態的革命建國政治活動，透過文化宣傳發揮影響力，共產黨因而逐漸取得優勢。這個歷史經驗使得國民黨政權來台後，不敢輕忽對知識分子的控制問題。

斷絕一切與匪有關的文化思想來源，避免知識分子因左傾而認同共產黨的中國政權，從中可以看到「文協」社群與國民黨政權在維護民族國家政治意識形態的一致性，但相對於閱讀「赤色的毒」的知識分子或社會大眾，開放思想文化的自由權並不等於民族國家政治意識形態的認同。這兩者之間也沒有必然的邏輯關聯，同樣都是屬於自由人權的選擇範圍，但前者卻必須受到後者的限制。

「黃色的害」與「黑色的罪」也是如此。運動中所強調的道德正當性，都是來自政治操作混淆社會道德與言論自由發展的意識形態結果；色情戕害社會的健康發展、黑幕新聞製造社會黑暗面，顯示社會道德優先社會自由的發展面向。這個價值秩序與國民黨建國意識形態息息相關，使得道德文化的認同基礎，是通過政治，而不是文化或道德或宗教或社會認知等等其他方面。

另一方面，「文協」要求社會大眾認同政府制裁色情與黑幕新聞的泛道德意識形態，很容易模糊社會場域中文化階層與政治權力之間的結構關係，以及政治權力透過體制的無所不在。這指出一個關鍵性的問題：社會大眾絕不是具有判斷色情與黑幕新聞的權力者，也未被賦予擁有這項權力。「文化清潔運動」只是其中一個較明顯的現象。

「文協」社群與國民黨政權在「文化清潔運動」中的共同行動，雖然不表示「文協」社群的知識分子一定支持國民黨政權，但國民黨政權與「文協」社群組織在文學體制所建立的合作關係，卻強化了菁英知識分子決定社會發展樣貌的價值意識形態與階層結構。尤其是與政權關係越密切的知識分子，更是因此掌握更多實質性的發言權力與社會位置。相對的，異議型知識分子或非知識分子社會階層的意識形

態，因缺乏「個體」為單位的自由價值理念或社會思想基礎的保障，就難以公平競爭方式分享既有的社會資源。

　　政治原則主導社會發展的意識形態，以及依循政治原則由上而下的社會權力分配結構，帶來主流菁英知識分子在民間社會的階層優勢、社會個體的矮化與其他社會階層的弱勢，同時也造成政治性介入的文化生產結構──與政權政治或文化意識形態相容的「文人圈」，過剩的文化生產得以進入「大眾圈」；但受到排擠的「大眾圈」的文化生產，卻必須被迫轉到非正常化方式以維繫市場需要。

　　上述現象顯示出文學場域中，建國意識形態與社會實體的一種抗衡性運作關係，顯示國民黨訴諸文化民族主義建立現代化國家過程，所必須解決的傳統與現代之間的本質問題。這指出傳統儒家道德、政治、文化三位一體的世界觀，難以協調積極的現代化國家改造計畫，並使得台灣的國家與社會主體發展朝向兩個方向：一是繼承傳統儒家世界觀而透過革命改造方式的黨國體制的政治社會；一個是資本主義所對應的西方現代經濟社會形態。前者所對應的人我關係社會結構，仍停留在傳統農業社會形態以人倫秩序與家（宗）族權威規範，作為繫連社會「高層─下層」二元結構的基礎，後者則是以因應資本主義社會市場規則與經濟自主的邏輯理性。

　　不同於儒家文化訴諸人之本位與人我互動情境式的溝通方式，它是建立在一種相對客觀而理性的原則，以抽象、普遍、形式化、規格化的方式形塑人際溝通的符碼，使得廣大群眾可以共享確定的規則。運用它們來表述或詮釋各種資訊，可以擺脫血緣親屬或傳統地域成員的緊密聯繫，而朝向更具有效能的人際運作方式發展。

因此，在這兩種不同文化形態所發展的社會主體性格，以及社會主體與個體之間的關係，多有不同。前者雖然保持人我之間的主體能動性，但被限制在單純血緣團體的家族性或地域性聚合，並且形成以（父權式）政治威權體制，作為繫連個人與社會之間的秩序架構。威權成為個體與社會客體之間所繫連的核心價值，政治領域則相對凌駕在其他領域之上，形成控掌社會主體發展的權力中心機制。後者則因相對客觀理性原則的建立，個體與社會客體的關係被導向一種不同於傳統農業社會的運轉模式。運轉模式背後所依據的高效能成本計算的工具理性，使得社會領域朝向符合其最高效益的運作邏輯各自分化。社會客體就由這些各自擁有不同軸心原則的分裂領域所構成。

美國社會理論學家貝爾（Danniel Bell，1919-2011）就曾指出：「技術／經濟體系的任務關係到生產組織和產品、服務的分配。它構成了社會的職業和階層系統，並涉及技術的工具化運用；它的軸心原則是功能理性，而它的管制方式是經濟化……這一體系本身事務化的世界，其中只見角色，不見人……。至於政治，作為社會公道和權力的領域，它掌管強制力的合法使用，調節衝突（自自由主義社會則借助法治），以便維持社會傳統或憲法（有文字或無文字記載）所體現的公道觀念。政治的軸心原則是合法性……政治的軸心結構是代議制度或參與制度，由幾個政黨或社會團體分別反映社會不同方面的特殊利益，作為他們的代表機構或參與決策工具……政治決策因而主要依靠的是談判協商或法律仲裁，而非技術官僚的理性。文化則指的是象徵形式的領域。因為在文化中始終有一種『回躍』，即不斷轉回到人類生存痛苦的老問題上去。人們對問題的解答可能因時因地而

異，他們採取的提問方式也可能受到社會變遷的影響，或乾脆創造新的美學形式。但是其中確實沒有一項清楚無誤的變遷『原則』……。現代文化的特性就是極其自由地蒐檢世界文化倉庫，貪婪吞食任何一種被抓到手的藝術形式。這種自由來自它的軸心原則，就是要不斷表現並再造『自我』」[6]。以分裂為發展本質基礎的資本主義現代社會實體，相對於傳統儒家文化政教合一式的黨國政治社會實體，社會控制的技術與社會價值的維繫，並不是來自政治，而是場域運作所根據的軸心原則。資本主義在西方歷經兩百年的發展，已形成它在經濟、政治、文化三大領域間的根本對立衝突。這三個領域相互獨立，分別圍繞自身的軸心原則，以不同的節奏交錯運轉，甚至逆向摩擦，隨著後工業化社會的到來，這種價值觀念和品格構造方面的衝突將更加突出，難以扼制。這是貝爾對美國當代資本主義文化總體批評的理論基點。貝爾依據分裂觀念所提出的文化矛盾，指出經濟、政治、文化三大領域在價值觀念與結構運作之間的難以統合，同時也點出經濟、政治、文化三大領域在彼此衝突背後，因互相獨立而擁有的價值對等關係。對照貝爾的理論，會發現：國民黨援引資本主義的現代化技術作為國家社會的經濟實體發展時，雖然以建國意識形態的理念價值預設，作為政治秩序整合其他社會領域衝突的正當性，但仍預留社會的彈性空間發展西方民主形式與經濟結構所繫連的社會價值，以及不同社會領域之間所保有的價值對等關係。

　　台灣五〇年文學體制發展也是如此，從政權所建立的體制性合作

6　丹尼爾 • 貝爾（Deniel Bell），《資本主義的文化矛盾》（台北：桂冠出版有限公司，1994），頁 7-9。

關係到提倡文藝政策的國家體制化過程，文藝運動的政治效能並未強化到完全剝奪民間社會的文學自由經濟行為，只是卻將民間社會的文化生產納入政治性的社會控制範圍。影響所及，則是文學基於政治（包含文化、道德）傳播效能的藝術價值理念被強化，成為場域藝術自主原則發展中所接受的重要美學思維。

　　因此，結合建國意識形態的不均衡現代化發展生態，會使得文學場域的藝術自主原則，很容易傾向文學藝術性結合政治／文化／ 道德目的的實用性藝術價值觀念。文學的政治操作，也使得文學被視為政治意識形態的宣傳工具，混淆文學本身的政治美學表現；而以國家或民族概念限制文學的政治性或藝術性的開發，也會使得個體性的、非實用性藝術價值觀念相對被壓抑。這是五〇年代發展反共文學的特徵。

　　回到我們的文藝運動主題，我們知道「戰鬥文藝運動」顯示政治力在文學場域的強化，但不一定都是產生正向的作用力，因為建國意識形態與社會經濟實體發展之間的矛盾，會讓不同理念價值的藝術自主原則，可能在社會條件充足的時候，產生反作用力。因此，文藝政策趨向國家體制化的強度時，反而會導致場域以其它潛藏的社會資本反抗被支配、或退而尋求層級化的自主原則發展，也是可能發生的現象。1953 年發動、1956 年正式形成的「戰鬥文藝運動」，就可以從上述的思維角度進行理解觀察。

　　1956 年，國民黨正式宣佈戰鬥文藝成為國家文藝政策方針，傾向官方的文協社群知識分子以發動「戰鬥文藝運動」響應之，顯示政權的統治階層在文學場域進行強化控制的傾向。但在文壇，卻於同年發

生具有相對回應性意義的重要歷史事件：一是以紀弦為首、於《現代詩》上所發起的現代派信條，一是夏濟安創辦《文學雜誌》。夏濟安的《文學雜誌》到六○年代中期以後，才漸漸顯現對現代小說發展的重要性，但開始在 1956 年奠下基礎。紀弦《現代詩》的現代派信條，則直接衝撞出台灣現代主義詩歌運動的萌芽。

　　首先先來看紀弦「現代派」所發動的六大信條：

1. 我們是所有揚棄並發揚光大地包含了自波特萊爾以降一切新興詩派之精神與要素的現代派之一群。

2. 我們認為新詩乃橫的移植，而非縱的繼承。這是一個總的看法，一個基本的出發點，無論是理論的建立或創作的實踐。

3. 詩的新大陸之探險，詩的處女地之開拓，詩的新內容之表現，新的形式之創造，新的工具之發現，新的手法之發明。

4. 知性之強調。

5. 追求詩的純粹性。

6. 愛國反共，追求自由與民主。[7]

　　紀弦的六大信條，除第六條顯示仍必須制約於國家文學政策發展的時代氛圍外，詩宗「波特萊爾」與「新詩是橫的移植，而非縱的繼承」的「全盤西化」詩史觀點，直接點出紀弦「現代派」對於西方現代主義文學藝術觀的繼承，這是紀弦在現代主義思潮中最受攻擊的地

7　紀弦：〈現代派信條釋義〉《現代派》第 13 期（1956 年 1 月），頁 4。

方。但撇開中西文化與民族立場等論爭，紀弦訴求西方現代主義詩知性精神與形式實驗的前衛性宣言，使他獲得五○年代現代派領袖的稱號，其現代派文學領袖定位，突顯 1950 年以來「文協」組織性的文學權力，逐漸從文學的政治屬性撤離到擁有（雜誌為主的）文學媒體的文學性社群知識分子身上。

　　「現代派」宣言正式提出：詩的藝術形式與知性精神的非實用性傾向的藝術價值觀，清楚標示《現代詩》的文學屬性，以及依照文學屬性所形成的社群單位。紀弦援引西方現代主義的前衛藝術實踐觀念，強調詩在語文形式與美感經驗等美學範圍的實驗精神，對於當時體制傾向實用性優先藝術性的寫實主義文學價值觀來說，是一種反動，但並不徹底，其一原因在於詩與小說在文學形式的分屬。宣言要求詩是語文形式與美感經驗的獨立領域，強調詩的價值來自純粹藝術性的美學範圍；這個藝術價值觀背後強烈的文學個體意識，使得文學實踐不必通過群眾的認同基礎（小至讀者大至國家民族社會），而是以個體作為文學的表現主體。這與中國古典文學中詩的個體言志抒情傳統是可一貫的。

　　但是，對於被納入革命建國意識形態範圍的文學領域來說，反共文學在政治力的支持下，成為台灣五○年代文學發展的主流類型之後，反共文學敘事大量挪用左翼傳統中的寫實主義文學成規，透過結合民族、國家意識形態所產生的政治性傳播功能，非藝術性與非個體性的文學價值觀，不斷在文學實踐過程中被強化。這顯示小說的文學形式較詩更具有向外實踐的社會力量。

　　「現代派」在既有的文學體制下，以相同的文學屬性建立社群

共識，成為「文協」政治屬性之外的新興文學屬性勢力。這個新興文學勢力抬頭的新現象，象徵文學場域的發展在政治力的持續強化作用下，開始以詩領域的美學形式與內容精神追求，作為尋求層級化自主原則的範圍。「現代派」的文學宣言在這個意義上，可以被視為以現代主義藝術形式實驗的前衛性，挑戰文學政治化的單一發展面向，而不是直接對抗體制的意識形態。因為「現代派」的發展現象，仍帶有普遍尋求以中國傳統民族文化或古典詩文學資本的特徵，以及對於西方現代主義的選擇性吸收的文學主張，顯示台灣現代詩的「保守」在「不均衡現代化」發展生態中所受到的限制，可以看到「現代派」的「保守性」。

進一步說，西方現代主義的前衛精神，來自人的獨特性與創意，並以此展開對資本主義社會高度發展的攻擊，因此，西方現代主義認為人是可以透過現代文體的美學性質革命，尋求改變人類在社會結構中人性可能發生變化的歷史機會。這使得現代藝術一方面具有社會與認識論的根源，一方面又以藝術家的自我超越與解放為實踐基礎。這兩者具有同時性意義存在的發展面向，並促使現代主義的前衛藝術的社會意義產生一種弔詭現象：以形式的技術革命表現個人意識與存在處境之間的精神結構和面貌，並以此對抗高度資本主義社會之下使人趨向單面化發展的工具理性技術。

然而，現代主義和浪漫主義一樣，都是利用意識思想的再調整，以及對過去藝術表現的不滿情緒，從一個國家流傳到另一個國家，發展成西方文學傳統中的一個主流思想。現代主義中現代意識在語言結構與形式風格所呈現的文化與美學問題，使得現代主義藝術一開始就

帶有社會性革命的美學批判意識、與其相對應發展的現實社會基礎。

　　但「現代派」卻排除西方現代主義中藝術前衛實驗的社會批判意識，只是單純接受藝術形式與內容的創新革命。雖然這可以台灣五〇年代尚未進入高度資本主義工業化社會發展作解釋，但缺乏足夠的說服力。因為文化思想的傳播，不一定要是在兩方對等的物質條件或環境中，才能夠發生接受的可能性。「現代派」的「詩的現代化」所認定的「現代」意涵，是技術形式的現代化，而不是指向精神結構的現代性意義。「現代派」在五〇年代所發起的台灣現代主義詩歌運動，就文學思想的傳播而言，並未牴觸體制內的建國意識形態，真正有所牴觸的是西方現代主義文學價值觀所隱藏的個體意識。

　　事實上，這個部分也未讓「現代派」遭受政治力的壓抑，反而促使《創世紀》詩刊在 1959 年改組擴大版面，繼「現代派」與「藍星」詩社後，成為主導六〇年代現代主義詩歌運動的重要文學社群。這顯示當時場域尚未累積足夠的社會資本，來對抗體制內原有的政治與文化意識形態的支配，只能退而求其次，尋求文學層級化的自主原則發展。

　　就文學類型而言，透過現代主義的美學形式革命，瓦解詩歌在文學建國所需要直接面對的群眾基礎，促使文學成為以知識菁英為主的小眾文學，而達到文學的層級化。訴諸個體意識的文學表現，雖然得到層級化後的文學自主發展自由，但內容風格卻被侷限在純抒情傾向、或連結到中國古典傳統。

　　所以，現代主義詩歌運動背後所發展的文學價值觀，是以接受美學技術革命的前衛性開始，並沒有一併接受西方文學菁英階層在現代

主義的反體制意識。這是因為通過既有文學體制的結果，使得現代主義在文學場域的發展，難以在主張文學傳播效應的體制價值觀中，獲得持續深化的社會資源與基礎。其中所隱藏的個體意識，雖因文學的層級化得到發展的機會，但隨之帶來的美學性質技術的向上提昇，反而使得文學的傳播逐漸被侷限在以知識菁英階層為主的小眾圈子。

　　值得注意的是，抽離反體制的社會批判意識，現代主義文學在台灣的內部發展傾向與傳統的溝通，以及推動傳統的現代化現象。這個面向不僅暗合於國民黨的建國意識形態，也提點出體制性限制的藝術自主原則，是以排斥社會批判意識作為台灣現代主義發展為前提，進而影響現代主義文學在內容與精神面向的選擇性接受。其中最重要的部分就是個體在城市性經驗的開發。城市的興起與運作，可以說是資本主義發展的重要基礎，城市所激發或提供的各種文明感官刺激與精神質變，轉化到文學藝術形式或內涵上的美學經驗表現，成為我們觀察現代性的重要思維面向。

　　台灣現代主義之所以在1959年後取得發展優勢，與當時對應的歷史現實息息相關，包括接受美援之後，以「現代」議題所觸碰的現代化社會結構轉型，以及以台北為重心的都市計畫與重北輕南的經濟發展政策。台北可以說是台灣五〇年代中末期之後，集重要資源所打造、並得以與（以美國為主）國際接軌的最重要現代化都市。從接續日治時代台灣總督府對於台北城的近現代化殖民都市的開發成果，到接受美援計畫後的國際化都市定位的發展，台北一開始就不同於台灣其他城市，在現代化過程中所經歷的小市轉型過程。台北都市的世界性體質，以及台灣國家化（中華民國在台灣）過程對美國強烈依賴的

國際政治經濟處境，使得台北的都市語境很輕易、或理所當然地繫聯以（美國為主的）西方文化。而建國所需要的現代化技術，恰巧為台灣社會提供一個接納西方文化的平台基礎。另一方面，台北又是國民黨流亡政權的臨時首都，為將失去實質家鄉的動亂經驗，從陌生地的疏離感轉化為熟悉的安全感，「想像中國性」的投射，成為戰後台北都市地理規劃的重點。

　　所以，戰後台北的都市生活空間、文化情境與發展原型，一方面以想像的中國性為基點，一方面又漸漸移植（以美國為主的）世界性。台灣現代主義所投射「現代情境」的不穩定與不確定性，並不是單純從翻譯或轉化美國高度資本主義發展的都市內外樣貌。中西文化在建國工程中頻頻接軌的社會情境與競逐關係，以及國民黨政權在台灣所造成「流亡」社會情境的現實，成為台灣接受輸入的重要社會心理基礎。因此，台北城不僅是外省族群分佈最複雜、最密集的區域，更是戰後台灣政治、經濟、文化發展的中心，以及主導戰後台灣文學發展的文學地理中心。從五○年代的中國文藝協會組織社群、到六○年代現代主義思潮發展重鎮的台灣大學外文系學院體制，都與台北市有緊密的連繫。

　　再從文類發展過程來看，相對詩而言，小說在五○年代文類的主流位置，使得文學層級化的自主發展，並不像詩那麼擴展迅速，但也呈現相同徵狀。夏濟安的《文學雜誌》除了提供現代小說的創作發表園地，還引介翻譯西方現代小說與文學理論，以及現代文學與中國古典文學的論述與批評等類項。夏濟安在學院體制內所籌辦的純文學刊物，雖然在政治與文化意識形態上，與「現代派」一樣傾向保守性地

繼承中國文學傳統的民族立場，但在文學的主體性——創作、評論者與創作、評論自身，除顯示小說價值觀仍是社會性強過美學性外，已經可以看到小說朝向專業化的傾向發展。《文學雜誌》在1960年8月，因夏濟安赴美而停刊，夏濟安離開後，他的學生陳若曦、王愈靜等，於五〇年代末，在台灣大學外文系成立了一個交友性組織「南北社」。一年後，該組織擴大改組，更名為「現代文學社」，此文學社團以台大外文系的學院體制為根基，接通台灣現代文學與西方現代主義文學的聯繫，進而培養了不少優秀的現代派小說創作者。

紀弦的「現代派」與夏濟安的《文學雜誌》，突顯出政治力推動軍中文藝政策的國家體系化過程中，以西方輸入的文學知識，作為民間社會主導文學發展的文化資本。但接納關係中的體制性共犯結構，使得西方文學知識體系對建國知識體系的競逐關係，既激烈又受到侷限。這說明現代主義的反動性為什麼不可能徹底，民間社會仍必須持續輸入不同的西方理論，來維護競逐關係的主導權。

之所以產生這種惡性競逐關係，與建國意識形態下的「不均衡現代化」社會發展息息相關——傳統文化道德的價值不斷被政治化，社會秩序的維護來自政治權力機制，而不是民主法治。現代民主法治意義則被架空在政治社會的外在形式秩序，難以深化到以（個體）人民為主的公民社會價值理念與捍衛性體制。這也造成政治意志滲透社會各個層面（包括媒體輿論、教育、文化、經濟……等各個領域所形成的公民社會主體），形成上（政治菁英階層與次之的其他社會場域的知識菁英階層）下（被統治的群眾階層）結構的社會權力分配。場域的層級化發展程度，成為決定知識菁英階層是否能挑戰政治菁英階層

的關鍵。

　　《現代文學》與「現代派」的內在精神理路，弔詭地在文學形式的現代化創新理念，同時暗合了文化保守意識形態的民族立場。雖然可以透過抽象化語言與高度技巧為主的現代主義思想，透過場域分工與文學的專業化，促使文學場域的發展獲得質的跳躍，但在體制的影響下，詩的現代化革命仍不免受到文化民族主義的制約。

【延伸學習】

1. 台灣分別在 1951 年、1954 年、1956 年發生過軍中文藝運動、文化清潔運動戰鬥文藝運動，這三大文藝運動的主導者與行動者為何人？有何目的？有何作為？

2. 請試從客觀歷史角度說明軍中文藝運動與民族革命、反共建國之間所形成的內在精神結構。

4. 請說明戰鬥文藝的國家文藝政策化為何不能在 1956 年成功主導文學場域的發展？另一個作為新興反動勢力的文學現象是什麼？較之反共文學的衰微，其背後可能潛藏的詮釋意義又為何？

第四章

誰在說話——反共文學體制中的國家
話語與民間論述

第四章
誰在說話──反共文學體制中的國家話語與民間論述

　　總體而論，「反共」是五〇年代台灣作家在政治時代氛圍所主導之下的主流創作題材，透過國民黨政權的刻意發展與培植的組織運作，「反共文學」成為當時的時代文學創作現象。但是，任何一個主題被大量反覆創作後，一定會出現疲憊現象。為了讓反共文藝創作能繼續保持向內注視的熱情，以期能發揮更多的影響力，「戰鬥」文藝的訴求漸次浮上檯面。

　　因此，仔細觀看從反共文藝到戰鬥文藝之間的訴求與衍變，在更加要求獻身力量的高分貝政治聲音中，其背後各自所投射的政治文藝價值理念，也在「政治正確」的空氣中，悄悄產生了認同價值向內緊縮的現象。因為「戰鬥」這個概念，涉及到為何而戰？為誰而鬥？如果只是為了反共而戰、為反共而鬥，那之前所高舉的反共文藝大旗，不是已經號召不少作家、投入訴諸以筆為武器的文藝戰鬥形式了嗎？「戰鬥文藝」似乎成為一種多餘。不過，也正因為這種意義上的多餘，我們不僅看到了戰鬥文藝作為反共欲振乏力的最後激情，也看到了更現實的政治權力是如何，交互滲透到文藝之中。但是，來自政治場域的反共或戰鬥意識並不是唯一能主導文藝的力量，文藝也有自身運作的審美原則。五〇年代反共文學發展的最大特色之一，就是政治正確與文藝審美之間所產生既滲透、又排擠的交互影響。我們可以透過反共文藝論述的線索觀察，清

楚地為這個時代勾勒出更豐富的文學歷史發展線條。

一、從「主義」到「領袖」的官方文藝論述

　　反共文藝到戰鬥文藝的提倡，可以看到政治訴求與文藝發展之間的緊密關係，是無庸置疑的時代文學現象。然而，值得繼續提問的是，反共或戰鬥政治理念為前提的文藝論述，與文藝創作之間可以形成怎樣的關係？或是究竟對當時的文藝創作空間產生如何的影響？都是探討五〇年代文學的有趣課題。

　　我們都知道，張道藩作為五〇年代國民黨政權所倚重的文藝知識分子黨員，不僅是反共文藝的積極提倡者，也是得以將多數大陸遷台作家整合到「文協」與「文協」社群組織的靈魂人物。但是，如果只是簡單以張道藩為國民黨所倚重一言以帶之，而忽略他的文藝政治觀對五〇年代、以及之後的台灣文學發展的體制空間，則是一件相當可惜的事。

　　首先，我們必須了解，張道藩早年曾留學法國，和他同時代的多數青年一樣，因出身與政治理念的相似性，在孫中山民族主義的號召之下，選擇認同國民黨。1942 年毛澤東提出〈在延安文藝座談會上的講話〉，張道藩也隨即在《文化先鋒》創刊號發表〈我們所需要的文藝政策〉，提出「三民主義的文藝政策」與「拿（三民主義）文藝作為建國的推動力」兩大意見對抗[1]。張道藩相信以主義為中心的文藝政治理論，具有徹底改換人民思想與意識的行動效用。因為文藝本身

1　張道藩，《三民主義文藝論》（台北：文藝創作出版社，1954），頁 1-10。

雖是生活與社會意識的表現，但卻能夠透過「再現」的美感效果，引發讀者從精神上的同情意識轉為具體行動。因此，他認為文藝審美與政治實踐之間具有一種雙向影響的力量存在。也就是說，文藝以現實人物表現現實生活與社會意識，政治意識作為生活與社會意識的主要推動力，美感作為生活意識再現於作品的同情；這三種意識的連繫，可以讓政治意識透過文藝的美感經驗的吸收，而更加強化讀者的行動能力。張道藩的文藝理論對文藝提出了兩個很重要的基本價值預設：一、文藝是體現生活的美感表現，不能獨立於政治；二、文藝必須接受政治思想的指導，才能發揮最大作用。張道藩的兩個基本預設，連結文藝救國的實用價值觀，以及國民黨的三民主義信仰，為國民黨推行文藝政策的必要性，提出了：「謀全國人民生存的全民性」、「事實解決問題方法」、「仁愛成為民生重心」、「國族至上」四種基本意識。在這四種主要意識的立論基礎上，進而提出更具體、且帶有指導性質的「六不政策」與「五要政策」。「六不政策」包括：不專寫社會的黑暗；不挑撥階級的仇恨；不帶悲觀的色彩；不表現浪漫的情調；不寫無意義的作品；不表現不正確的意識。「五要政策」，包括：要創造我們的民族文藝；要為最苦痛的平民而寫作；要以民族立場而寫作；要從理智裡產生作品；要用現實的形式。張道藩以國民黨的三民主義政治威權與真理信仰，作為接收文藝審美情緒的價值理念與論述基礎。他的文藝論述在《三民主義文藝論》中臻至高峰，提出以三民主義為中心的文藝方法論。他認為三民主義之所以可為文藝的本質，就是因為依照三民主義精神所創作的文藝本質內容，可廣及到個人生活與全民族全人類的活動，是心與物、現實與理想的實踐，並能將重

視道德與政治內涵的民族文化，作為文藝表現的內在特質，而臻至真、善、美境界。

　　同樣的文藝論述形態，也表現在另一個反共理論大家——王集叢於 1942 年在江西完稿的《三民主義文學論》上。王集叢認為當時「左翼作家」所引導的中國文學路線，因國民黨政府放任文藝的政治態度，受到共產黨與莫斯科的影響下，被迫走上「罪惡的邪路」。國民黨的疏失使得上海文壇被共產黨控制。共產黨透過文藝利器反對政府，欺騙青年，發展組織，造成反動勢力的抬頭。因此國府撤台後，更需要認清「反共抗俄」的現實任務，建立三民主義文藝政策的正確道路。

　　王集叢與張道藩最不同的地方在於：張道藩認為文藝正確發展的關鍵在於「三民主義」，王集叢則強調奉行三民主義的「國民黨」。兩人的文藝論述直至國民黨來台後，才真正獲得國民黨的重視。尤其是張道藩的文藝政策主張，在台灣作為反共復興基地與三民主義模範省的現實局勢中，得到了領導文壇與影響體制發展的舞台。值得留意的是，張藩道論述之所以較王集叢更為重要，並具有更大的影響力，並不只因為張道藩更為國民黨所重用的政治關係，而是基於三民主義政治文藝理念之下為台灣文學發展所保留的純文藝創作空間。

　　也就是說，不管是張道藩或是王集叢，他們雖然以三民主義作為文藝論述的基本原理與思維方式，提出文學服務政治的正當性，但是，也正因為三民主義作為文藝本質而提出的方法論，本身是只具有指導創作意識的政治性原則，並不具有真正能實質規範文藝形式的理論方法。這使得文學發展在政治意識形態的控管之下，仍保有一定程度的審美性的自律發展空間；官方文藝論述也不一定能夠完全左右文學的

發展向度。但是，官方文藝論述是不是就不值得我們關注呢？其實不然，張道藩與王集叢的官方文藝論述與反共、戰鬥文學之間所互涉的文學政治想像，以及為國家文學所提供的言說形式與意識衍變軌跡，都會讓我們驚訝於政治與文學之間所彼此纏繞互利的文化關係，與政黨政權所主導民族國家意志，向來就不是一件簡單之事，更不該在事過境遷之後化約為道德或情感上的歷史批判，然後就一筆帶過。

我們可以從文學政治想像如何變成黨國意識、黨國意識如何變成政治真理的思維角度，重新觀察五〇年代的反共與戰鬥文學的官方論述。

（一）三民主義文藝理論的文學政治想像

張道藩與王集叢的三民主義文藝理論在論述形式，不約而同地都是訴諸於「主義」的知識話語，強調文學政治功能的合理性。兩個人指出：主義的真理信仰是文學與社會可以彼此互證的基礎，並認為三民主義文學是中國文學發展的歷史動向；以三民主義所實踐的文學，不僅具有高度思想價值，也可以成為開發民族文學形式與民生史觀的現實主義內容。

「民族文學形式」與「民生史觀的現實主義內容」這兩個範疇的被提出，除了突顯中國五四以來右翼知識分子，對於左翼新文學論述中文化符碼的轉化與挪用外，也可以看到，不管是左翼或是右翼的文學觀，都以政治目的作為文學的核心訴求，包括以「主義」意識形態解決生活樣態的理想，以及透過文學以達到社會制度的現代化轉型的想像預設。在思想論述上，右翼文學試圖從（「三民主義」定義下的）中華民族的文化統合性，對抗左翼「大眾階級」背後所強調的社

會矛盾現實。在文學實踐上，右翼吸收左翼新文學傳統的寫實主義文學形式，但嚴禁左翼立場的階級矛盾與社會現實批判內容。雖然，左翼在中國現代文學史上，已經取得繼承五四新文學傳統、以及國族建構的「現代」屬性的合法詮釋定位，然而，從中國新文學左、右翼分述現象背後的整體視角，仍必須正視：右翼系統在 1949 年後，以代表國民黨官方立場的文藝論述，獲得體制性的傳播效應，因之繼續在戰後台灣影響台灣文學的發展歷程。

回到張道藩、王集叢的三民主義文藝論述觀點，兩人的思維都以三民主義優先於文學的本位立場出發，主張三民主義不僅作為政治建國的指導原則，也同樣可以跨越到文學理論中。兩人的政治意圖反應在文學實踐，提點出內容優先形式的實用性藝術價值觀，以及依附文化本位的民族意識形態。而張道藩的思維進路：首先將文學表現人性的藝術價值觀，納入三民主義的建國思想體系。他提出三民主義具有承繼人性本質與民族適切特質的假設，將文藝視為一個通往人生真善美境界的實踐理路。三民主義的思想可以作為文藝形式與內容的生活統合基礎，進而實踐民族主義、民權主義、民生主義所規劃的國民生活樣態，此即為表現宇宙人生的真善美本質。他指出：民族主義的本質是反侵略與反極權，可以喚醒世人追求和平，消滅人民與民族之間的一切矛盾與糾紛，闡明一切分際與權限，而趨於合理的平衡；民權主義的目的在於實行全民政治，讓各階級在政治上達到平衡狀態，人民與政府的平衡，表現自由與組織兩種力量的平衡，以及政治力量與道德力量的平衡；民生主義，更是基於仁愛，人性得以發揮，鼓勵生產，培養人格，透過「己立立人，己達達人」，以達互助合作的實

踐。因此,從民生史觀來觀視人類的演變進化,更是表現個人經濟生活與國家經濟活動的平衡、各階層經濟生活的平衡、勞動者與勞心者的生活平衡,表現心與物的平衡,表現人與自然的平衡。張道藩根基於對三民主義的信念,提出寫實主義為主體的創作方法論,包括結合寫實與浪漫技巧的民族主義文藝、古典寫實主義技巧為主的民權主義與民生主義文藝,以及三民主義寫實主義立場決定文藝的通俗化發展面向。他並引用大量的中國古典文學、藝術的例證,說明內容決定形式的重要,強調文藝通俗化與美感形式的並進觀點。張道藩的開放性文化保守主義態度,以傳統民族文化基礎吸納現代經驗的文藝觀點,與《三民主義》融合文化民族主義本位、西方現代化技術的建國意識形態,可以相互參照。

　　換句話說,張道藩的文藝思想是透過「三民主義內容決定民族文學形式」的基本進路來建立,並透過政治理想指導文學美感經驗的表述與思維方式,得到實踐,在文學與政治之間如何維持平衡的論述努力,到了王集叢的《三民主義文學論》,則打破這種平衡,而走向唯政治路線。王集叢不僅將三民主義的政治意識形態,視為文學表現的唯一真理之路,更以此將國民黨視為建設現代中國的唯一合法正統政黨。他的論述具有高度的政治化傾向,也直言不諱政治建國意識形態才是文藝的唯一想像道路。認為:建設三民主義的新中國、新文化,在於開展三民主義的文化運動。這運動的主要目標之一,就是三民主義的學術化,及建立三民主義的各種科學,藝術文學是其中一個類項。創作者必須基於三民主義的民生史觀立場去認識生活,研究文學,說明文學,便可得到正確偉大的收穫,而所謂的「人民」、「社會」、「國

民」、「群眾」，都是多數，有組織的意義，集團的意義，社會的意義，
其與文學相結合，必使文學脫離個人主義的色彩，產生有廣大群眾基
礎的集團主義的新文學，才能開創出中國「民族精神」。三民主義文
學就是這個精神的形式創造物，文學的價值來自於精神內涵。因此，
三民主義文學裡沒有「民族形式」的問題，更沒有「中國化」的問題，
因為三民主義是中國的；也因為其基於民生史觀的立場，去觀察生活，
描寫中華民族的融合和爭取生存獨立的偉大鬥爭，描寫中國人民的政
治經濟生活以及國家的建設等等，其所產生的文學作品，絕不會無價
值；反之，與此相反的表現，那才會妨害文學的價值。

　　「中國的民族性」與「民生主義社會史觀」兩個論點，顯現王
集叢以政治邏輯定義文學內涵與理念的發展原則。王集叢透過三民主
義的「中國本土」的「中國的民族性」的民族主義觀點，指出文學的
群體價值立場，並以此駁斥中國共產主義的「舶來」身分；「民生主
義社會史觀」則是從革命之後完成民族國家的現代化民生經濟建設目
的，要求文學的實用傾向。這兩個面向投射出國民黨建國的「正統中
國」身分認同與現代化國家的想像實踐，也提供國民黨之所能名正言
順「反共」的正當性。不管是「中國的民族性」，或是「民生主義社
會史觀」，這兩個立場的知識理念都是以孫中山的《三民主義》為基
礎。在這裡，我們看到反共文學在五○年代所形成的「國家」文學地
位，同樣也是需要國家論述的支持，才能具備行動的正當性。《三民
主義》的「中國性」與「現代中國」想像，藉由「主義」的知識形式，
甚至是信仰理念，變成動員知識分子的政治行動綱領。三民主義的政
黨意識形態透過論述，被提升為建國信仰，為知識分子的政治個體被

吸納到民族或國家主體意識，作了預備。張道藩、王集叢將三民主義的意識形態延伸為文學理論的基礎，顯現右翼文學路線的國家主體言說進路，強化文學書寫對國體建構與國家想像的發展，以及國家與民族主體優先於個體主體的文學意識形態價值觀。

事實上，文學與國家之間的密切關係，從中國儒家「文以載道」的書寫傳統就已經淵源已久，直到 1902 年梁啟超推動「新小說」，群體意識的文學價值觀仍一直佔有中國文學的主流位置。延著歷史的軌跡走，從梁啟超以「欲新一國之民，不可不新一國之小說」，強調小說與「群治」之間的關係，到魯迅以降，「啟蒙」與「救國」成為中國菁英知識分子發展現代文學的重要使命。影響所及，1949 年之後共產黨獲得大陸政權，以「中華人民共和國」之名推動的「革命建國」文學；國民黨在台灣，一秉毋忘在莒精神、念茲在茲的「反共復國文學」。這兩個以國家為主體的文學類型，代表左、右翼建國意識形態文學發展的歷史高峰。這種帶有國家文學特質的文學類型，基本上所要求的就是政治思想優位於文學的自我實踐。

劉再復在〈從獨白的時代到複調的時代──大陸文學四十年發展輪廓〉一文中，曾論評五○年代到七○年的大陸文學說：「從總體上說，正是一個獨白的時代……這種獨白，在政治觀念上是馬克思主義政治意識形態的獨白；在文學觀念上是毛澤東《在延安文藝座談會上的講話》和列寧的文學黨性原則的獨白；在創作方式上則是『社會主義現實主義』（也稱『革命現實主義與革命浪漫主義兩結合』方式）的獨白。1942 年毛澤東《在延安文藝座談會上的講話》批評政治與文學分離的二元論，確定文學服從政治並統一於政治的一元論。這種一

元論，就是政治話語主宰和壟斷文學話語的一元霸權，它不僅把文學變成單一的獨白形式而且把文學變成政治獨白的轉達形式。1949 年後二、三十年間大陸文學最突出、最基本的特徵，就是文學成為高度統一的政治獨白的表達和演繹，政治意識形態成為文學創作的前提，馬克思主義對於社會的全盤性解釋成為文學敘述的根據和架構。因此，這個時期的文學就形成一個中心意識形態所覆蓋的封閉性系統。」

與大陸較為不同的是，國民黨政權在台灣建立的威權體制，對於文學理念與創作所互證互明的一元政治化控管，遠不如中共建國後的文藝鬥爭來得高壓激烈。國民黨的策略是透過意識形態的相容性進行收編。值得慶幸的是，國民黨為文藝發展所保留的彈性空間，使得戰後台灣的文學發展，並未到達反共純粹化的無雜音，其他異於官方反共但獲得認可的文藝創作，如抒發個人在歷經大時代動亂之痛的懷鄉思憂之作、有助於國民黨「中國化」政策的各式歷史小說與演義傳奇、女性作家為主的瑣碎的家庭與生活細節的抒情描述、具有正向人性意義的「純文藝」創作……等，仍佔有極高的出版比例。這些現象顯示反共文學雖然是戰後台灣五〇年代的主流文學類型，但整體文學發展並不限於主義政治話語的文學獨白。

不過從文學的意識形態化觀點來看，張道藩、王集叢代表國民黨官方的文藝論述——透過主義話語領導文學話語的文學政治化思維，卻是與共產黨如出一轍：在政治觀念上是孫中山三民主義政治意識形態的獨白；在文學觀念上是實踐孫中山《三民主義》民族、民權、民生主義和文學黨性原則的獨白；在創作方式上則是依循「三民主義（尤以民生主義、民生史觀為中心）的寫實主義」，充分顯示國民黨右翼

對於左翼文學論述的高度轉化挪用，以及以三民主義實踐為想像核心的政治化文學意識形態。

但與共黨「革命建國」文學中理論架構與創作生產效應現象相左的是，張道藩、王集叢的三民主義文學論述，其實並未能在反共文學體制的文學生產機制中，像民間文學論述那樣實際發揮影響的作用力。主要的原因在於：兩人在三民主義文藝論述中一貫保持的民族文化本位態度，使得三民主義政治話語未能充分轉進現代文學論述所認可的現代屬性。這個現象也延伸一個重要的根本問題：為何孫中山的革命話語，無法產生像馬克思主義文學論述那樣更具有「現代」屬性的革命文學話語？細探此現象，主要的原因與孫中山基於儒家政治文化道統的文化民族主義本位有關。因為文化民族主義是孫中山革命建國的號召意識基礎，也是設計《三民主義》思想體系與實踐現代化中國改造工程的言說正當性來源。

我們不妨再探究孫中山的三民主義與現代中國知識論述之間的歷史發展。透過中國現代史的背景知識學習，我們都知道，孫中山的「三民主義」，雖然以「主義」話語標明現代知識論述的「現代」屬性，並透過國民革命的正當性推翻滿清，使得國民黨取得中國從帝制國家轉型為現代民族國家的領導高層位置。但是，孫中山並不是個思想的前衛者，他仍保留了中國傳統儒家的文化道統，作為其民族主義的根本認知基礎，而將歐洲啟蒙運動以來社會思想與社會制度，以選擇性的吸收方式，轉化應用到適合現代化中國的改造計劃中。如民族主義強調民族平等觀念、民族自決要求中國在國際間的現代民族國家地位；民權主義中以民主共和的憲政取代帝王專制、以人民代議的政治選舉

替換朝廷對地方官的指派與任命；民生主義以土地改革將中國的農業社會轉型為現代經濟社會結構、以國家資本發展中國經濟產業等。

不過相對地，國民黨由上而下的一黨專政理念，卻在根本基礎上保留了傳統儒家對於中華帝國的文化精神與管理結構。如民族主義中的民族地位恢復，來自於中國的固有道德、民族智識的發揚，必須從大學的「格物、致知、誠意、正心、修身、齊家、治國、平天下」的政治哲學，重新正視已漸漸喪失的民族尊嚴：而民族能力的認知，則來自中國文明中所產生的各種發明（指南針、印刷術、火藥、茶葉、絲織品、拱門、吊橋等等）。又如五權憲法中行政、司法、立法、考試、監察五權既獨立又牽制的特質，以政府部門機關各自擁有權責歸屬的「現代制度」樣貌，繫連住中國過去龐大官僚體系在朝廷機制運作下所確立的行政管理效能……。

從上述的這些觀察可以看出，「三民主義」雖然提供當時社會一個由「主義」所提供的「現代」知識論述形式，並且提供來自歐美新興知識學科與社會制度的改革資源。但事實上，「三民主義」本身所承載的根本性內在知識思維與結構，還是基源於中國傳統的文化思想資源。孫中山的思維方式仍囿於清末以來「中體西用」的框架。這與二十世紀初，中國知識界對於社會制度的論證性逐漸脫離傳統的文化思想、採納歐洲啟蒙運動以來社會思想的決定性變化的主流趨勢，無法相應合，因此，對許多更激進的新知識分子來說，並不具有吸引力，或視之為足以主導社會革命的知識範型。

從三民主義的民族文化意識來看，「三民主義」本身所依據的傳統儒家文化思想資源與道統社會世界觀，相較於馬克思主義以階級命

題所開啟的社會世界觀,是相對保守許多。這使得孫中山以國民黨菁英領導階層為核心所架構的國家主體,在思想理路是更多直接承襲傳統儒家文化之下的中國帝國秩序,未能創造性地轉換成更多的「現代」屬性,如三民主義雖然吸納西方的平等概念,將政權開放給所有國民,但在治權基礎上,仍是以國民黨一黨專政的政黨形式替代帝制朝政轉換為民主政治體制,未能開放給其它政黨公平競爭;在社會意識的建設上,也未能吸納個體意識的自由主義思想,進而提出發展個體為基礎的公民社會。而孫中山集國家力量漸進式改造中國現代化的諸多方案,也因中國的處境複雜,未能有真正完整實施的機會,國民黨只能一次又一次地再轉進「革命」手段以求徹底解決。

在這個過程中,從一開始孫中山成功推翻滿清建立共和的革命事業,到後來共和政體被袁世凱復辟所破壞,孫中山改組國民黨為中華革命黨的二次革命;進而等到蔣介石完成北伐,真正為國民黨取得中國完整的統治權後,也是現代中國的經歷形式統一的第一次。但不幸地之後又遇到了日本侵華,緊接著展開民族的對日八年抗戰。抗戰結束之後,共產黨與國民黨繼續以內戰形式爭取現代中國的領導權,國民黨失敗,被迫轉到台灣繼續對抗共黨,以完成「建國大業」。「反共」因之成為第三期國民革命的歷史任務,也因而造就出台灣在五〇年代的反共文學大觀。

從國民黨依據孫中山革命理念的建國歷史裡,我們可以看到身為中國二十世紀初現代知識分子的孫中山,在思索改造中國所提出的兩個程序進路:「革命──徹底的破壞」與「以徹底破壞之後所換取的建設」,顯然已經意識到革命並非是根本解決中國的方法,只是一種

手段；但中國的歷史走向始終未能讓孫中山提出的漸進式改造中國的方案，獲得完整實踐的歷史印證機會；即使到了台灣之後，有了「建設三民主義的模範省台灣」的機會，但台灣的格局畢竟不是等同於中國大陸，國民黨也未能正視台灣的歷史現實，仍沿襲中國革命建國思維，以至國民黨以完成第三期國民革命的前提來治理台灣，使得台灣的國家化發展過程停留在「革命──徹底的破壞」的進程。

　　而「革命」建國思維，不僅僅影響國民黨領導階層的知識菁英在戰後台灣國家化過程中，未能注意到台灣本土被殖民歷史的特殊性，因之埋下未來國族認同的分歧危機。這種訴諸於「革命──徹底解決」、視現實困境為革命障礙以予掃除，以其能獲得一次完全解決的迷思，另一個影響所及層面則是造成：以三民主義建國意識形態整合戰後台灣的國家內部秩序發展的歷史迷失。除持續強化以文學轉化為政治行動綱領的實用價值外，透過文學預演或取得建國政治意識形態的實踐正當性，也使得文學的政治美學論述，往往易以「主義」話語形式之下的單一黨國文學的政治效應所取代，造成當代中剪不斷理還亂的國族「寓言」。這是反共文學可被視為台灣五〇年代「國家文學」類型，所不能忽略的歷史論述視角。

（二）「反共」的主義話語與黨國意識

　　反共文學既是國民黨政權在台延續國民革命與領導現代中國使命的歷史生成物，而三民主義的建國意識形態也因之成為反共文學論述的政治行動綱領與理論基礎。這種透過知識論述形式的正當性與未來性以解決現實問題的思維行動接受方式，是我們在事過境遷之後得以對反共文學進行理性反思，不得不察的重要理解向度。

劉小楓在《現代性社會理論緒論》中論述「主義」話語的言說形式，認為「主義」話語可以作為一種對於現代社會結構組成的觀照面向。主義是一種帶有價值論斷的社會化思想言論，以某種知識學（科學）論證來加強價值論斷的正當性，促成不同程度的社會化行為。但並非任何思想話語都具有「主義」話語的性質，只有當某種個體提出的思想主張要求社會法權時，思想話語就會轉換為「主義」話語。一旦「主義」話語獲得社會法權，就形成意識形態。因此在言說形成的進路，必須區分三個不同層次的話語：個體言說、「主義」論述與意識形態，這三種層次的論說關係，就是一個知識社會學的課題。

以上述劉小楓對主義進行的知識論述觀點，來對應現代中國的發展歷史，會發現過程中的各種「主義」話語的出現，不僅意味著中國現代知識分子對中國從封建帝制到民族國家的現代化轉型訴求，也同樣昭示他們對現代中國未來形構的想像藍圖。在各種「主義」話語與政治權力的現實鬥爭角力中，國民黨與共產黨成為爭奪現代中國政權的兩大主流勢力。

國共黨爭的矛盾，象徵兩黨各自支持「主義」理想與信念所作的政治性與社會性動員的分裂。這顯示兩黨對於以單一政黨權力獨裁中國的政治利益處理，都不約而同地轉化到現代化中國形構的理念衝突中。因此，不管是支持馬克思主義或三民主義的中國新興知識分子，面對跟前中國累積的知識論述競爭，都在政治現實漸次演變為「選擇政黨建國」的政治權力鬥爭。但是，從這個觀點切入中國現代知識分子在文藝與政治的關係，又不是如此的表象單純。文藝中的政治化現象，包括文藝政策與體制的形成，以及政治中的文藝實踐，包括書寫

與運動等各種形式的政治文藝活動等，可以理解為文藝與政治之間的各種互動關係，而之中的論述正當性，往往包含了更多中國現代知識分子以個體言說之姿、朝向主義話語的社會性動員與協商政黨意識形態的政治權力操作。這類型政治文藝論述所延伸的黨性「主義」話語機制，尤其赤裸裸地展現追隨政治權力的創作意志，或以實踐政治理念為信仰的創作基礎，台灣五〇年代的反共文學只是文學歷史的其中一個案例。

不過，不能否認的是，國民黨的三民主義之所可以被表述為反共文藝的正當性思想價值根源，在於其自身所背負的政黨建國理念，以及在政治權力鬥爭中，文藝不免淪喪為服從威權統治的政治工具，也是不爭的事實。從上述觀察再反思反共文學中文學與政治彼此互涉的現象，從三民主義文藝理論、以及相關政治文藝論述的形成與提出，不難發現國民黨知識菁英透過「文協」社群所進行的社會與政治動員，也有其知識論述的正當性，並具有國民黨建國意識形態所預設的「正統中國」的中華文化與民族本位立場特質。雖然反共話語論述在反共文學現象中都是以個體言說出現，但不管是張道藩或是王集叢對三民主義政治真理實踐於文藝的意識信仰，卻可以視為是國民黨文藝知識分子在反共信念中的普遍知識論述形式。因為這種訴諸建國意識形態以發展國家文藝的思維，可以視為戰後台灣文學體制的內在精神結構之一。當然，從政治層面來說張道藩或王集叢的反共文藝論述在台灣五〇年代重新被提出，也意味著國民黨政權欲以知識論述維繫台灣社會秩序與中國唯一政權的一個政治操作切面。這個過程可以看到以政治理念與文藝理念在政治現實之間的拉鋸。

（三）從主義是從到領袖是從的政治真理

　　張道藩與王集叢三民主義文藝理論以「三民主義」真理權威，取代個體意識言說，將文學納入國有化與黨性化的建國工程中，反應出以主義話語作為個人在文學話語所依據的價值與想像世界觀。這與孫中山所設定「三民主義是（唯一）救國主義」的信仰來想像現代中國的憧憬，息息相關。對於當時向三民主義靠邊站的知識分子來說，這是個人置身時代之流的一個選擇，不該以後見之明或情緒批判，提出所謂歷史與政治正確或不正確的問題。這是我們在閱讀反共文藝論述必須謹慎客觀以待之處。事實上，將反共文學視之為延續中國現代文學歷史的右翼文學發展路線，可以發現中國三〇年代的左翼文學是很好的對照組。

　　首先來看中國三〇年代以來左翼文學的觀念。左翼文學基本特質是以社會寫實的美學規範與價值觀，透過社會主義的階級矛盾的世界觀，企圖暴露統治階級與被統治階級之間不平等，以實踐所謂的「社會主義的現實主義」核心理念。左翼文學建國想像中的社會現實批判性格，相較於右翼文學以三民主義建國想像的意念先行認知，更具有質疑社會現狀、挑戰執政階層社會控制的批判力量。

　　之後左翼系統以「絕對階級原則」與「絕對大眾原則」取得了中國現代文學創作原則與民族主義文學立場，右翼知識分子在左翼革命文學理論與政治行動的刺激下，發動「民族主義文藝運動」。因而從固守民族主義的文化本位，到「絕對三民主義原則」的革命文學話語、再到「絕對民生史觀原則」的先入式現代中國想像，三民主義思想始終是右翼文學論述的重要知識根據。

　　左、右翼文學系統的「主義是從」論述基礎，顯現「主義話語」進入國家主體書寫與國族文學想像系統後，所保證的文學政治化的言說正當性。個體意識的美學藝術價值觀，因此遭到左、右翼革命文學話語所壓抑。左右翼革命文學話語所決定的現代屬性，也分別成為中國現代文學與戰後台灣現代文學發展的重要歷史脈絡。這是我們之所可將反共文學視之為國民黨在台主導的國家文學類型理由。因此理解張道藩、王集叢以「主義話語」處理（三民主義）現代文學的同時，我們也看到右翼系統的「現代」文學的屬性定位。也就是說，這兩人的文化保守主義態度點出右翼思維所認可的「現代」屬性，來自於文化的相對性，而不是轉化的可能性。這可以從兩人明顯地停留在五四新文學運動時期、胡適所提倡「白話文形式」的文學革命層次，再看出端倪。由於張、王兩人都未能注意到白話文在中國古典白話與民間俚俗白話之外，還有被西方文學與歐化語法入侵而不同於中國系統的現代漢語語彙與詞感的白話系統。這使得張道藩、王集叢在文學論述中所觸及現代文學的「現代」屬性，只能依附在中國古典文學的漢語語彙、以及儒家「文以載道」文藝觀下的文學資產之中，尋找「現代白話」（通俗的大眾語言）的表述樣貌，並情緒性地排除五四運動以來中國知識分子在西方「啟蒙」精神中，所啟動的個人主體性追求與文學表現。就以張道藩來說，他援引儒家「文以載道」的傳統，反對文藝形式的實驗與追求，認為綺麗淫巧的文藝形式是極端的個人主義的產物，因而嚴正地排擠個體意識的美學藝術價值觀。但是他也注意到經濟社會發展必然帶來的個人享樂生活與個體主義，並認為「在民主時代個人意識發達的今天，仍會包容其消極頹廢享樂自私的各種意

識，藉通俗的語言作廣大的流行。」因之，堅持反共綺麗淫巧的文藝形式，會阻礙文藝的正常發展。

張道藩的道德性文藝立場，與儒家「代聖賢立言」的個人言說形式與價值理念，息息相關。這可以看到：國民黨像共產黨一樣，都以「主義話語」的現代化知識形式，號召知識分子的信仰價值認同。但是，顯示現代化知識形式並不能完全等同或帶來文化社會心理結構的現代性。文學的建國意識形態化，極有可能因政治權力與其保守文化立場，而阻礙文學在現代性與個體性的開發。從張道藩、王集叢的「主義話語」、到王集叢轉向以「領袖話語」的獨裁言說為基礎的戰鬥文藝理論，都可以看到絕對政治的崇拜，以及無視於文學主體與文學個體心靈發展的心理痕跡。相較於張道藩在道德性文藝立場、為文藝所保留的彈性自由，王集叢在響應蔣介石所主導的戰鬥文藝運動號召之下，繼接著推出的《戰鬥文藝論》理論，則是更要求文學獻身政治的絕對服從。文藝的絕對政治化與去個人化是戰鬥文藝階段的最大特色。

不同於《三民主義文學論》的言說方式，《戰鬥文藝論》直接將「戰鬥」人生觀定義為表現民族精神、自由觀念的基本創作態度。預設「戰鬥」作為國家民族生存的唯一歷史語境，更嚴厲批判具有藝術性、個人性的非戰鬥、反戰鬥文學創作。如批評徐訏一例。他認為徐訏小說雖然具有高度藝術形式，但在內容的呈現上卻不夠「正確」。他極直率地坦承：「在大家一致反共抗俄的今天，在自由中國大多數的文藝工作者都負起了反共抗俄的戰鬥任務而從事戰鬥文藝創作的今天，愛自由的徐訏在文藝工作中沒有積極負起戰鬥任務，實令人遺憾。

但是沒有人說：徐訏的小說不反共抗俄，因此他不配稱為作家。徐訏寫了那麼多小說，有那麼多讀者，誰能否認他的作家地位？我承認徐訏小說描寫的技巧相當高，而其題材多非來自現實生活，內容奇特，著重心靈的描寫。據他自己表示走的象徵主義的創作道路，實則其創作方法，是接近浪漫主義的。有人指徐訏是鴛鴦蝴蝶派，接近黃色，我不同意此說。依上所說，我認為徐訏走的路是新文藝的道路，他有他的成就，也有他的地位。但是，說徐訏走的路就是文藝的正路，我們的文藝工作向此路前進，創造所謂的『純文藝』的成績，就可以消除使文藝工具化的逆流，就可以在文化方面贏得反共抗俄的勝利，這是非常危險的思想。」。[2]

　　王集叢個人也不諱言自己積極站在官方發動戰鬥文藝運動的立場，並將此「偉大的」文藝運動，訴諸「先知先覺」的提倡與「自由中國的全體軍民和大陸的苦難同胞」的啟發。後者延續右翼系統在五四文學以來即相當關注的「大眾原則」的革命論述。前者則在理論基礎建構上，更露骨地將「政治領袖」視為實踐「主義思想」的國家意志者。

　　以「大眾」之名為原則的運動正當性，其實來自於五四文學以來，無論在浪漫主義或現實主義創作基調上，都相當關注於大眾問題的現象有關。一方面是因為中國現代文學的左右翼發展，始終都與中國將以何種現代民族國家面貌的走向發生緊密結合的想像關係。不管左翼或右翼，都是如此。在這兩套不同的政治意識形態作為其所支持

2　王集叢，《三民主義文學論》（台北：帕米爾書店，1952），頁19。

民族國家文學的正確指導原則之下，作為中國民族國家集體想像成員的「大眾」，就格外重要；為個體言說創作道路的現代主義流派，則相對被壓抑。民族國家情結所激起的「群體性」，其實與知識分子在中國長久以來傳統儒家文化中所形塑、並內化的社會人格結構有相當關係，這種具有根深蒂固的文化社會人格結構，往往也覆蓋以「民族的本質」，而使得對於民族國家的認同，容易導向一種以單一文化為主體的想像共同體，並任由政黨與其訴諸的知識論述所操控；在文學敘述語言上，則容易傾向以絕對的道德原則打壓異己者。右翼的「反共」文學與左翼的「革命建國」文學，都可以看到這種純粹訴諸國家主體言說，所產生集體性精神病徵式的文學實踐。這種實踐進路顯示文學建國的政治想像，從文學的政治意識形態化開始出發，朝向文學主體最終必須服從政治權力意志的演變痕跡。不管是張道藩或是王集叢，都是以政治的民族文化立場，解決文學的美學範圍與發展方向。雖然論述本身不見得能達到體制性的傳播效應，但他們所代表的官方立場，卻具有政治意識形態篩檢民間論述的指標性功能。

張道藩所主導的反共文藝體制與官方文藝論述，基本上代表了台灣五〇年代以黨國為主體的統治理念與政治正確的實踐。他在 1957年後的失勢，並不能解釋為國民黨在文藝面向的社會操盤失敗，而是將文藝政策擴大轉向至更多社會面向的文化政策施行。像是 1966 年成立的中華文化復興委員會、1968 年成立的中央電影文化公司等，都是接續「中國文藝協會」的黨控政治與文藝生產之後而起的新興國家體制勢力。文藝政策開始漸次轉向軍中系統，而使得反共戰鬥文藝的創作仍得以繼續。

　　此時的台灣民間社會力，雖然在現代化經濟與社會結構的轉型過程中，已經獲得累積，但還沒有到達可以直接衝撞政治力的能量。國民黨對文藝政策的主導權，只是從「文協」轉到軍中系統，顯示政治力的強化控制過渡到妥協於社會發展的必然結果。張道藩與王集叢的政治化文藝論述，都在不同程度上壓抑文學在歷史發展所本有的自律原則，而主導以政治他律原則。但是，從反共文藝到戰鬥文藝過程中，我們也發現戰鬥文藝所要求的政治絕對化與去個人化特質，反而使得反共意志所保留的純文藝空間，一旦有了適切的社會條件出現，即發揮了驚人的反動力量。這也可以側面解釋反共文學一旦失去了政治力支持的歷史條件，為何迅速失去了言說位置之後，「現代主義」能成為文學自律發展原則，而在六○年代漸漸開始了滲透力量。這也是觀察五○年代反共文學發展不得不注意到的一個極有趣現象。

二、還有誰可以講話——反共文學體制中的民間知識論述

　　官方文藝論述雖然宣示：三民主義文藝包含所有光明與美好的文藝，但訴諸政治的民族本位與保守文化主義立場，卻難以開發出更有啟發性的現代文學論述空間。這本身與國民黨在五四新文學傳統中的尷尬位置有關，雖然這個尷尬位置以預設體制內文學創作的有限性自由為前提，選擇性既保留五四新文學傳統，也開啟不挑戰右翼政治觀點、但具備「現代」屬性文學論述的開發與思索可能。

　　這些體制內所出現的論述形式與內涵演進的過程折射出：國府在戰後台灣社會所架構「反共」論述背後所演繹的思維邏輯，以及文藝一方面服從於政治的他律原則的限制、一方面又另尋自主原則的發展

的體制性格。

（一）「五四」新文學啟蒙傳統與先行的文學革命

1919 年的 5 月 4 日，出於學生愛國運動的「五四」運動，最早只是單純抗議中國在巴黎和會所受到不平待遇的，後來卻演變成要求全面性改革的文化運動。「五四」青年在他們的師輩以的努力下，以高度熱情與具體行動，成為中國具有現代意識與品質的新知識分子象徵。從最初以學生身份要求社會各階層人士正視中國面臨民族國家存亡的危機意識，到訴諸以「覺醒者」的新知識分子姿態，對中國傳統儒家以（血緣的自然法則）宗法權威塑造的「封建性」的舊有世界觀，要求進行改革。具體行動也從檢討中國長期以來「自身造就的蒙昧」的落後主因，轉到積極主導民族「文化啟蒙」所需的社會法權。在這個結合救民族、救國家的愛國情緒的「五四新文化運動」，主要的文化改革基調，建立在以新思想反抗儒家文化與社會形態的傳統威權秩序。五四啟蒙知識分子提出「科學」與「民主」兩大思想範疇，作為回應中國該如何走向現代化的起點。「五四」也成為中國知識分子追求社會實踐最具原初象徵意義的文化符碼。「五四」現象在中國歷史，因此演變成一場場跨世代的、漫長的、交錯著歷史記憶與當下現實（正確的說應該是顛覆過去以證明當下）、既革命又去革命的文化改革現象。在這一運動時期，新興知識分子不僅提出全盤西化的觀念對抗中國舊傳統勢力，同時也顯示知識分子對個人人權與民族獨立觀念迅速地覺醒。通過從思想和行動團結群眾的方法，加速中國循「民族國家」制度形態達到統一，並直接或間接影響當今中國的政治局勢。這個歷史性的轉折，影響知識分子在「五四運動」之後的社會行為模式：從

文學啟蒙訴求思想革命的實際效能失敗，到五卅慘案後，左翼知識分子轉入社會革命行動。西化在三〇年代之後的重點，從西方古典自由主義轉變為社會主義。

從歷史效應來看，這個轉變導致三〇年代知識分子以文學傳播的社會革命動能，作為文學美學形式與內容的基本命題；實踐革命文學全面取代文學革命。這個轉變促使左右翼文學將革命話語視為理論與創作的前提。革命文學觀背後所投射的巨大的新中國想像遠景，成為形塑文學的政治美學基礎。文學所承載的是現代民族國家運動中想像共同體的「政治先行者」意義，而不是單純早期文學革命中所訴諸的「文化啟蒙」媒介。文學革命不同於革命文學所要求的「進步」的政治性，它只是知識分子以文學語言的革新，提出個人對於當代政治與社會層面必須有所改良的一種思想性媒介的警訊。這也是古代傳統知識分子實踐政治或社會改革的方法。這種訴諸語言力量改變現狀的思維方式與實踐動能，來自於傳統知識分子掌握文言文與儒家經典傳承的階層位置。

文人階層透過對知識與書寫語言的壟斷，與未能受到教育的「小人」區隔開來，再經由通過科舉考試，晉升到帝王專制體系的大夫階層。士大夫階層介於統治者（君王）與被統治者（小人）之間，具有中介性質。這使得他們既是統治者，也是被統治者。語言的知識形式保障他們在這兩種身份之間的權力位置，既協調體制內的專制君主，也同時抗拒小人階層的完全奴化。不同於古代傳統知識分子的是，五四知識分子挑戰的是：知識分子在中國儒家文化系統所享有的特權地位。

首先發難的是 1917 年胡適的〈文學改良芻議〉。胡適的〈文學改良芻議〉並不是完全否定中國傳統文學，而是區分文言與白話兩種系統前提下所提出的文學改良意見。包括：須言之有物、不模仿古人、須講求文法、不作無病之呻吟、務去爛調套語、不用典、不講對仗、不避俗字俗語。繼胡適之後，陳獨秀的〈文學革命論〉，以更積極的態度，將胡適的提問更向前推去。陳獨秀的文學意見隱約顯現：階級文學、大眾文學、寫實主義等命題的「革命」文學觀念傾向，與胡適訴諸語文歷史進化觀念所主張白話文學的出發點，產生了歧出。胡適的〈歷史的文學觀念〉認為每一個時代都有屬於自己的時代文學，白話文學是古今歷代文學變遷中早已隱含的趨勢。

胡適的文學觀點具有濃厚實證性格與經驗性質，後來發表的〈建設的文學革命論〉也是如此。除延續過去文言系統是「死的文字」、白話系統才是「活的文字」的判斷外，不同於過去文人位於古典文言系統所吸取的民間白話生命力的主體性。胡適毅然在之前「八不主義」對文言系統的消極破壞基礎上，更進一步主張以民間白話系統作為創作語言的本位基礎，並且訴諸「國語的文學，文學的國語」作為以白話文來建設新文學的基調，為後來「五四」新文學走向建構民族國家文學路徑，提供了重要的發展基礎。

但顯然地，胡適所提出的「國語的文學，文學的國語」，是希望能藉著白話系統取代中國古典文言系統，但這個白話系統未曾超出中國古典白話範圍。胡適承襲杜威實用主義的性格，使得他的「文學革命」仍停留在（傳統中國的）「白話」的書寫語言形式的「工具」革新層面，在文學語言形式轉換的預設基礎，仍位於保守的「文化民族

主義者」。胡適本人的詩歌創作即提供一個很好的證明。他的革命停留在保存古典詩詞形式下的「口語白話」轉換，而不是更深層意識到以白話作為開發新文學在「現代」語言形式與本質的創造性。但胡適作為第一個開啟白話文形式的文學革命者，以及「五四」之後，激發以白話文學作為知識分子對大眾啟蒙的媒介形式的歷史意義，卻是毫無疑問。

至於真正在五四「啟蒙」精神之下觸及到文學內涵的文學觀，則是周作人的「人的文學」。周作人以「個人主義的人間本位主義」為人道主義的解釋範疇，並將此設定為國民心理的啟發工程。雖然「個人主義」的創作個體，隱約碰觸到文學話語的個體性，但將「個人主義」設定在「人間本位」上，則又是以群體價值理念優先於個體。也就是說，個體創作以人類群體關懷的人道主義為前提，不可避免地點出：在承認文學個體性之前，必須以個體與群體之間密不可分關係為文學經驗內容。周作人因之提出「人的文學」概念。

周作人之所強調「人的文學」，與當時反抗儒家傳統禮教制度限制個體自由的「非人性」思想訴求，有密切關係。但值得注意的是，周作人批判傳統文學作品的同時，仍難以避免西方「理性」視角與中國儒家文化人格情結之間的矛盾性。這使得他在西方啟蒙思想與「理性」精神下，不得不將這些「非人的文學」一一分門別類：色情狂的淫書類、迷信的鬼神書類（封神傳、西遊記等）、神仙書類（綠野仙蹤等）、妖怪書類（聊齋誌異、子不語等）、奴隸書類（甲種主題是皇帝狀元宰相，乙種主題是神聖的父與夫）、強盜書類（水滸傳、七俠五義、施公案等）、才子佳人書類（三笑姻緣等）、下等諧謔書類

（笑林廣記等）、黑幕類、以上各種思想和合結晶的舊戲。他認為「這幾類全是妨礙人性的生長，破壞人類的平和的東西，統應該排斥」，但又辯解「這宗著作，在民族心理研究上，原都極有價值，在文藝批評上，也有幾種可以容許」。[3]

這樣的情緒反應周作人在個體創作的道德本位，以及試圖以訴諸人類普同價值作為民族自尊心的防衛機制。這個矛盾使得他無法將傳統文學中的藝術形式、表現內容與「現代意識」的理解性批判，作進一步的區隔。

周作人的「人的文學」最後仍是需要回歸到「當以人的道德為本」的文學社會性脈絡，作為解放個體自由的「人」的文學話語前提。這說明周作人的「人的文學」觀點，仍然無法提供當時一個超越群體性價值的個體性文學話語與審美心理基礎──雖然他已經觸碰到西方啟蒙精神中大寫的「人」的理性精神，所開創個體自由的文學命題。

（二）體制性五四文學傳統

胡適在「五四運動」中提倡白話文學革命的先聲者歷史定位，來自「進化的歷史觀念」所演繹「傳統」範圍的白話文形式改革，但他的改革仍是屬於「保守文化民族主義」性格的產物。正如胡所自剖：「我覺得這些討論文學的文章，雖然有許多是很不配保存的，卻可以代表一種運動的一個時代，也許有一種歷史的趣味」。

胡適在五四運動中所先行的白話文學革命，成為戰後台灣國民黨官方詮釋「五四」傳統的重要文化資本。胡適之於五四之所以比羅

---

3 周作人，〈人的文學〉，《周作人先生文集─藝術與生活》（台北：里仁出版社，1982），頁1-10。

家倫更被國府所重視，主要的原因是胡適在國民黨官方建構五四歷史記憶的過程中，更符合國民黨政權的文化建國論述。胡適提倡白話文作為新文學語文基礎的文學革命先行者的歷史地位，使得國府官方論述得以截斷五四新知識分子在三〇年代普遍左傾、加入共產黨、選擇共產主義建國，以及國民黨在國共戰爭失去領導權而被迫逃亡台灣的傷痛歷史，而將五四運動的本質與其中複雜的歷史現象窄化到單純的白話文學運動；另一方面，胡適一生「從未清楚自覺的基本矛盾」，對於國民黨政權在民族文化本位的「現代中國」想像，在論述架構上，正巧產生了一種裡應外合的適切性——既不會觸碰到國民黨政權的「正統中國」知識正當性，又以「五四」自由主義者的知識分子身分，保障戰後台灣投入反共復國工程所堅持的「現代形式」的品質。雖然白話文的普遍應用，是「五四運動」最卓越的成就之一，但文學革命只是其中多方面大進展的一個面向而已。在戰後台灣的官方紀念五四論述中，卻幾乎被擴大到成為「五四新文化運動」的主軸。這樣的見解，與胡適對五四運動的歷史認知有很大的關聯。胡適承認「五四」的學生活動與新文化運動二者之間有密切關係，但不認為「五四運動」一詞應該包括新文化運動在內，因為新文化運動是獨立存在的。

　　根據周策縱的看法指出：「基本上，胡適認為『五四運動』是一種學生愛國運動，但他強調當時文化活動的重要性，而不強調那種社會的和政治的活動。他採納中山先生的看法，認為『五四』的學生活動與當時的文學思想運動有密切的關係。中山先生對新思想運動的估價高於其他活動，而胡適特別注意新文學運動，尤其是白話問題。由

於胡適及其他持相同見解者發表的英文著作,使不少西方人得到一種印象,以為這次新文化運動可叫做『中國的文藝復興』。」

「中國文藝復興運動」一直是胡適對文學革命以來、包括後來推波助瀾的「五四新文化運動」的歷史評價與定位。胡適一貫秉持的「文學的歷史進化」觀點,關照白話文在「中國文藝復興運動」中的「復興」意義。按照胡適自己的說法:「就是再生,等於一個人害病死了再重新更生。」[4]胡適的觀點主要是認為:作為上層文學所書寫的工具文言文,已經無法再產生新的語文,作為下層文學所使用的口語白話文,卻因為民間豐富的生活而充滿生命力。因此,這些來自「老祖宗」的語言資產,透過「漢字寫白話」,使得各地方的方言可以被接納。這也是白話之所以能成為國語的基礎。以漢字作為白話的標準工具,正是國府在戰後台灣推行國語政策的基礎。

胡適以白話文取代文言文的文體革命的「中國文藝復興運動」的詮釋系統,成為戰後台灣體制內主要的官方五四論述內容,切斷了「五四運動」在三〇年代之後轉入政治社會活動的左翼革命文學史。而以傳統民間白話文作為五四新文學的語言工具,也忽略白話文在五四運動之後,被知識分子視為對大眾思想文化啟蒙的媒介意義。從「文化啟蒙」到「革命話語」正是客觀理解「五四」新知識分子,以文化、文學場域作為其投身救國志業的歷史性演變的重要切面。胡適對於「五四運動」的學生愛國運動的理解,以及「五四新文化運動」的「中國文藝復興運動」定義,截斷愛國的「五四」政治運動與因「五四運動」興起的文化啟蒙運動之間的複雜連繫,也迴避後來

4　胡適,〈中國文藝復興運動〉《胡適演講集》(台北:遠流出版社,1988),頁178。

五四與中國共產黨、社會主義之間的緊密互動，只保留「五四」的學生愛國精神。胡適對「五四」的歷史態度傾向於保守，且頗能符合國民黨領導階層基於國家民族立場之下所做的評價。如孫中山排除「啟蒙」的反傳統精神，肯定「五四」運動中，學生訴諸「新思想」作為改革中國的愛國進路，並以之納入對黨員們證實「三民主義」思想締造新中國的歷史正確性。到了蔣介石則更進一步，在五四的「科學」與「民主」訴求，加入「倫理」來強化民族本位的主體性，並藉此排除五四「全盤西化」的歷史意義與深層影響，將五四對「科學」與「民主」的國體改革意識，轉化到官方選擇性接受的歷史詮釋。

胡適在戰後台灣國民黨官方五四記憶的歷史保存者身分，以及建構五四歷史的重要地位，顯示「五四」自由主義傳統的愛國主義與「五四新文化運動」的「文藝復興」，是國民黨選擇性繼承五四現代化傳統的思想基礎。這兩個思想基礎與「反共」思維的文藝建設之間，是否具有知識邏輯的繫連？而轉換為「反共」建國的文藝資本同時，胡適的白話文革命歷史意義為什麼不能承擔文學的現實走向？

首先來看「五四運動」被切割為學生的愛國主義與中國的文藝復興運動後，對右翼新文學史觀的影響。這個歷史論述的架構可以輕易將「五四」新文學的「文化啟蒙」與左翼文學所累積的社會主義文藝論述，透過學生的愛國行動架空。在「愛國（國民黨中國）」邏輯前提之下，排除左翼新文學內容的社會主義理論，使社會主義被視為共產黨奪權的政治工具，而不是中國新文學的重要傳統。但若以「白話文運動」的文學革命為五四新文學的歷史內涵，維護中國傳統文化為民族主義立場的右翼革命文學觀，成為這個系統脈絡的主導者。中

國左右翼政治建國的歷史斷裂，使得五四新文學傳統的建構，裂斷成中國的傳統現代化與西方社會主義現代性兩種文化系譜。再來，胡適以「文藝復興」為其「文學革命」的歷史解釋角度，來自胡適一貫秉持的歷史進化觀點。在胡適的論述中，強調白話文之所以可被視為新文學語言工具的正當性，來自於中國民間系統，是中國語言歷史進化的必然現象，並不具斷裂性。這個歷史觀點上說明「復興」所寄寓文學傳承性的轉化。但胡適的言說進路，忽略「文學革命」意識與訴求中，伴隨中國知識分子對於國家險境的民族危機意識現實。事實上，這才是「文學革命」在五四運動之後行之既遠的主因。而在「白話文運動」之後，白話文的普及，以至於白話文的文學實踐過程，胡適個人雖然注意到與他試驗白話詩同時，周作人以直譯方式所產生的「國語歐化」的語文現象，但仍未能意識到：「國語歐化」所產生的文學效應與隱藏性語體的「革命性」，其實大過於訴諸傳統白話文——下層文學的語彙累積。胡適所提倡的白話文是來自古老傳統中國的漢語資源與思想產物，而不具語文的精神性結構改變的革命性。

因此，胡的文學革命，在設限於傳統中國前提的進化歷史觀的語言範圍，也因此輕易迴避（或根本未能察覺）晚清民初文人在植入型現代化過程中，關於漢語形式與思想所遇到的現代性裂痕：來自傳統／現代、中／西的雙重衝突。換個角度說，胡所認知的白話文語體是難以進一步提供五四新知識分子所渴望的革新視野與更新的思維。

也就是說，雖然胡適也注意到外國「高級」文學進入中國的事實，但他是站在一個借西方文學改革中國傳統文學的位置上，本身就摻雜民族自卑心理，使之傾向中國傳統文學的西化而得到進步。不過胡適

台灣文學史長編 14

意也識到只是透過否認民族傳統的文化主體的西化，是沒有辦法走得更遠。胡適的矛盾可想而知。

　　但是，胡適這種帶有文化保守性格的文學歷史進化觀，相較於他1929 年提出著名的「全盤西化」主張，似乎又產生了極大的矛盾。這個矛盾顯示出他在五四時期所形成的關於中國傳統與西化的觀點，終其一生並無基本的改進。這個基本矛盾正是林毓生所指出的：胡適一方面致力於對中國傳統的漸進改革，一方面卻對中國傳統做整體性的反抗；一方面又試圖以杜威實驗主義的思想價值試圖改革中國文化。因此，胡適的科學改革主義成為復興固有文明的「現代化」手段。但因為胡適本身所受到傳統思想模式的影響，又使他再推論中國傳統罪孽是來自於中國人的心靈結構，這又使他傾向對中國傳統文化作整體性的攻擊，必須藉著全盤西化才能得救。這也側面說明，胡適的文化民族主義者的認知，為何促使他晚年的文化論調如此傾向於讓「古老的中國文化重復活力」。胡適的文化調論為國民黨文化道統論述，注入了一種「再生」的希望與光明。胡適的民族文化主義者與全盤西化之間的矛盾，在國民黨建構的五四官方論述並未發生衝突，反而更加鞏固國民黨的建國知識論述。國民黨在《三民主義》中民族主義所繼承的儒家文化道統立場，以及在民權主義與民生主義所引進的現代化形式，是戰後台灣進入「反共建國」的國家化重要基礎。胡適在整體反抗最後所推論出的全盤西化（實際是杜威化）結論，會因為文化性格的保守與全盤西化在「量」的不可能，使得胡適所提出的全盤西化的知識效應，不會在體制中轉化出更多的行動資源。

　　換句話說，他的全盤西化論並不會鬆動國民黨政權的民族文化本

位與知識論述架構，反倒是他所企圖復興民族固有文化的科學改革主義，正可大剌剌地被視為國民黨官方對於五四現代化中「科學」命題的狹隘性吸納。而胡適受到杜威實驗主義影響的科學改革主義，也僅僅是作為一種工具性意義存在，並非指向西方啟蒙精神之後所開啟、足以對抗上帝之人的理性價值觀。

　　復興固有文化所援引的「現代化」形式改革進路，可以視為「中體西用」思維模式的衍變。國民黨的建國意識形態也是以保留民族文化精神結構，進行國家的現代化改革。正如林毓生所說「應該如何（what ought to be）與事實如何（what is）之間的混淆，在胡適的晚年逐漸成為他思想上的信念（intellectual commitment）與文化民族主義之間衝突的『化解』」。國民黨透過胡適所建立的選擇性五四傳統，以及依附在五四傳統的文藝論述與自由主義的文化資產，都具有一種處於現代與傳統之間不徹底的現代性。經由建國意識形態所選擇性的五四傳統，以及建構過程所依附的「不徹底的現代性」的文化性格，同樣也透過胡適對「人的文學」與「自由的文學」的意見，進入體制，成為戰後台灣發展文學價值觀重要資源。

　　胡適的「人的文學」主要是延續周作人的文學觀點：「人的文學，不是一種非人的文學；要構得上人味兒的文學。要有點兒人氣，要有點人格，要有點人味兒的，人的文學。文學裡面每個人是人，人的文學。」[5]胡所強調的「人」，在語意的脈絡很模糊，但從周作人的文學觀點推測，胡的基調仍是站在反對傳統禮教對人性束縛的不合理上。「人」是必須享有個體自由，在這裡隱然已經觸及到中國五四自

────────────────

5　胡適，〈中國文藝復興運動〉，《胡適演講集》（台北：遠流出版社，1988），頁191。

由主義者所強調「個體價值」與「自主性」等命題，也具有以解放傳統社會與文化束縛，來獲得個人獨立自由的現實背景。但西方十九世紀末自由主義進入中國，並不是依據個體價值對於個人獨立與自由的基礎，而是一開始就依存在國家民族救亡圖存的語境中。個體的自覺被視為中國振作之前提。來自救亡圖存意識的文化思想傳播動機，一直影響五四文化啟蒙與民族主義之間的緊密結合，這使得中國的啟蒙與西方的啟蒙產生極大的差異性。

　　西方的啟蒙來自於擺脫人在中古世紀基督教崇拜中自身造就的蒙昧，使得人能意識到自身所蘊藏的理解力，以客觀與理性建構新的世界觀。啟蒙所帶來的認知力量與遵從自我的理解勇氣，透過人的本位肯定個體與世界的價值。但是中國的啟蒙，卻是在愛國情緒的激盪下，以個體的自覺力量成為解救民族國家困境的前提。個體的啟蒙在這個意義上便被視為成就民族國家的手段，而非最終目的。五四自由主義知識分子在中國所開啟的「啟蒙運動」，並沒有為中國更具現代性意義的「個體性言說」舖下長遠發展的基礎。

　　到了戰後台灣，國民黨政權在美援重建計劃所驅動的現代社會形態與現代制度，從傳統社會到現代社會的結構性轉型，都不是五四時期知識分子所處於的前現代時期所能比擬。因此，作為五四文化思想遺產的「人的文學」，很難提供戰後台灣現代文學論述與文學創作更新的觀點。但在主導文化的框架中，從人性所提煉、具「正面意義」的藝術價值，卻成為體制內發展文學藝術自主原則的重要面向。

　　再來看胡適對「自由的文學」意見：「我們希望要有自由的文學。

文學不能由政府輔導，更不能由政府指導。」[6] 胡適一秉五四自由主義知識分子態度，對國府的文藝政策發言，顯示出他相當肯定創作者的個體自由的認知態度。但胡適的問題是，他從未在現實環境與理念基礎的落差上，開展肯定個體價值的自由論述，而是放在他過去所寫下的文學歷史上。胡適說：「我們的民眾、作家——文藝作家，應該完全感覺到我們是海闊天空，完全自由；我們的材料，種種都是自由的。祇有完全自由的方向，才可以繼續我們四十多年來所提倡的新文藝。這個傳統，我們所認為的自由，提倡文體的革命，提倡文學的革命，四十年來，我們所希望的，是完全有一個自由的創作文學。」[7] 這種以回到過去光榮以證實現在的歷史詮釋進路，使得他的自由主義立場難以造成個人創作自由與政府文藝政策之間的對話可能。弔詭的是，胡適的詮釋進路取得國民黨官方的支持，成為民間立場的體制性論述主流。雖然難以提供更具有現代當下意義的文學詮釋，包括反應或解決五四新文學以來，民族國家文學主體與個人文學主體之間所持續的緊張創作關係，以及五四啟蒙論述被侷限在國家民族話語的發展脈絡與歷史現實等問題。

其中最值得關注的現象，包括：過程中所忽略訴諸個體價值的理性精神與自由意義，如何能轉向要求國家給予法治的制度性保障，而不會在愛國主義的歷史背景中被否決棄論；而對於戰後台灣反共文學體制之間所共謀的政治權力運作與知識論述，該如何反向證明戰後台

---

6 胡適，〈中國文藝復興‧人的文學‧自由的文學〉，《當代中國新文學大系：文學論評集》（台北：天視出版社，1981），頁 1-16。

7 同上註。

灣在現代民族國家的建構過程，應該是走向公民社會為主體的國家體制，而非訴諸民族（／民族文化）主義作為國家要求犧牲個體的正當性。

因此，從被官方保留體制發展權的選擇性五四文學傳統來看，雖然較傾向於文化意識形態的共謀性，而不是政治意識形態的等同轉化。這個差別使得民間的文藝論述相較於官方政治立場，雖然可以保留更多訴諸個體意志與人性自由的藝術價值理念的發展空間，但從文學場域的發展邏輯來看，選擇性五四文學傳統與官方政治意識形態產生衝突時，即使不具有直接挑戰的力量，也極有可能透過文學的層級化，提供接受新興知識的論述平台與體制發展位置。

（三）新興的西方現代主義

五四新文學傳統所奠基的現代文學性格中，自由主義文學觀的「人的文學」與「自由的文學」、在戰後台灣，雖然沒有直接開出個體性的文學言說，但是在愛國主義所認可的國家民族文學信念之下，左翼文學論述與實踐所強化寫實（現實）主義的審美傾向、藝術形式與文學成規，卻普遍被右翼文學創作所沿用，並跨越國府遷台的歷史斷層，在反共文學中大量的被保留下來。透過文學體制的深化作用，成為戰後台灣現代文學的重要發展面向。

隨著五四遺產的文學政治化現象中所帶來：寫實主義的美學形式、人性文學的「人類群體」與愛國主義「民族國家」的「非個體性」審美價值觀，在反共題材的大量書寫與所能承載的藝術語言形式中，往往與現實的客觀內容，有著緊密的貼合性。雖然國府在戰後台灣的國家化過程中，來自於美國華府的認同與各項援助，也已逐漸形成穩

定的規模,但在國民黨政權保守、敏感的政治氛圍中,寫實主義尚不能有覓尋更新題材的空間。因此,反共文學論述中政治話語的陳腔濫調與主義至上信念,很難回應當下台灣社會的現況,而反共的迫切政治性與歷史現實,更隨著台海的穩定,以及漸漸步入工商業經濟形態的轉型期社會的現實性所取代。但進入體制,仍然具有轉化成政治禁忌與文化符碼的力量,持續滲透於台灣社會意識。雖然國民黨政權對台灣社會的政治控制未有鬆手現象,但經濟社會方面,卻因為美援計劃而導向資本主義現代社會形態發展,使得台灣現代社會體質潛伏著黨國政治力與現代社會領域分化自主的角力結構。

在文學體制的發展上,現代主義中文學藝術的強烈自主精神,以及對應於城市文明所產生的現代性想像世界觀,正好提供了一個極適合當時文學社會環境的發展空間。一方面解決了寫實主義訴諸客觀創作題材的有限性問題,並提供了一種新的文學想像視野與思維。另一方面,創作者內心世界主觀性與文學藝術性的結合,不僅僅側面迴避國民黨持續加強的政治社會力控制,同時也顯示台灣場域分化背後的社會結構力,已經初步產生並承認國家政治邏輯之外的個人化文學藝術自主領域,以及個人文學藝術化的美學價值。

就台灣現代主義出現的文學社會性意義來說,這除了意味反共文學主流訴諸現實主義與人性表現之外,朝向非現實秩序的創作可能性,理論實踐背後所肯定的個體文學觀,也回應五四自由主義所肯定的人的價值。不僅僅使得文學藝術創作者有了更自由的解放向度,並在美學革命實踐過程中,因體制的接受而得到社會空間的傳播效應。但是現代主義中訴諸的個體性言說的實踐精神,卻往往被轉換到國家

與民族邏輯下，以「無根」或「自我放逐」的批判作為個體意識的定位，並未能提供太多現代主義文學價值觀在體制深化的社會性基礎。

　　值得繼續追問的是，現代主義文學從接合五四新文學傳統中自由主義的「人的文學」與「自由文學」的價值觀、到轉介至反共文學體制發展的契機是如何產生？這也側面說明國民黨反共意識形態、五四新文學運動自由主義、現代主義之間並不完全是一種反動，而是具有結構性競逐的共謀關係。這個現象與國民黨在五四新文學發展的尷尬位置有關。五四新文學伴隨五四運動展開之後，共產黨左翼文學取得主導權、並奠立日後五四新文學傳統的主流發展勢力之後，開始在校園與青年學生之間，開始發揮極大的影響效力。此時正值國民黨組織與黨員均久已呈現疲憊狀態，這使得孫中山意識到共產黨與青年學生作為當時繼續中國革命的兩股新興社會勢力。因此為了將這兩股新興社會勢力納入國民黨的中國革命事業，孫中山做出了「聯俄容共」的決定。

　　但是，蔣介石接掌國民黨之後，轉由壓抑黨內的左傾勢力，並展開清黨之舉，同時也開始對自由主義一翼頗具戒心。之後，基於五四新文學與共產黨坐大之間的密切關聯性，國民黨對五四思想與五四新文學一直存有一種潛在的敵意。國共內戰失敗後，胡適、殷海光因政治反共立場而隨國民黨遷台，成為台灣的五四自由主義思想重要繼承者。國民黨來台之後為了鞏固政權堅與爭取美國的支持，以堅持反共的民主自由立場為號召，與五四自由主義知識分子進行合作。

　　在國民黨的支持下，雷震創辦《自由中國》，但《自由中國》與國民黨官方在政治思想上，充滿了緊張與矛盾——國民黨的目的只是

希望得到知識分子的認同、進而穩固在台政權，然而《自由中國》卻
一心堅持民主自由信念與制度的建立。因此，《自由中國》便轉向為
批評時政，希望能重新推動中國五四運動的民主觀念。但由於雙方期
待落差太大，以致於雷震與台灣本土勢力合作，呼籲籌組「反對黨」，
而遭到逮捕。《自由中國》也於 1960 年 9 月 4 日遭到停刊命運。殷
海光對於自由民主制度的主張，也相對受到國民黨官方的壓制。

　　值得留意的另一個現象：《自由中國》雖是政論性質刊物，但是
自 1953 年由聶華苓主編文藝欄之後，文藝欄風格從反共文學趨於多
元化與藝術性要求，現代主義訴諸個體價值的文藝觀開始受到重視，
並與《自由中國》自由主義精神相互呼應。《自由中國》文藝欄從配
合反共文學的宣傳到重視文藝（與作家）獲得獨立自主的認知的過程，
雖然可以看作是對國民黨文藝政策的反動，但這之中卻顯示文學與思
想開始呈現場域分化的現象。

　　1957 年（11 月 5 日）創刊的《文星》雜誌現象。《文星》雜誌
是開啟五○年代、六○年代台灣知識文化運動的重要文化媒體，由當
時以年青一輩為主的知識分子所發起，冀望能夠再次推動另一次屬於
中國文化的「文藝復興」。這是《文星》第一階段的知識文化運動，
以「現代文學運動」為主軸。

　　《文星》與《自由中國》一樣秉持自由主義精神，但最初以文藝
性質為主。除承繼思想啟蒙的五四精神以外，爭取個體的言論自由，
也是當時《文星》的重要訴求。言論自由象徵個體要求政府重視個體
的獨立自主精神，從價值訴求來說，五四知識分子「救亡圖存」憂患
意識的「集體」傾向，到了《文星》時期，在承繼五四「憂患意識」

的知識分子認知之下，已經開始出現「個體」的意識傾向。

三、發言權之爭──官方與民間文藝論述的流變

　　以張道藩、王集叢為代表的官方文學論述之中，以「主義」框架文學的言說方式，將「主義」的政治意識形態限制文學創作範疇，並不是右翼文學論述所特有，左翼文學論述也同樣有這種現象。

　　結合民族國家建構進程所發展的現代文學樣貌，儒家對於傳統知識分子所深化的「文以載道」文化集體書寫性格，在民族救亡圖存的歷史現實，持續延展「憂國憂民」的文學傳統。轉形期知識分子以來自儒家世界觀形塑歷史文化主體的唯心意識，以及缺乏置身客觀對立面的歷史條件，只能透過想像的現代化社會遠景，經歷所謂的「現代」洗禮。因此，訴諸思想文化改造民族國家生死存亡之際的危機意識，正是這個時期的知識分子所能理解、有限性選擇的社會實踐方式。

　　這使得新文學──不管是文學論述或文學實踐的文學話語，普遍被架構在民族國家的群體性之中。以「主義」話語進入文學論述的正當性，也往往來自文學的社會性，而非個體性。作為標明生活樣態與社會制度的現代變遷社會思想轉型的「主義」話語，其實也是一種豐富文學論述想像與實踐空間的進路。

　　但問題是，1949 年之後兩岸政治上主義話語的一元化傾向，透過政治運作進入文學體制，更加強化新文學以來民族國家文學話語在文學創作或文學論述的獨斷性。以新文學作為建構民族國家方案或想像共同體的先行者時，「主義」話語往往更多時候是以訴諸群體性（包括國家、社會、人類等等）福祉正當性的知識真理權威，要求個體進

行公約化的集體呈現，不管是建設現代化新中國的三民主義或訴諸社會階級解放的新中國的共產主義。

這除了說明「主義」話語在政治現實的強度，往往也決定「主義文學論述」的命運。事實上，我們必須正視，文學創作的言說方式與過程本身，就奠基在一種很純粹的個體性自由。這種訴諸個人主體性的能動力量，可以超越「主義」，甚至大於「主義」，卻不能在戰後台灣來自胡適五四自由主義傳統的文化資產與文學論述，找到更多新的觀點與啟發，將文學的主體性從民族國家巨大的魅影解放出來。五〇年代中末期陸續輸入台灣社會的西方現代主義理論，則提供了這個方向的動力。

另一方面，我們也不能忽視，文學創作主體所蘊含的爆發力，本身即具有一種來自於可以與之相呼應或取得認同的社會樣態與結構中，才能被檢驗出其效力或是價值的潛能。這個爆發力潛能的現實意味著文學權力的取得，不僅僅來自於政治勢力，社會結構力所顯示的開放空間，也同樣具有影響體制走向的作用力。文藝論述之間複雜的交替流變現象，除說明文學類型與相對性文學價值的興衰史外，更多時候提供我們對於文學論述在文學體制背後所訴諸知識體系的位階移動，嘗試檢索或復原美學價值或社會效能指標的建立過程與依據原則。

（一）任卓宣的國家主義

胡適在戰後台灣被國民黨官方所保留的五四自由主義的文化與文學論述，成為繼承五四現代化的重要資產。但「人的文學」與「自由文學」所觸及到的「個體自由」命題，仍在所難免與主義文學話語所

念茲在茲的「國家主體至上」的信念產生衝突。

這個衝突，在胡適於中國文藝協會發表〈中國文藝復興、人的文學、自由的文學〉講演後，任卓宣馬上發表〈論人的文學和自由的文學〉一文，指證胡適「個人立場的不正確」。而在此之前，任卓宣與《自由中國》雜誌之間關於「自由主義與民族主義」的諸多筆戰，顯示（大陸籍為主的）五四自由主義思想繼承者與國民黨右翼民族文化保守主義者，對於「個體自由」與「民族國家」之間優先秩序的緊張關係。

任卓宣抨擊胡適「人的文學」與「自由的文學」，主要還是將文學的主體性以國家民族話語去概括，並以三民主義作為國家民族話語的「唯一具體指涉概念」。以此承認在國家民族之下的「人的文學」，涵蓋了「民族文學」、「平民（╱國民）文學」、「社會文學」，進而推論「三民主義文學」就是「人的文學」。胡適基於個人理念的「人的文學」，其實只是三民主義文學民族理念「人的文學」的一個小範疇。

任卓宣的論述表明「國家必須高於個人」的邏輯，並在這個邏輯演繹之下，強調「個人的自由」來自於「國家的自由」，並為國家法權所保障，離開了國家，個人的自由無所依歸。身為國家法定代理者的政府，對於人民的自由權更該有所積極作為，包括制定文藝政策輔導作家。任卓宣認為個人應該贊成的原因是，定義在「國家主體」之下的個人主體，早就因為國家自由而享有個人自由，所以個人自由需要國家的指導才不至於偏頗。他指出：「但是自由的文學是不是說『政府對於文藝應該完全取一個放任的態度』，而『不能由政府來輔導，更不能由政府來指導』呢？胡適以『是』為答，我們則以『不是』為

答。很明白,自由的文學祇應反對政府壓迫作家,不應反對政府輔導作家。原來輔導與壓迫不同。輔導是輔助和指導,為幫助之意,並無害於自由,反益於自由。壓迫則與自由相反,是有害於自由的。必須知道,自由不僅是政府不干涉之意。以政府不干涉為言,祇有自由在消極方面的意思。但是自由還有其積極的方面。這就是說,它必須有所作為,有所發揮,有所成就。自由並不是無為。這就需要一種能力了。所以「人權宣言」第四條說:『自由視一個人對於不妨害他人的事都可以做的能力。』這能力就有待於政府底輔導。」[8]

任卓宣對胡適的攻擊,來自國家主義意識形態對個人主體意識的壓抑。任卓宣的國家主義,拒絕接受國家定義之外的獨立個體,也強力排擠民間的自由論述。他所代表的官方立場走到最後,就只剩下訴諸政治真理權威的「三民主義」話語。除了顯示國民黨政權的政治控管力量並未減弱外,任卓宣與中國文化協會之間的緊張關係,也顯示國民黨政權與「中國文化協會」之間,以體制性合作關係協調文學發展的內部矛盾。他介入文學論述的自由發展,顯示官方對文學場域主要是以國家／民族優先於個人的價值、以及可以隨時介入的政治權力邏輯來運作。而張道藩所負責成立的「中國文化協會」,在本質上則是屬於具有政治立場傾向的文學性組織社群,對於國民黨的文藝政策,往往採取支持態度。當然,任卓宣的國家主義也並不是五○年代反共文學體制下唯一的論述聲音。

任卓宣的發難,顯示官方對民間論述自由的不滿,並不像中共是

8　任卓宣,〈論人的文學和自由的文學〉,劉心皇主編《當代中國新文學大系:文學評論集》(台北:天視出版社,1980),頁20。

以暴烈的政治性文藝批鬥解決，而是以知識論述形式展開的輿論筆戰
進行。雖然任卓宣之前對《自由中國》雜誌有過激烈的攻擊言論，但
兩者所堅持的真理反而各自顯現其中，提供第三者自由判斷。很可惜
胡適並未對任卓宣做任何回應，這也意味著，五四自由主義傳統的「人
的文學」、「自由文學」，雖然取得民間言論的體制發言與傳播機制，
但也從未能積極爭取文學發展獨立於官方政治權力邏輯的機會。雖然
胡適的文化民族主義保守性格，並不能直接發展出更具有開展性的文
學論述，但胡適在戰後台灣官方所選擇的五四文學傳統中，最珍貴的
部分，就是在體制的發展空間，保留住五四自由主義對於個體的肯定，
以及「人的文學」與「自由的文學」等藝術自主價值觀。這對於後續
的民間立場的文學論述發展，具有一定的影響。

　　國民黨政權的在台建國工程，包覆在反共命題中關於種種「現代
中國」想像與「正統中國」邏輯，使得五〇年代的戰後台灣的文學發
展，始終籠罩在國民黨政權的右翼中國的民族文學中。任卓宣對胡適
的批判，點出國民黨政治意識形態傾向：國家自由高過個人自由；個
人是不能挑戰國家權威。個人主體必須放置在國家主體之中，抽離了
國家，個體無法成立。

（二）現代主義未完成的「不徹底現代性」

　　現代主義對反共文學的反動，並不是直接攻擊，而是間接轉向爭
取文學層級化後藝術自主原則的主導與詮釋權。「現代派」、「創世
紀」、「藍星」三大詩社，紛紛投入具有「現代主義」傾向的文學運動，
連續引發三次論戰──1956 年到 1958 年底的現代派論戰、1959 月到
11 月的象徵派論戰、1959 年底到 1960 年 5 月的新詩論戰。

　　這三次論戰不管是來自現代詩陣營內部意見的歧出，或來自外部意見的質疑，體制內建國——復國意識形態與主導文化對輸入西方現代主義的牽制，促使六〇年代現代詩的前衛性走向體制性妥協的抗衡路線，而不是帶有社會革命性質的體制性反動。現代派論爭的重點大致有三個方向：詩的現代化、詩的本質、詩的定位。詩的現代化是現代詩陣營的共識，但對現代化的程度卻有不同。現代化在台灣五〇年代，並不是指涉以都市為指標的資本社會的物質與精神文明程度，而是文化語境的「西化」程度。紀弦在理論的「橫的移植」的全盤西化程度，成為現代派論爭中最受抨擊的地方。覃子豪針對紀弦提出詩的「縱的繼承」問題，指出民族文化的特殊性，同時也強調詩的抒情本質。紀弦則訴諸知性的詩想的堅持，拒絕接受覃子豪的觀點。覃子豪並不是排斥西洋詩的理性，而是認為詩的審美情趣秩序，應該是情感優先於理性。詩的主知與抒情本質路線，成為紀弦「現代派」與覃子豪「藍星詩社」之間的藝術理念認知的對立面。但因為紀弦在詩實踐中所保留的傳統抒情主義，也因而延伸出現代詩如何處理傳統與現代之間以民族定位為前提，所提出中西文化兼容並包的基本議題。這個發展定位與「藍星詩社」的「自由創作」路線，共同促成「現代派」成員轉與「藍星詩社」合流，使得覃子豪與「藍星詩社」迅速擴大詩壇勢力，取代紀弦「現代派」。「藍星詩社」在五〇年代末期，也持續發揮理論與創作的深化影響力，共同抵擋體制內更保守的傳統文化勢力，形成第二波象徵詩派論爭與第三波新詩論爭。象徵詩派的論爭除門外漢發表一篇〈也談台灣新詩〉外，參與論爭的只有覃子豪與蘇雪林兩人。蘇雪林的論爭重點以反對現代詩的晦澀形式與內容為主，

在貴古賤今的傳統文化意識前提，批判中國的象徵詩派創始者李金髮，並影射象徵詩在台灣的發展是末流的末流。覃子豪則以象徵詩體的技巧理論與五四新詩發展史，強調象徵詩體的綜合創造性。覃子豪經過象徵詩派的論爭後，開始將論述的象徵詩派的技巧理論，一一在實踐創作中演練、印證。覃子豪對象徵詩理論的藝術實踐，雖然有助於深化現代主義文學觀在體制的傳播效應，但覃子豪的文化民族本位立場，卻在「縱的繼承」史觀建構意識，強化台灣現代詩與中國五四新詩歷史的聯繫。詩的民族定位的美學形式，成為五〇年代現代詩的重要發展向度。但真正促成現代主義美學形式價值理念獲得社會傳播效應的論爭，是言曦在《中央日報》副刊所引起的新詩論爭。參加反擊與論爭的文學刊物除《藍星》外，還包括《創世紀》、《現代詩》、《文學雜誌》、《現代文學》、《劇場》、《筆匯》、《文星》等。在這場論爭中，零星、個人式的保守傳統文化勢力不敵現代詩陣營的西方知識論述形式。現代詩陣營的知識論述優勢，穩住現代詩派在體制發展的重要位置，以及持續輸入與現代主義同質屬性的文學觀的發展基礎。

1959 年 10 月《創世紀》擴大改版，同時宣佈放棄「新民族詩型」的現代理念，轉為提倡「超現實主義」，以開發詩的世界性、超現實性、純粹性為主要訴求。「創世紀」吸收「現代派」與「藍星」的一些成員，成為六〇年代現代主義詩歌運動的中堅力量。「創世紀」繼現代主義後輸入超現實主義，在西方文藝思潮的歷史進程上時空的錯置。但從體制內建國意識形態與文學發展的關聯性來說，卻呈現歷史邏輯的必然性。首先是紀弦與覃子豪之間，詩發展的藝術自主原則的

詮釋權論爭中，兩人在文化民族主義性格所共同啟動的純粹藝術形式革命，成為台灣現代詩發展的重要實踐理路。從西方現代主義的輸入，到台灣的中國五四現代化新詩傳統的建立，台灣現代主義一開始就站在資本主義對立面的社會革命意識，只保留純粹藝術形式的「現代化」。受限於政治意識形態所影響的「不徹底現代性」文學生態，雖然使得場域不再受到政治原則的單一控制，並開始獲得主導藝術自主的機會，但是場域的社會力尚未取得足以對抗政治控制的能量。與建國民族文化意識形態相容的文學發展導向，較容易取得體制的主流位置。這使得台灣現代主義截斷美學形式與文學意識所結合的社會革命性，同時朝向體制性平衡的方向發展：帶有現代意識的美學形式革命與右翼中國民族意識的文學想像。這個發展方向使得「藍星」詩社取得現代詩主導位置後，並沒有馬上觸碰到中國文化主體經歷現代化物質條件後，所面臨精神結構發生改變的難題，反而以美學形式的現代化技巧，作為建立中國古典詩的新詩傳統的技術條件。同時，現代詩陣營在新詩論爭中，透過比保守文化勢力更具「現代」意義與知識形式的西方文學理論，達到社會傳播效應，順利取代傳統古典詩在政治力之下所保固的文化優勢。

「藍星」詩社傾向個人的、古典抒情的風格表現，以及接續中國五四新詩傳統的「縱的繼承」歷史定位，都相當程度地回應當時宰制文化體制的建國意識形態。規範西方現代主義美學形式革命的現代意識，被轉換到個人對國族想像的文化符碼、或台北都市文化語境的開發上。繼「藍星」之後的「創世紀」，在這個理路上，又更向前邁進。

1959年《創世紀》擴大改版，放棄「新民族詩型」主張，轉向「超

現實主義」藝術形式的文學實踐。1961 年，「創世紀」的洛夫與「藍星」的余光中之間的論爭，不只是呈現現代詩內部陣營「同源導向」的分歧，而是隱約指涉：以個人文學主體或中國文化主體作為主導文學場域發展的價值性原則問題。「創世紀」的「超現實主義」路線，雖然使得個體的現代精神樣態成為主要書寫對象，加速個體性私祕話語的藝術形式在文學公共空間的正當性，但體制性建國意識形態也相對影響文學個體，必須先被收編到中國文化主體，才能維護場域發展的主導位置。這使得「超現實主義」的文學主體的個體意識，被相對限制在現代性精神意識與中國民族想像之間的文化語境。文學場域在分化發展的層級化作用，雖然避免政治在場域運作的獨占邏輯與勢力，但根植體制的文學建國意識形態仍持續產生制衡力量。隨著社會條件的強化，民間立場的論述逐漸取代官方，獲得體制性的發展位置。而民間立場不同論述的流變過程，顯現文學建國意識形態在選擇性的五四新文學傳統與西方文學理論之間的協商關係，是決定體制內藝術自主原則發展的重要關鍵。選擇性的五四新文學傳統雖不能提供更具前瞻意義的文學論述，但對於輸入的西方文學理論，卻提供一個體制相容性的接受平台與發展空間。體制所相容的西方文學理論的輸入，在文學層級化與文學發展關係中，雖然鬆動《三民主義》政治黨性的民族╱國家╱領袖主體，但並未能深化文學價值理念，只是達到藝術形式革命取代文學反共革命、國族想像，轉化政黨性中質的提昇。而主導場域藝術自主原則發展的論述知識競爭中，最能獲得體制傳播效應的主義言說形式，也從政治性轉向文學性的知識主體發展。選擇性的輸入，成為維護體制性文學建國意識形態與政治主導勢力的重要機

制，文化主體仍是影響體制性文學發展的重要關鍵。

　　「不均衡現代性」生態的文學社會性發展，使得傳統與現代之間的文化意識與社會關係，因政治權力的介入，往往必須被迫以知識論述的競爭優勢，才能取得體制發展的途徑，而不是取得穩固的社會基礎。

【延伸學習】

1. 反共文學體制的官方文藝論述有哪些重要人物代表？其作品的基本論述反應了什麼樣的政治文學觀點？

2. 反共文學體制在官方論述之下預留了哪些民間論述？這些論述與戰後台灣社會的反共思維形成什麼樣的內在邏輯關係？

3. 三民主義文學論述是如何看待國家主體與文學個體之間的問題，任卓宣國家主義與西方現代主義之間的內在緊張關係各是什麼？

第五章

「我們」的政治、「我」的文藝
——反共戰鬥小說敘事的現實與世界觀

第五章

「我們」的政治、「我」的文藝
——反共戰鬥小說敘事的現實與世界觀

　　「反共」的激情來自於國民黨政權在國共內戰失利、被迫撤台的羞辱經驗與記憶，但是，如何能夠在「中華民國在台灣」的現實基礎上啓動更長更久的投入？反共文學既有幫助國民黨鞏固在台政權之目的，也有預備未來反攻大陸的復國建國計畫使命。在現實中期待、但在期待中又往往不得不面對現實，反共戰鬥小說該營造出怎麼樣的敘事世界，以喚起自己或他人還能繼續獻身以對？

　　回到中國革命文學的發展歷程，三〇到四〇年代以國民黨為中心的右翼民族主義文人，所發起了二次民族主義文學運動，都不敵以共產黨為中心的左翼／左傾文人的無產階級文學思潮；直至 1949 年之後隨國民黨政權來台後，斷然取代日治時期台灣新文學的發展位置，取得主流文壇的領導權。從上而下的反共戰鬥意念，也因在國家號召之下，成為當時（外省族群為主的）文人面對時代的集體命運。以文學投入「反共」或「戰鬥」的行列成為個人置身時代與國家命運的一種激情獻身，象徵的是國家價值優先於個人價值的文學思維。

　　但是，文學本身就是一種出於個體意念的創作行動。文學的個體性是創作的基礎，其個人意念究竟是屬於個體的私人領域？抑或必須將個體獻身國家？反共文藝顯然是保有兩者，但又讓這兩者一直在一種緊張矛盾的對立中。

　　再從「反共」文學的生成歷史來看，反共是國民黨自 1921 年「清黨」之後所堅持的政黨革命路線，雖然中間因客觀局勢改變而有對日抗戰的國共合作之舉，但 1949 年之後，國民黨不得不成為「中華民國在台灣」的國家命運，後再經由反共而宣告的正統中國，也因美蘇「冷戰」結構的國際局勢，而得以加入美國在亞洲的自由陣線盟友國家之列，且進可宣稱「自由中國」的主要原因。然而，「自由中國」在當時，表面上是國民黨政權「中華民國在台灣」的國家理念價值與意識認同，事實上，也是國民黨政權為求美國庇護得以繼續政權的政治操作。從反共到戰鬥，顯示這個蕞爾小島在五○年代的集體政治激情，也是終將欲振乏力的歷史未來。在這個過程中，從反共論述的政黨敵我意識建立到戰鬥論述的國家形象訴求，五○年代反共作家在政治論述與文學實踐之間的擺盪互動中，艱難地經營他們的敘事。

　　這類集體性的敘事並不能簡單視之為一種在時代政治環境下的政治激情，而輕忽作家在試圖以個人見證家國的時代苦難的舉步維艱之下，其敘事意識或來自信念、或來自信仰所必須對應的精神力量資源。反共敘事的正當性如何透過敘事形式而與之結合，召喚出更多個體獻身於國家民族苦難的激情？控訴敘事的建立以及與之證成的反共建國論述，是我們觀察反共戰鬥小說的現實與世界觀，值得留心之處。

一、反共與戰鬥小說的集體性敘事

　　「反共」是所有反共小說的敘事核心，目的在於見證共產黨的禍國殃民與國民黨的建國正統。因此，如何確立國民黨的「反共正當性」，成為反共小說敘事邏輯的起點，而對敘事內容的確信，則成為

小說敘事形式的主要目的。在這個文學思維策略上,反共小說利用寫實主義的美學敘事,透過國民黨的人性、善惡、國家倫理等三個立場的內容敘事,非議共產黨的非人性、社會階級鬥爭與現代革命自我,以確保反共之正當。這幾乎是多數反共戰鬥小說在不同立場的反共控訴敘事中共通的敘事邏輯。

「寫實主義」是一種文學創作理論,也是一種美學形式。它在西方的流變相當複雜,至三〇年代蘇聯官方根據正統馬克思主義理論,發展出社會寫實主義,為中國左翼知識分子所吸收;五〇年代台灣的反共小說則大量挪用或轉化左翼文學的寫實主義技巧,並以此為基本的美學表現形式。社會寫實主義與西方十八、九世紀發展的寫實主義傳統不一樣,著重點完全在於「政治」。對社會寫實主義來說,「絕對真實」是一種符合政治理想的社會主義的真實,並經由唯物辯證過程所發現的。柴德芮夫(A. A. Zhdanov)在 1934 年首區全蘇維埃作家大會就宣佈說作家描寫生命時「不只是要把它當做『客觀的真實』,而且……要把它放在革命發展的過程中。」;戈基(Maxim Gorky)則認為「其目的不只是批評性描寫過去,而且主要目的是在鞏固目前的革命成果以及促進社會主義將來崇高目標的認識」。

反共小說運用上述的社會寫實技巧,將反共的政治意圖,以一種「客觀真實」的「事實」,納入國民黨第三期革命過程,同時也將「反共」的革命意涵視之為是真理性質的「絕對真實」。這使得反共小說的反共現實描寫,在描寫開始就已經預設反共正當性的真理真實。不同於左翼革命文學以美學視野開啟,在內容敘事預設以馬克思主義真理的社會真實、歷史發展真相的現實批判,反共小說是將馬克思主義

在政治社會層面的真理替換為文化層面的普世性價值真理。

　　反共小說從文化層面所突顯的普世性價值觀，除具有反應文學的主義建國——反共復國意識形態的核心政治精神意涵外，也說明國民黨建國黨性與反共文學之間可能隱藏的內在性文化結構。作為五〇年代延續右翼中國革命建國——復國進程、具有國族文學意涵的反共文學，在這個意義來說，所呈現的是一種關涉文化想像的建國——復國精神工程。

　　透過文學想像所夾帶的文化價值觀，反共小說在控訴共產黨的不當暴行時，同時也滲透國民黨建構新中國所吸納的基礎文化。這些基礎文化與國民黨建國意識形態的現代傳統，具有緊密的互動關係，同時也指出右翼中國文學建國所需要的知識理路與審美精神。從反共小說來說，作為敘事觀點所挪用的社會寫實主義技巧，主要表現在敘述國民黨黨員，其人物的政治形象與所繫連的中國命運上，幾乎所有反共小說所出現的國民黨員都是正派人物，而這些正派人物大都可以歸納具有三種基本人格特質傾向：人道精神、善良本性、道德教養。他們在小說所呈現的言行舉止都是從這三種人格特質延伸出來。因此，這三個基本人格特質可以說是投射國民黨形象的內在精神基礎，同時也是構成國民黨可知的政治價值基礎。也就是說，人格特質不僅是作家在塑造小說人物的身體形象的重要依據，還透過此人格特質所聯結的道德評價，來確保國民黨或非議共產黨的政治價值基礎。所以，小說人物的身體形象不只是表現於外在的言行舉止，也包含行動意向，是反共小說對國民黨或共產黨政治性評價的公式化的隱喻敘述方式。透過身體形象的道德價值判斷的隱喻敘事方式，小說人物的可見形象

與不可見意義相互聯結起來，兩者產生彼此滲透的作用力，促使小說的世界觀以一種具有分類效果的邏輯進行，因而形成固定不變的形象喻說。

從反共小說創作中的讀者、作者關係來說明，小說人物的身體形象對讀者來說，不僅僅作為小說人物行動的實際基礎功能存在，還隱含作者鮮明政黨立場背後的價值批判。這些價值批判一致指向歷史現實中，共產黨如何禍國殃民、國民黨如何救國救民。因此，小說人物的身體形象在小說中，既展示人物的政治身分，也同時投射出作者從政黨立場所吸納的內在性國家民族想像，以及政黨背後更深層的文化角度的普世價值，並用來認知、建構共產黨奪權建國在（右翼）中國歷史發展進程的理解模式。透過小說人物的政治形象的認識方式，並試圖以此作為反共戰鬥小說中，建構的政黨性民族國家之文學意義，反共小說的世界觀，在國民黨神聖化、共產黨妖魔化二元對立的一致性外，還涉及到文學價值觀，與深層社會文化意識如何互動的問題。這個現象反映反共小說的社會文化性美學價值，來自於國民黨政權建立民族國家現代傳統的基礎條件，以及潛在於國民黨建國歷史進程中的互容性發展原則。這些文化價值體系包含傳統性的中國儒家政治文化與選擇性吸納的西方現代文明，對於形塑右翼中國的現代民族自我認同與現代社會的公民意志傾向，具有重要的決定性關鍵。

我們可以從人道主義的人性觀、擬宗教價值理念、倫理化的民族國家道德價值觀等三個知識論向度，觀察反共戰鬥小說的正當性是如何建立出來。

（一）人道主義的人性觀

　　「人性化」是反共小說中國民黨員所有意向轉為行動的具體表現特徵，也是反共小說作家普遍塑造國民黨員形象背後所慣用的想像方式。小說中的國民黨員所呈現的人性，完全超越人類的自然、生物身體本能，而成為小說敘事得以進行政治道德判斷的基礎。國民黨員形象所投射的人性意涵，使得國民黨在小說中，不只作為建設中國民族國家唯一執政政黨的表象符號，還暗示國民黨對於建設未來新中國的社會象徵。也就是說，人性化的身體想像方式，並不能單純包含於反共小說所預設的，政治宣傳效應的功利目的，而是關係到國民黨右翼中國文學對民族國家的一種存在隱喻的想像操作。而反共小說的作家也因而普遍透過人性化的身體想像，使得國民黨員的身體，以及親近、認同國民黨的非黨員，成為「反共」政治秩序與保證建立新中國社會的根本。

　　這些右翼與右傾人士在小說中，並不是以直接的身體經驗呈現，而是讓自己的身體行動，間接透過命運安排與意志選擇，朝向生命正確之路。人性的試煉在反共情節的推動上發揮極大的功能性，人性問題一方面使得左翼與左傾人士非人性的殘酷無情，毫無保留地暴露眼前；另一方面也提供小說人物墜入共產黨萬劫不復之路的兩個原由：「善之無辜」與「惡之必然」。因此，政黨立場的選擇在小說中，經由文學的道德價值觀的預設，可以規避不同政黨建構民族國家所預設的建國政治與社會思想議題，而透過主觀的分類秩序與道德立場，在文學意識形態上提供選擇政黨的獨斷性。換句話說，從人性認知的觀點所轉化的文學政治情緒或訴求，在這個過程中，即使帶有人性觀

點的普世價值判斷，還是一種經過主觀政治立場所轉化的文學價值觀，不能與等同人性認知價值判斷的客觀性相混淆。

也就是說，反共戰鬥小說的右翼與右傾人士的身體行動往往被這種預設性的人性立場所分類，並具此提供道德的價值判斷。這是反共戰鬥小說的人物敘事公式，並以此建立反共的道德世界觀。反共小說透過這個世界觀，不僅僅是宣揚國民黨政黨政治與民族主義立場的目的，還包含提供政治預設性的人性美學想像方式與意義價值。這是建國文學所獨具的社會性美學價值，也是建國文學與操作民族主義想像之間最危險的存有關係。

一般而言，政黨身分的選擇與政治立場的認同，以及道德與非道德的二元對立，是反共戰鬥小說的公式化敘事。但對於國民黨的正確政治選擇與政黨認同的過程，就不僅僅是個人所承受的命運，也象徵未來家國的命運。例如王藍《長夜》中的康懇、《藍與黑》中的張醒亞。《長夜》是敘述者「我」觀看康懇與畢家姊妹乃馨的革命愛情故事。「我」和康懇是從高中就渴望參與救國工作的熱血青年。當「我」正猶豫要參加抗日除奸組織或到大後方升學時；康已經是國民黨「三民主義青年團」的成員。乃馨則加入共產黨的「民族解放先鋒隊」。康後來受到日本軍拘捕，遭受酷刑；共產黨員趙豪東利用此機會欺騙乃馨，但被趙拋棄的前情人彭愛蓮不忍乃馨再受欺騙，揭發共產黨真面具，但後來為趙所槍殺身亡。而康始終如一的政治立場與對乃馨的真情，讓乃馨才真正覺悟：共產黨利用年輕學子的純真，透過大量文學、藝術、話劇等宣傳手段抹黑國民黨、美化共產黨抗日功績。康最後獲得釋放，也與乃馨成為革命的情感伴侶。

《藍與黑》是張醒亞和唐琪的革命愛情故事。唐琪是個時髦、新派女性，十五歲成為孤兒，活潑開朗、敢愛敢恨，和張醒亞曾相知相愛，考入北平德國人辦的護士學校，後從事反共活動，為戰地護士。張醒亞，父親是國民黨的革命青年，戰死沙場，為姑母扶養長大後，成為政治系學生，堅信民主政治。在學校和鄭美莊、最低領袖形成反共三角聯盟。同學們戲稱這三人：最低領袖因理論而反共、張醒亞因事實而反共、鄭美莊因張醒亞而反共。經過許多波折，鄭美莊離開張醒亞，張醒亞和唐琪卻因各自投入革命事業而得到再度重逢機會，兩人堅貞的愛情象徵反共決心與必然成功。

不管是康懇或是張醒亞，他們最大的共同點就是：善良、愛國、並正確地選擇國民黨的革命陣營。他們之所以如此確定自己的政治立場，並不是因為盲目，而是深知共產黨利用人性情感的功利行事作風，以及只求目的不擇手段的態度。他們在重重國難的大環境中，既必須嚴防共產黨種種利用人性弱點的圈套，又必須正視個人所肩負國家民族興亡之責的命運，投身於國民黨右翼中國革命的報國行列，成為唯一的正確選擇，最後也因此而獲得愛情。

在這些小說的情節設計中，「人性」往往成為小說人物被分類到正義一方（國民黨）或邪惡一方（共產黨）的準則。人性認同是小說人物在建立「反共」秩序的世界價值觀過程的首要基礎與相應存在條件。通過以人性作為分類準則的政治身體隱喻想像，反共小說所呈現的國共政黨，不再只是政治立場的對立，而被轉化為人類通性與民族國家存在之間的問題。前者指涉中國人在建構民族國家時所需要共同面對的生存基本態度；後者則指涉中國人選擇國民黨三民主義、揚棄

共產黨馬克思主義的正確民族國家之路。這些指涉不僅構成反共小說對共產黨政權的嚴肅指控，反共分類秩序背後所提供的人性價值觀，也因此成為接受反共小說世界觀的重要基礎。反共小說的世界觀之所以奠基在人性認同的想像起點，並以人性作為小說人物背後的意向指標，以及決定進入預定分類秩序的文學意識，是國民黨建國——復國文學所獨具的特殊性。之所以特殊的原因，絕非是文學（或政治文學）所一直關懷與積極處理的人性問題，而是經由政黨的建國——復國意識形態之後，從吸納文學中的人性價值觀轉換到政治立場批判的想像方式。這顯示人性價值觀點在國民黨的建國——復國意識形態中，不僅具有連繫意義，而且還可以理所當然地被沿用轉化到非關文學本身的政治性功能，並且作為小說中預設世界觀的發展基礎。

從這個觀點來看，人性價值觀在國民黨的建國——復國意識形態中，不僅僅是文學對於人的存有議題的處理面向，也是文學建國——復國工程中深層政治文化結構所相涉的含納面向。這指出反共小說與建國意識形態的人性價值觀是可互觀為明。也就是說，反共的文學政治化發展邏輯所指涉的是一種文學與政治的辯證關係。這可以從文學歷史的發展角度與建國意識形態觀察，反共小說對於五四新文學傳統的體制性選擇，可以看到其與二〇年代中國自由主義、人性文學價值觀所延伸的影響關係；但再深入小說支持反共立場所聯結的政黨政治意識結構，則會發現國民黨建國意識形態與儒家文化傳統性的緊密互動，而反共小說世界觀的社會美學價值設準，更是奠基於儒家人性觀與中國傳統政治文化意識之間的文化想像關係。

再進一步探索反共在政治與文學層面之間，指涉的思想性，國

民黨建國意識形態從儒家文化歷史資源所轉化的文化民族主義的民族國家形態，為何走向透過民族文化傳統性、條件性地吸納西方現代性特質路途？對於以進德修養作為基本要求的儒家知識分子來說，這個現象在儒家知識分子與帝王統治階層之間，使得儒家知識分子同時具有以個體人格自由反抗統治權力，以及服膺群體效應價值取向的雙重文化政治性格。來自民族性悠久歷史所養成的文化政治性格，即使是五四新文化的啟蒙知識分子都受到相當影響。五四自由主義的人性文學觀更是如此。因此，五四自由主義文學所提出的人性與自由概念，並不能完全視為接嫁於西方近代自由主義傳統的思維產物，必須先梳理西方近代自由主義的歷史發展與思想核心，才能進一步探討：五四自由主義政治與中國傳統性的關係，以及反共小說從體制內接受選擇性的五四自由主義人性文學價值觀後、所衍變的政治美學原則軌跡。

西方自由主義的政治傳統淵源已久，從十六世紀基督教逐漸喪失世俗的主導權以來，議會制度的發展與社會階級相繼而應生的政治責任與意識，使得西方世界逐漸發展世俗化的公民社會組織形態。近代自由主義相信「法律下的自由」是人類共享的生存環境以及普遍意志，而仰賴於政府官員對獨立組成的公意機構的遵從，延伸至現代自由主義篤信有法律才有自由、政府官員必須接受公眾輿論的社會監督的信念。近代自由主義的思維方式構成西方政治特有的「假定」，雖然中間經歷絕對國家、絕對王權的歷史危機，但仍成為教會政治權威之後的俗世替代品，成為西方文明的指導原則。從法理知識的推演史來看，西方近代早期自由主義中的社群概念，從盧梭《社會契約論》提出以理性解決「普遍意志」與「個別意志」的衝突，到康德克服盧梭「普

遍意志」與「個別意志」間不自然僵化界線，以及極權一元論帶來的困難與失望，進而以一種和西方近代文明擴大需要所相容的道德形式與共識，將「普遍意志」表現出來。從歷史的發展史來看，西方近代自由主義的發展經歷了中產階級、農民階級、都市無產階級三個階段的演化，相對也分別帶來西方憲政主義復興的俗世基礎、保守主義從內部傳統勢力對抗啟蒙運動都市力量的均衡發展，以及革命社會主義與國際性的無產階級團結希望。西方近代自由主義的發展歷程，激發三大階級的政治意識與參與自覺，而三大階級也各自在特屬的社會階級位置與階級屬性的傳統資源上，透過團結世俗社群而形成的有效性普遍意志。

西方「國家──社會」二元體系的運作，就理論上來說，不同階級參與政治的意願，以及相互爭取的階級利益，應該是可以透過議會制度的自由協商原則展開妥協，進而具有朝向社會體系發展的強化作用發展。但事實上，不同社會階級之間的矛盾、衝突與抗衡，卻更可能在單一階級獲利的本位思維上堅持己見，而促使社會體系的分化。這個事實也因此導致西方近代因不同階級立場而出現的三大政治意識形態──自由主義、保守主義、社會主義，在發展的過程去尋求更具有世俗功能的國家力量的保護，使得民族／國族主義更加鞏固國家體系的運作，甚至導致極權獨裁制度的出現。這說明：西方近代自由主義政治傳統發展的法治精神與普遍意志原則，都隱含一種人與社會之間所應該存在的合理關係的理性思維預設。這使得西方近代自由主義的人性觀點，傾向於理性的知識結構，而非情感聯繫。早期發展、來自基督教博愛精神的「人道主義」，雖足以提供信念式的倫理基礎，

但未能在政治制度發揮重要影響，真正成為群眾效忠中心的是近代的主權國家，但造成的影響是：開明國家（如法國、英國）既存政治結構更形穩固，反動保守國家（如德國、奧國）既有體系的崩潰。中國近代自由主義並不像西方近代自由主義般，可以擁有充分試驗發展的悠久歷史與足以相應的希臘羅馬文化與基督教文明傳統，而是在接受的同時，夾雜著民族／國家救亡圖存的現實危機，以及之中難以避免輸入「現代」西方與堅持「傳統」中國的知識效能評估競爭。前者使得中國自由主義發展普遍接受國族主義至上的自由主義，而相對忽略西方在「國家──社會」二元論歷史發展下，強調個人權力與責任的自由主義傳統；後者使得中國早期自由主義限於從孔制、禮教、文言文等舊制度、舊文化解放出來，並繼續衍變為接受全盤西化的思想革命化方案，放棄知識分子對建立個人責任、制度性規範政治權力的法治自由社會的漸進式實踐進路。

中國近代自由主義之所以選擇投向國族主義，固然與救亡圖存現實與革命建國的雙重性歷史發展影響，有密不可分的關係。值得注意的是，1930 年代中國近代自由主義內部嚴重分化的現象：蔣廷黻、錢端升、羅隆基、丁文江擁護新式獨裁以獲得全體自由的轉向；胡適雖堅持代議制的民主憲政，但事實上，胡適的政治實踐，始終未能深化個別意志與普遍意志之間合理社群關係的信念探討，而只專注於人格自由的命題。

這使得胡適從「人格」角度思索「自由」──不管是個體自由或個體與群體之間自由問題，都被侷限在主觀的生命倫理關係，而難以開展到客觀社會秩序的責任倫理關係。胡適的自由主義與西方傳統相

異甚遠，而更傾向中國儒家文化本位的人格自由傳統。人格自由傳統的重要，不僅僅是提供中國傳統知識分子滿足主體存在的知識教養與文化信仰，也同時被含納在訴諸家庭倫理秩序所擴展的社會體系下。前者使得中國傳統知識分子普遍接受道德統一的感性生命發展模式，將概念分析的理性生命降為輔助道德知識的次要存在功能，並提供知識分子階層與統治階層之間權力緊張關係的紓解作用；後者則指涉出人性概念在中國儒家文化傳統的發展過程，即隱藏道德倫理的價值預設特性。最具有五四自由主義人性文學觀代表性的「人的文學」，從詮釋人道主義的概念混淆到「回到人的道德為本」的終極價值判準，都可以看到傳統性對於西方文學觀的吸納，仍有一定程度的影響性。

胡適作為國民黨在台灣五〇年代延續中國五四自由主義傳統主流，以及溯源五四新文學傳統的重要歷史象徵意義，除了胡適反對共產黨極權與支持國民黨政權的政治立場因素外，胡適自由主義思想核心的人格自由與國民黨建國意識形態之間在呼應傳統性的適切性，胡適對於「人的文學」觀念的認同，也因此作為五四新文學遺產而獲得留在體制發展的機會。但要注意的是，經由體制所吸納的「人的文學」觀念，僅僅是作為國民黨在選擇性原則之下的五四新文學遺產，並不能視為五四新文學傳統的全部遺產。二〇年代沸沸揚揚的「人的文學」價值觀，在反共小說的世界觀中仍保留住持續被左翼系統所轉化發展的痕跡，只是這個痕跡不可避免地經過右翼系統的價值批判。更值得思考的是，反共小說如何透過體制性五四自由主義傳統，將「人的文學」從人性的文學觀轉換成單一選擇政治自由的價值理念標準。這顯示二〇年代「人的文學」中的「人」的價值，與國民黨建國意識形態

的文化思維結構，必然有足以相互承接轉化的互通性。周作人訴諸以
人類共通自然人性的人道主義作為「人」的價值，卻未能觸及西方處
理個體與社群均衡發展的二元主義思維架構與歷史傳統，而以道德作
為「人性」價值的判準，正是儒家對於個體生命如何開展社會與政治
文化的基本預設與實踐理路。以道德倫理規範個體與群體之間關係的
思維架構，在本質上是不同於西方的「法律下的自由」。但這也說明：
反共小說以分明可見的國民黨或共產黨身份分類人性化或非人性化的
政治身體，並連結五四自由主義人性文學價值理念，之所以能構成一
個不相矛盾的完整世界觀，在於以預設性的倫理人性觀作為政治自由
命題的選擇方式與思維模式，仍有一定文化接受層面的合理性。這個
合理性反應出國民黨建國意識形態是在民族文化傳統性的選擇架構基
礎，而不是西方現代性傳統，納合不具排斥性的五四自由主義文學傳
統與政治傳統。

（二）「擬宗教」價值世界觀

　　反共小說以可見的人性化與非人性化的政治性的身體意象，聯結
選擇政治立場的自由意志判準。這之中人性化與非人性化的對立，以
及兩者之間不可能相容的排斥性，指出反共的人性世界觀處於一種難
以妥協的二元分裂狀態。之所以難以妥協，是因為反共小說對於人性
與非人性之間的道德預設。但特別的是，反共小說並不是從儒家「性
善」觀點的人性主流論出發，而是從此處與基督教文明中的「猶太—
基督教」的天啟思想，將人性道德中的善惡二元對抗，轉化到選擇政
黨政治與國族立場的世界觀中，並以信仰的救贖作為終極的解決之
道。以信仰認知—而非政黨的政治選擇作為終極解決之道，本身即是

一種「擬宗教」的意識形態。儒家文化意識形態、以至於孫中山承繼儒家思想遺產的三民主義，都有這樣的傾向。

在儒家性善的主流觀點中，儒家相信人性具有向善的本質潛能，並在「二人為仁」的處境中，可以滿足且成全兩個主體之間的適切關係。因此，具有向善的動力是人性所本有。經過個人在個體生命與社會秩序不斷創造轉化的實踐意志與行動，最後終可達到「天人合德」。「天人合德」是儒家人性論的最高理想，具有「外聖——內王」的雙向互證性。前者以人群社會的共同福祉來印證天人合德；後者以個人生命的絕對要求來體現天人合德。

依照孟子對人性的預設，只要是人都應該有向善的心性本能，但孟子也承認：並不是每個人都能成善的事實。孟子從實踐仁義禮智的人格價值生命理路，來強化自然生命向善的潛能。荀子對人性的預設，則是從反面的生物本能的客觀層面提出性惡觀點，認為透過教化可以避免人趨向生物本能反應，而能以禮作為生命行為準則。荀子認為禮與仁義相需相成，人透過所制定出的禮，可以與萬物建立適當關係，因而與萬物相容為一。不管是孟子從性善或荀子從性惡的論證觀點出發，最後都以體現儒家天人合德的理念，作為實踐人性的最高境界。

在儒家的人性觀點裡，人無論是從心性自覺的主觀實踐理路或人為教化的客觀實踐理路，天人合德秩序的達成，並未強調任何一種客觀性的超越抽象力量，而是主張以人為本的主觀實踐力量。不管藉由強化人性向善本能或抑止生理驅惡本能的進路，背後都是基於人性來自於天理的預設，因此人只要致力於道德實踐，就能從此延伸出超越力量，與天理合同。訴諸人的主體性的道德行為，而非具有客體性的

超自然力量,使得儒家並未發展成宗教系統,而只是一種具有「擬宗教」意識形態的文化思想。因此,儒家從性善與性惡觀點所提出的兩種思維模式,並不適用於反共小說中以善惡二元對立隱喻政黨本質的思想形態。小說人物基於自由意志選擇錯誤或正確政黨立場、以人性作為國民黨必然取得中國統一與最後勝利的「天啟」思維論證模式,其實更貼切於以基督教討論善惡的宗教人性觀,以及得到神性救贖的可能性。

　　基督教義以人的墮落原罪與神的救贖恩典最根本的思想核心。人的墮落原罪來自人類始祖亞當夏娃。夏娃接受蛇──墮落天使長撒旦的誘惑而吃了禁果,亞當接受夏娃的誘惑也吃了禁果,因此,亞當、夏娃與蛇,都因違背上帝的旨意而從伊甸園分別墮入人間與地獄受苦。也因此,人類透過亞當夏娃的血緣關係,無法繼承神的血統,而繼承撒旦的血統,成為人的原罪。人類必須得到上帝的神性力量的教贖,才能重回伊甸園。這是從遺傳說的神學觀點詮釋亞當夏娃的犯罪。

　　上帝與撒旦在亞當夏娃之處被分別為象徵善惡對立的本質形象──上帝至高無上的權威與純粹神性、以及撒旦來自善的匱乏的邪惡本能。人類必須克服從撒旦性靈處遺傳慾望的邪惡本能,才能接近上帝的神性,體驗純善之美;撒旦在人間對上帝所展開的報復抗衡,絕對無法取代上帝。因此,在末世審判來臨之前,撒旦和人類都依照上帝創造之始的旨意,被賦予自由。人類必須完全以自己的自由意志為責任分擔,找出聖言,使撒旦屈服,才能復歸於創造本然的人。

　　但是,如果人類無法克服在降生之前就已經是自身一部份的邪惡本能,那人類的原罪不是永無救贖之日?人類不是在一出世就只能承

受必然墮落的悲慘宿命歷史？耶穌的出現與復活神跡，則為《聖經・舊約》中上帝創世、人類等待救贖與末世審判的悲劇性，並開啟一個訴諸於「人」位格的無限希望的歷史意義。這個特殊歷史意義的開啟，來自基督降世為人的「道成肉身」歷史事件的獨特性。

因此，耶穌基督在基督教義中具有神之子與人之子的雙重定位。神之子的特殊性使得祂擁有聖父、聖子、聖靈三位一體的靈性稟賦；但人之子的身分卻使得祂在宣示上帝福音的同時，必須兼負以肉身完成證道的歷史宿命。祂以愛、希望、良知宣示「基督王國」的降臨，最後以上十字架，犧牲自己的生命以救贖人類，並以復活神跡昭告世人。基督的出生、死亡與復活，將救贖的悲劇性，轉化成基督徒以自己一生做見證的希望性。

若把這些觀點對照反共小說，會發現幾個可以進行類比的共通特質：1. 反共小說分別以善、惡觀點預設國民黨與共產黨的政黨本質，如同上帝與撒旦的對立，小說的世界也因而被本質化為國民黨必然之善陣營與共產黨必然之惡陣營；2. 這兩個對立陣營就像基督教義中的上帝與撒旦，各有信服群眾；3. 在善惡兩股勢力的對抗中，一個有良知的人如何透過正確的政治信仰走向善的救贖可能。這些類比的相似性，可以延伸解釋小說人物為何不能將政黨視為是一種基於自由意志的政治選擇，反而普遍斷言是本質人性所導致的必然結果。

因此，參與共產黨與傾向共產黨的小說人物，成為撒旦方的惡靈人，共產黨則是撒旦的化身，利用人性之惡的本能力量，不斷吸收人類從事撒旦活動。共產黨就像是聖經中的撒旦，以靈界惡靈為對象，而執迷不悟的共產黨員就是其收受的惡靈人。在這個過程中，撒旦的

勢力通過惡靈人，以地上人的肉身活動顯現出來。他們以馬克思主義的邪說不斷尋找可以授受的對象，蠱惑這些人為共產黨效命，左傾知識分子就是其中墮落而不自知、以為自己是在肩負拯救中國使命的迷途羔羊。姜貴的《旋風》是其中最能清楚展現以這種意識形態詮釋國共歷史與民族命運的佼佼之作。

　　《旋風》的情節發展是以方祥千投入共黨革命事業為主線。方祥千既不是個十惡不赦的大壞蛋，也不是個能幹的革命家，但卻因為深信共產主義能夠摧毀封建舊社會罪惡、重新建立新社會的理想，而以幾近瘋狂的姿態投入共產無產階級革命的暴動，卻為自己的故鄉 T 城帶來更大的災難。方祥千和其他多數公式化反共小說的共產黨員不同，他並不是一個本性極壞的人，而是一個誤信「邪說」的狂熱分子，深信自己擁有創造新社會歷史的能力。王德威以「紀惡以為戒」的儒家傳統史觀為論述基礎，指出方祥千作為「現代檮杌」的邪惡，已經不是傳統小說人心惡化標誌所能架構。王德威認為方祥千的小說透露著某種反常：所有的禮教機制已經敗相畢露，結尾則是惡人當道，群魔亂舞……現代（共黨）革命的生成並非只是透過菁英領導，而是透過成千上萬個像方祥千這種識見有限、能力不足的支持者鼓動形成。這群人雖然無私奉獻卻狂熱過度，對革命的見解又失之天真。他們從利他主義出發，卻又落入「吃人主義」的窠臼。這種衝突的本質使他們共同創造出龐大駭人的現代怪獸。[1]

　　方祥千與許多像方祥千這樣的共產黨員作為「現代檮杌」的邪惡

1　王德威，〈歷史與怪獸〉，《歷史與怪獸》（台北：麥田出版社，2000），頁 110-116。

反常現象，較一般公式化的反共小說更為複雜的原因，在於姜貴雖然同樣以善惡本質的二元對立來處理國民黨與共產黨的黨性，但他並不是依照預先設定的國共黨性的善惡本質直接建構小說的人物形象，而是採取客觀的寫實敘事，讓我們看到一個平凡的人如何因為愛國而開始「誤國」。

　　國共黨性分屬於善與惡的本質化的小說邏輯，使得小說雖然以客觀的敘事反應共產黨如何在地方的興起，以及當時難以避免的國民黨內部的貪污腐敗事實現象，但其中卻隱藏一個極弔詭但未能在小說敘事找到有解的推論：如果共黨無產階級的群眾革命只是瘋狂的、非理性的暴動，那已經貪污腐敗的政黨如何能夠說服我們可以相信它將會是新中國的希望，而不是一個只是包覆現代化政黨形式、以黨魁一人意志為國家意志的舊中國式王朝政權？國共政黨在小說所呈現的善惡本質化現象，使得政黨與當時中國客觀環境的對應關係並不具備有彼此辯證或對話的關係，反因本質化的價值認知判斷，將知識分子或大眾選擇政黨被視為信仰、而非政治信念的選擇。

　　信仰的思維方式是屬於宗教性質，缺乏彼此對話的可能性。而信仰的主觀意識介入，更容易導致反共小說中涉及國民黨的人物、事件都傾向以單向正面化的敘事方式鋪排。這使得參與國民黨與傾向國民黨的小說人物，就像信仰上帝、堅信上帝是愛與希望的人一樣，宣稱國民黨是唯一帶給中國民族自由的「彌賽亞」政黨，三民主義則是拯救中國的真理，並以愛的信念堅持對人類、對民族的希望。那些願意為國民黨犧牲自我的黨員或深知共產黨之惡人士，就成為上帝所預選的人，將耶穌為世人贖罪的肉身證道觀念，轉化到小說人物以己身投

效革命救國事業的表現方式，或透過自己坎坷的人生歷練，完成個人對民族、國家認同的救贖意識，並激勵其他有良知的中國人，繼續投入國民黨所領導的建國大業使命。

在陳紀瀅的《賈雲兒前傳》中，陳先生巧遇賈雲兒，賈請陳將其一生紀錄下來，寫成一篇小說。賈原來是一個基督牧師的女兒，從小天真善良、活潑愛國，長大後愛上成熟青年大學生馬龍軍。馬成為共產黨黨員，一改過去的人格思想。賈為愛與馬私奔，馬成為大報名記者，兩人因戰爭延宕婚事，直到來台灣才結婚。但馬被指控為共匪，遭到判刑，馬的同事奚攸趁機介入，兩人相戀，奚漸漸露出本性。此時賈接到其姐來信，知道其父因基督教信仰被共黨迫害，賈也發現奚像共黨一樣人面獸心，並意識到她個人遭遇所看到的種種人性之惡現象，與近三十年來共產主義蔓延實不可分。共產主義只重現實，講利害，泯滅人性，激發獸性，詭譎詐欺，橫行逆施，挑撥離間，製造仇恨，在大陸鐵幕已然翻天覆地，在自由區域裡，也在無形中受到傳染，不知不覺踏著惡之血污腳印。奚後來憤而開槍射殺賈，幸得革命軍人張魯興（張曾因賈小時勸說動手術因而保住性命）救了她，奚被判刑。賈因此深刻體悟上帝的愛，並積極向來台的姐姐介紹台灣的建設事業。

《賈雲兒前傳》透過賈雲兒的前半生自白追憶，以及透過革命軍人張魯興的出現契機，不僅救了她的性命，也讓她找回從前的善良與天真，而含蓄地將國民黨在台復國大業、人性純善與對上帝的愛等同在一起。賈雲兒的告白，指涉共黨的出現，不只是政治禍源，而是世界末日到臨的徵兆。接受末世審判與期待救世主的信仰之路，正指出

國民黨在台積極從事反共復國的民族大業必定成功，吾人所需要的只是堅強的信念、甚至強化為信仰。

透過基督教的善惡世界觀，反共小說中關於共產黨與國民黨之間的政黨競爭歷史，被轉化到帶有擬宗教意識形態的善惡本質對立。政黨與個人之間的關係，也有趣地反應國民黨深層黨性文化對於基督教與猶太教之間區別的轉化涉受痕跡。

猶太教與基督教最大的不同，在於基督教克服猶太教基於母信仰的極端法治主義與歷史定論主義。基督教拒斥摩西律法所有繁瑣規定，而訴諸所有人類希望與良知，主張遵行簡單儀式（尤其是洗禮）與道德教戒，以信靠神而非律法作為救贖基礎。同時把神的歷史與民族的王國興亡史劃分開來，突破猶太教的悲劇性困境。

因此，基督教以基督耶穌的「救世主」的現世性，為基督教信徒開啟一個訴諸自己一生作見證的救贖機會。不過，「救世主」的犧牲，也宣示猶太民族獲得上帝祝福的復歸路程已經失敗。這個認知使得基督教雖然得以「救世主」觀念聯繫母信仰猶太教的歷史觀，但也隱含一個重要的訊息：個體救贖是可以獨立於民族救贖之外。這使得基督教雖然以個人主義的信仰立場取得朝向普世性的發展機會，但也以基督犧牲自我、救贖人類的愛與希望信念，提出一種團結全人類的可能性，而遠遠超越猶太教狹隘的民族主義的信仰立場。

反共小說雖然在人性的世界觀基礎轉化基督教「上帝──撒旦」的善惡二元對立的價值判準，作為區隔政黨立場的核心理念。但在處理個人與民族歷史之間的關係時，卻更接近猶太教的歷史意義感，而傾向於極端排斥帶有個人主義的民族意識。從早期的希伯來人到猶太

人，一直相信他們是上帝唯一親自挑選的選民，即使接觸其他民族的一神教信仰，也能堅持相信他們的上帝耶和華是世界唯一的真神。這使得猶太人極端敏銳於自己民族的歷史，相信自己終會得到上帝的所有祝福，但歷史對猶太民族的考驗卻無比殘酷，使他們將近流浪了二千年才得以回到應許之地，並建立以色列民族國家。猶太民族強烈的血統與文化民族意識與建國之前的流亡歷史，與國民黨建國意識形態所繼承的儒家文化民族主義傳統資產，以及國共戰爭失敗撤遷來台的流亡現實意識，有了可以對應比較的相似性。猶太民族建國從宗教意識所強化的歷史意義感，到最後得以奇蹟式地完成建國的歷史使命；而國民黨右翼中國來自儒家傳統的「擬宗教」文化結構，也為國民黨建國意識形態在民族歷史與文化對等的條件原則下吸納西方基督教文化。除為右翼中國的民族命運開啟了一個訴諸人性的「天啟」希望外，以強化民族文化歷史所造成的民族主體，也成了建國──復國極重要的內部工程。

因此，民族救贖不僅以歷史意義感，也以歷史現實的雙重緊迫性，出現在建國意識形態中，取得「民族獲得救贖的歷史具有無比崇高精神意義」的位置。這種近似於「擬猶太教」思維的建國意識，使得反共小說的敘事個體被附屬於民族（文化／國家）主體之內，而從基督教「以個人一生作見證」──具有個人主義傾向的救贖方式，也被進而轉化到「以個人一生見證民族歷史」完成民族救贖的敘述概念──從「犧牲小我、完成大我」的殉道精神到各式個人主體對家、國、民族遭受共產黨迫害的傷痕式的「餘生書寫」。但不管是自我犧牲或見證傷痕，反共小說也以接近於猶太教的民族宗教信仰力量或基督教

普世精神兩個進路，發展出抑制個人主體意識的民族國家意向。前者會通於儒家傳統的文化民族主義；後者訴諸於人性良知、愛與希望的「擬宗教」的情感信仰。

（三）「倫理化」的民族國家道德價值觀

將宗教意識形態挪用在政黨立場的民族國家選擇，雖然能夠強化政黨建國意識形態與積極鞏固文化民族主義國家主體之間的連繫作用，但僅僅是作為民族主義的情感基礎，並不表示能夠提供具體所需的社會秩序。國民黨在台的建國—復國工程的推動與訴諸革命思維所主導的三民主義建國意識形態，仍必須具有能夠對等接受的現有社會秩序，才能避免以更多的革命暴力介入國家化過程中的社會秩序重整。反共小說的世界觀，顯現出國民黨在形塑民族國家主體的文化想像時，對於西方近代自由主義或基督教文化傳統的涉受，是趨向於訴諸中國傳統性的選擇為基礎。這使得國民黨建國意識形態中的現代性基礎，接近於西方近代性發展的保守理路，而排斥更具西方現代性發展的思維路徑。

這條理路可從中國五四自由主義在台灣五〇年代的接續發展，找到對應。胡適訴諸人格自由命題的自由主義思維暗合中國傳統，而獲得國民黨政權的肯定，法治自由為核心的自由主義思維相對被壓抑；文學價值觀則接受個人書寫意識中的民族、社會、國家等群體概念的敘述思維，而排擠個人主義式的個體自由或自我書寫風格。這些壓抑現代性的體制性現象，顯現出國民黨建國意識形態對於五〇年代台灣社會內部秩序的重整，來自於選擇具有對等性接受的文化社會意識，而不是開放包容異己的多元文化社會意識。這也與國民黨以儒家文化

主體為開展的建國意識形態息息相關。

儒家文化對中國王朝政治所做出的最大貢獻，就是在「以世俗倫理為傳統文明的維持提供基礎」下，提供帝王統治權力與社會秩序自我調整之間的平衡文化機制。主要的原因在於「儒家思想的特有力量，在它能將理性的成分和儀式成分以獨特的方式結合在一起。重複的慣行遠比理性的訓悔更能決定人的行為」。這個觀點使得儒家文化雖缺乏宗教的威權力量，但卻能致力將倫理道德變為社會秩序的根本基礎。因此，理性接受與儀式規範的相互滲透，成為中國儒家傳統文化維持政治社會秩序的基本運作原理。前者為儒家文化傳統的價值觀取得根深蒂固的發展機會；後者則將儒家文化傳統的價值意向模式化，而形成社會的穩固力量。從論理來說，國民黨建國意識形態與儒家傳統文化之間所形成的對等結構，對於中國從王朝轉向右翼中國的民族國家形式，並不構成阻礙，反而可以在傳統性的基礎上，提供國民黨繼續領導民族革命的正當性資源。除減低革命形式激烈破壞國家政體後所帶來社會性結構改變的風險，還可以在既有相對應合的社會秩序基礎上，進行「現代化」——而非「現代性」結構的社會改革行動。

但國民黨在大陸時期始終未能徹底取得實踐三民主義建國的歷史機會，共產黨透過發動內戰取得中國建國領導權的挫折，在雙方各執一黨專政的思維下，「反共」對國民黨來說根本不是民主政治制度中「朝野對峙」的政治生態，而是「革命建國」的最大阻礙，因之成為國民黨的歷史性民族使命。國民黨在這個歷史現實中，同樣以既有的民族與社會文化資源條件上，提出非難共產黨取得中國建國領導權的理性論述，作為反共政治宣傳的正當性基礎。反共小說透過人性的

道德與非道德的政治身體形象劃分國民黨與共產黨，正是國民黨在儒家「倫理化」秩序思維的建國意識形態下所延伸的文學政治化現象。這個秩序思維也顯示右翼中國處於民族救亡圖存危機現實之下，是透過傳統性的文化社會潛意識，將個人無條件包含於民族國家命運的救贖意識的理性接受，並以既定存在的社會倫理觀念，強化「犧牲小我，完成大我」的慣行性行為。

所以，小說中正面人物為黨、國、反共理念而犧牲個人私慾的行動不斷出現，包括支持但未獻身的其他行動者，進而形成共同維護民族國家與社會正常秩序的固定模式。這個固定模式，正是小說世界觀中所極力擁護的倫理秩序。國民黨與共產黨在人性與善惡二元對立的世界觀，分別被規劃為建立秩序與破壞秩序的兩股力量。這顯示國民黨對於政黨與民族國家建國理路之間的關係思考，是以倫理作為理性思維基礎。

倫理——而非法治正是儒家傳統文化形塑社會的思想特質。這使得國民黨對於政黨與民族國家之間的核心關係，被限制在「政黨必須以道德的完整性，取得領導民族國家權力」的理念性思維。反共小說從「善——惡」預設政黨的政治立場，來自主觀的價值設定，在小說並不具有實證性質的效果，要證明這個預設是正確無誤，必須從客觀事實上取得。

因此，在政黨以道德的完整性取得領導正當性的理念思維下，黨員的個人言語行為是否能夠符合社會倫理規範，成為主觀價值預設對於客觀事實存在的唯一檢驗途徑。這個理路說明反共小說為何將共產黨員塑造為缺乏根本倫理觀念的衣冠禽獸；國民黨員即使具有許多人

性弱點，即使頑固不靈，言行不一，但在為人基本底線上，絕對不會踰越倫理，仍是個「人」。

　　例如：姜貴《旋風》中的方八姑，是忠貞的國民黨黨員，也是小說中最「政治正確」的人物，雖然滿口教忠教孝，但卻看不起妾室出身的生母；一直是國民黨黨員的程時縣長，為了表現謙遜正直而坐騾車上任，但在日軍尚未攻進方鎮之時就逃之夭夭，被捉住後自動投降。

　　《重陽》中的共產黨員柳少樵的逆行倒施與荒淫亂倫程度，更是到了令人匪夷所思之地步。先是強暴自己年輕貌美的未婚妻、卻喜歡跛腳下女；一步步以其邪惡變態本質，誘惑原為革命先勳之子葉桐葉，與其發生畸戀，還誘姦葉的母親與妹妹；利用共黨的進步解放之名，要求共產黨女性成員自動奉獻童貞給無產階級，並積極策劃婦協的裸體大遊行；以互相告密摧毀家庭倫常秩序⋯⋯。姜貴將柳少樵塑造為耽溺各種情色享樂與性變態行為的共產黨員，指控共黨禍亂民族、家國的企圖昭然若揭。而柳少樵假根除封建之名以摧毀人類文明之實的所謂革命進步性，其實背後所希望激起的正是一種非理性暴力，以及幽藏人性陰暗角落的慾望，正如同王德威所言：「在姜貴看來，共產黨革命最恐怖的是：人們無法說出、也無從判斷革命的本質。」[2]

　　同樣的，小說中身為國民黨革命先勳之子的葉桐葉，從一個本性善良、帶有典型奴性的年輕人受到柳少樵誘惑而墮落的過程，讓人不得不去思考共產主義激起人心慾望的狂熱是什麼？倫理秩序為什麼會經不起個人主義所響往的自由解放，雖然在小說中被強化為人心最黑

2　王德威，〈歷史與怪獸〉，《歷史與怪獸》（台北：麥田出版社，2000），頁 110-116。

暗禁忌的慾望考驗？而個體解放人性的絕對自由慾望，遊走在社會倫理秩序與民族國家自由之間，竟也形成姜貴小說敘事中最危險隱匿的弔詭關係。因此，小說人物的倫理化政治行動判準，只是作為強化國民黨建立民族國家的領導正當性，並不能完全解決個體自由與民族國家自由之間的矛盾。共產黨員的非倫理化行為，在小說的世界觀運作裡，潛在著個體追求絕對自由意志將會阻礙民族國家自由的前提。然而，國民黨的倫理化行為也並不能夠透過血緣家庭關係繼承。倫理秩序不一定能戰勝人性慾望之惡，而顯示出人性善惡決定發展方向的不穩定結構。這個前提隱藏個體追求不受規範的自由意志的慾望是人性本惡之源，除了人性之善的發現外，倫理意識該如何向上提昇，並尋求克服墮入人性本能之惡會受到誘惑的衝動？反共小說在這個矛盾缺口上，提出「倫理自由」的實踐理想與解決。

「倫理自由」的概念與傳統儒家對倫理的預設價值及社會實踐之間的互動性息息相關。儒家認為倫理秩序的建立有助於社會的正常運轉，個人必須服從倫理秩序的規範，才能確定自己言行舉止的合宜適中，社會也才會更好。而政治社會倫理的執行向來是統治者的責任，人民只需負擔被教化的義務。這個思維顯示，個體必須無條件服從具有倫理教化能力的統治者，其社會意識中，並轉化到個體必須對自己負責之外、在具權威性所立下的界限內才有自由行動的社會行為模式。因此，反共小說以倫理權威設限個體自由的限度，將個人追求自由、捍衛自由的意識與行動，視為個體對民族國家應盡的義務，並以此作為追求國家自由的具體實踐之路。這種做法突顯出個體的自由意志必須納入社會倫理規範，只要社會倫理規範維持正常運作，個體自

由意志就能得到實踐。反共小說在「反共」目的背後所設限的個體與民族國家關係，深深受到這種由上而下的思維模式所影響。這也使得倫理秩序所規定的個體自由意志，成為民族國家是否能得到真正自由的關鍵，而根本捨棄「什麼樣的民族國家能帶給個體什麼樣的自由意志」的反向思維模式。進而突顯出：傳統儒家的自由倫理概念在於要求個體服從秩序、而不是試圖改革或改變秩序的保守特質，缺乏基於個體平等的社會互動思維。這使得反共小說對於「反共」的革命激進性，是表現在排斥建國意識形態所不能相容的文化政治社會秩序與價值理念，而不是爭取更多元化發展的個體價值與道德倫理。傳統儒家社會倫理概念下的自由意志，成為個體層次與社會性層次「唯一」接受「反共」意識的道德基礎。反共小說正是在這個思維基礎上，延展出不同階層屬性人物如何投入反共行列的「覺醒」模式。這也可以解釋為何反共小說的知識分子階層大都是以「個體」覺醒的姿態，選擇認同國民黨；而其他非知識分子階層則是出於社會性層次的倫理道德觀念，非難共產黨的禍國殃民。司馬中原的《荒原》則在這個層次上，提供一個絕佳的理解圖像。

故事發生在位於蘇北與皖北之交的洪澤湖東岸——司馬中原熟悉的家鄉。那是一個豺狼出沒、盜匪橫行的一個紅草原，一個三不管的不毛地帶，歷經土匪、日寇、匪共的侵擾蹂躪。農民們在這天災人禍不斷降生的不祥之地，以他們素樸頑強的土地信仰與生命韌性，守護著荒原的迷信傳說。這些農民是那麼卑微地活在鄉土的荒原上，他們不懂國民黨與共產黨的政治權力鬥爭，只是憑著民間信仰中固有的善惡分明，以及農民出身的強悍生命力量，艱難地替「老中央」保家衛

國。在這些農民中，司馬中原塑造了兩個英雄：歪胡癩兒與六指貴隆。歪胡癩兒演繹的是一則鄉野草莽如何捍衛家鄉土地的英雄傳奇，六指貴隆則是從一個佩服敬仰歪胡癩兒的單純農民、到義無反顧走向歪胡癩兒未竟之路的繼承人。他們與「老中央」並無任何政治利益的連繫，但是卻有一種根深蒂固的情感上的依存心理——「老中央」是他們自小所熟悉世界的唯一「正統」管理者。因此，歪胡癩兒與追隨歪胡癩兒的農民們來說，「老中央」與他們之間存在一種不證而明的道義關係。這個基本的道義關係背後，提點出作者對農民從不欲改變的保守社會認知態度，以及農村社會中不存有階級矛盾的人性世界觀。而農民們在小說中所極力維護的亙古不變的世界觀，來自古老的中國。

農村的社會組織形態向來是傳統儒家文化與帝國政治秩序的最底層。農民龐大的人口數量與農村的超穩定社會結構，架撐出一個擁有數千年歷史的古老中國。農民們在傳統儒家社會結構中所薰養出的知足、樂天、服從傳統的生命質地，以及未受知識文明污染的草莽精神，雖不質疑現實，但也從不偽善昧俗。他們在鄉土信仰中所展現的純粹人性，並不是自然的原始人性，而是歷經數千年古老中國的儒家文化傳統的浸化結果。在《荒原》中，農民們當然不可能了解「老中央」的《三民主義》信仰是怎麼一回事。但是他們所捍衛的鄉土信仰，以及成長過程中所置身的合情合理的生存空間，卻是顯示一種儒家文化往民間社會生活向下紮根的慣性。這與「老中央」建國理念的《三民主義》的文化民族主義，是具有共通屬性的社會性系譜關係。

不過，司馬中原也在他的鄉土想像中，深層地提出不同於左翼革命文學系統的中國農民內外在形象，以及他們如何介入民族存亡現實

的理解。這個理解在於捍衛傳統儒家與農業社會下、農民基於善良人性以及土地和平相處精神共生結構，而不是階級對立與利益衝突的尖銳社會現實矛盾。

二、反共敘事中的共產黨想像

　　反共小說世界觀的建立基礎，既與國民黨建國意識形態所接受的人性意識、善惡判準、道德倫理原則普世性價值理念──包括這三種理念價值同時輻射出國民黨建國意識形態發展中國現代性中的傾宗教思維特質。這個特質使得國民黨對於共產黨所提出的建國內涵與政治路線，表現出一種攻擊異端的衛道精神與見證民族救贖的受難意識的雙重書寫特徵。

　　值得留意的是，國民黨建國意識形態以儒家的傳統性為發展現代化的內部核心思維，為什麼會以訴諸人性、善惡、道德倫理的價值理念方式，來證明國民黨領導建國的正當性？並導致小說將共產黨以軍事戰爭取得中國政權的客觀事實，轉化到主觀的宗教迫害式的集體書寫意識？反共小說到底是基於什麼樣政治性或文化性的辯護邏輯，才使得這種集體書寫意識往往被視為文學的政治化常態，而輕忽這種集體書寫意識背後所呈現的文化精神病徵？這個文化精神病徵是否也顯示國民黨非難共產黨爭取建國思想資源正當性時的心理機制，並說明兩黨之間建國意識形態不同向度的根本矛盾。上述提問可以從反共小說的書寫模式一一找到應證。

（一）非人性化、怨恨心理與社會階級意識

　　妖魔鬼怪化的共產黨是反共小說最具特色的書寫模式之一，這使

得反共小說所描繪的共產黨形象，大多不是亂世妖魔就是吃人檮杌。這些形象只說明一件事：共產黨是由一群「不是人的人」所組成的政黨。反共小說對共產黨是非人的指責，並不是文學或歷史的特例，除儒家「紀惡以為戒」的歷史道德教訓外，從國仇敵對的角度來看，反共作家是否可能潛藏因匱乏而轉為攻擊性質的報復書寫心理特質？

　　共產黨取代國民黨的建國領導權的歷史事實，迫使多數反共作家離開故園、追隨國民政府流亡台灣，是國民黨對共產黨產生怨恨心理的主要原因。失落家鄉的匱乏感、不能對共產黨採取行動做出直接反應的現實困境，使得反共文學書寫成為想像報復的補償機制。值得注意的是，以怨恨作為現實反共復國的投射情緒，以及寄託於民族流亡的個人現實歷史，是如何引導出反共世界觀中的人性、善惡、道德倫理價值理念？從現實中共產黨奪取建國領導權的怨恨情緒來看，反共小說對共產黨的非人性化的想像報復，是在政黨對立的情緒謾罵中，還夾雜著個人理解與隱忍民族國家生存受到傷害的無能感，這說明反共的怨恨心態在本質上是一種生存性倫理的情緒。怨恨心理顯示反共小說世界觀中，國民黨對共產黨的生存性情感投射方式、以及特殊樣式的政黨共生關係。這個共生關係涉及到國民黨將自身流亡解釋為共產黨竊國的社會化心理結構，進而形成一種「價值比較」的生存性緊張情態。舍勒從現象學角度分析怨恨，他認為怨恨感涉及到生存性傷害、生存性隱忍和生存性的無能感。因此，怨恨心態在本質上是一種「生存倫理的情緒」，反映的是一種特殊樣式的人之共生關係，是一種把自身與他人加以比較的社會化心理結構。怨恨心態正是這種生存性的倫理價值理解方式。

　　為了消除反共現實所延伸出對共產黨的怨恨心理，以及國民黨受
挫於共產黨的生存危機意識，反共作家的怨恨樣式，通常以一種混合
式的價值評價樣式出現：提出一種不同於共產黨價值觀的價值理念，
以取代自身無力獲得建國的價值實質，並進而貶低共產黨建國的價
值。反共小說的世界觀可以視為是國民黨建國意識形態所延伸的一種
價值理解樣式的轉型，怨恨的心態則是這種轉型的動機結構。因此，
從怨恨的動機去理解反共小說世界觀的核心價值——倫理道德，會發
現反共小說站在國民黨一方所宣揚的民族倫理道德，雖然以傳統儒家
文化為正當性思想來源，但從個體與群體關係的精神樣態的動機結構
來看，已經遠離儒家訴諸「自然血緣」所規範的傳統型倫理價值觀，
而更接近「怨恨動機」所延伸的現代型倫理價值觀。從反共小說要求
正面人物對民族國家展現犧牲小我、完成大我的「博愛」精神原型來
看，反共小說更注重的是：以具體的行動成就來證明個體對國家民族
的愛，而不單能滿足於精神動機的自由意志或理念導向的社會秩序。

　　舍勒（Max Scheler，1874－1928，德國哲學家）認為西方現代
型的愛理念與古代基督教的愛理念的根本差異在於：以現世福利為目
的的偏愛，取向暫代了愛的自由行動；世俗感性原則取代愛之自由精
神中的精神原則。古代基督教的愛的自由行動表現在愛人意識的絕對
主體性傾向，也就是說愛人者並不會以被愛者的利益處境為條件，而
是因為愛者秉持著要去愛的自由意志而去愛。這是上帝愛人的精神原
型。但現世福利為目的的偏愛取向，卻是從愛者的主體性轉以被愛者
的利益處境為優先前提。前者是愛之行為的理想形態；後者則屬於資
本主義發展過程所延變轉換的歷史的倫理形態。這種愛的「意識形態

的轉型」，使得現代型博愛不再以愛人的內在精神實質為依歸，而是只要通過愛人的行為就可獲得；美德不在於美德自身所有的特定品質，而在於人的行為本身。這種美德的怨恨機制來自於：欠缺美德的實質價值的人承受不了與美德充溢者之間的品級差距。從舍勒的分析觀看反共小說形塑共產黨非人性化的文學敘述模式，小說正面人物對共產黨的怨恨動機顯然更為複雜：非人性化的攻擊描述顯示國民黨對共產黨的怨恨心態，以及從此延伸出不同於共產黨建國理念的批判性價值系統，應該是由欠缺美德的實質價值的人所發動；但事實上，卻是由來自於小說所認定的美德充溢者。美德充溢者才是真正怨恨的人。因此，怨恨的機制在小說中的呈現應該是：美德充溢者無法承受欠缺美德實質者之間的歷史獲利現實（共產黨是取得中國革命建國歷史領導權的最後政黨），也無法承認欠缺美德實質者具有真正愛民族國家的主體行為能力。但反共小說的敘事並不願承認這個怨恨機制的存在。這個矛盾使得反共小說不得不朝向兩個面向加以強化：一、美德充溢者對民族國家的主體之愛，雖不能改變任何現狀，但必須確保國民黨作為中國唯一具有建國領導權的政黨價值指標，以號召更多革命力量；二、美德充溢者對欠缺美的實質者的怨恨心態，被轉換到建立更具正當性的（單一政黨立場的）民族國家倫理機制，如國民黨建國意識形態中的國家自由、人性之善、儒家傳統社會文化倫理秩序等價值觀。前者使得個人的主體性必須以政黨的民族國家自由意志為前提；後者則會傾向以接受群體價值理念檢驗的個人行為與意識，作為合理的個人與國家關係。這兩個面向同時使得反共小說正面人物既為何幾乎都被要求獻上對民族國家的自由意志的愛，也同時必須透過自身的行為

證明，自由意志的愛才得以可能認。從認同或投效國民黨／反對或消滅共產黨的自由意志，到參與國民黨革命建國／阻止共產黨革命禍國的行為證明，這些意識或行為都只針對國民黨作為中國唯一執政黨的民族國家利益立場，而根本排除共產黨同樣具有以革命政黨形式參與競爭的歷史公平性。這顯示：反共小說以國民黨建國意識形態所繫連的價值批判，來排除政黨競爭革命建國權的歷史公平性，以及訴諸壓抑個體自由所發展的革命建國倫理動機。這裡潛藏幾個很重要的訊息：為什麼反共小說所提出的怨恨模式，是訴諸非人性化價值批判系統，而不是其他？反共小說所不能接受的共產黨革命建國理念為何？聯結這兩個面向所隱藏的怨恨心態與傳統性、現代性的關聯為何？這些提問，說明怨恨作為現代性的心理動源樣式，不能只從國民黨對共產黨的怨恨動機，還包含不同政黨對於建構現代國家想像與革命建國倫理秩序之間的衝突危機。在反共小說中，這個衝突表現在小說正面人物以「愛」作為否定共產黨由「恨」所主導的階級鬥爭的書寫模式。陳紀瀅的《荻村傳》可以提供一個絕佳的觀察位置。

　　《荻村傳》透過一個無知的河北省農民傻常順兒，去看中國所經歷的各種變化。他糊裡糊塗被義和團拉去，又被丟在荻村；直奉戰爭時抽丁輪不到他，卻把他送上戰地；快五十歲時，村正把他送去日本皇軍當保安隊；日本投降後，八路軍佔領荻村，常順兒成為村長，並利用常順兒的僱農身分去鬥地主的張五爺、婦農黑心鬼、地保大粗腿與張舉人。張舉人二十歲女兒龍姝因不願被許配常順兒而瘋死，其母也上吊自殺……。共產黨一連串利用僱農仇恨去清算原先鄉村統治階層的施為，以及讓常順兒生前最大的仇人——小說中最自私、最卑劣

的負面人物，成為新的村長……。共產黨種種逆行使得常順兒開始懷疑共產黨的是非對錯，最後遭受共產黨活埋。傻常順兒的一生雖然被欺負，但也做過欺壓良民、姦污婦女、勒索錢財等報復性壞事。他渾渾噩噩地憑著本能生存，真正從共產黨的惡行統治中，覺悟到善惡是非時，卻被迫結束生命。傻常順兒的悲劇性在於缺乏分辨、認知的自覺，只能被玩弄，毫無自主能力。《荻村傳》試圖揭露共產革命如何利用人性迫害、甚至利用無知底層人民的敘述觀點。當這些底層的無產者一旦擁有有限的權力之後，無知如傻常順兒、或奸惡如完蛋蛋兒者，都在不同程度上破壞傳統社會的倫理階層秩序與其相應的生活方式。傻常順兒的委屈作為一種同情卻不該要求平反的態度，可以看出傳統社會士族知識分子階級出身或上層知識菁英作為政黨菁英對下層新興知識分子階級的怨恨。這種怨恨心理來自國民黨與共產黨在爭取中國建國領導權與專黨政治的生存競爭關係，以及兩黨分屬不同階層利益的革命動員機制與歷史認知。

國民黨是第一個以革命形式推翻帝制、讓中國走入現代化民族國家樣式的現代化政黨，也是第一個獲得中國形式統一的執政黨；《三民主義》是國民黨建立國家化政黨倫理的基礎。共產黨作為後起的革命政黨，但馬克思的共產主義並不適用於中國，所以在共同推動中國的民主憲政基礎的建國大業前提下，共產黨應該被納入國民革命的勢力之中，接受國民黨的領導，這是孫中山提出第一次國共合作關係的基本預設立場。值得注意的是，《三民主義》與共產主義一樣，都接受社會主義的平等精神，並具有追求社會公義、社會平等、社會和諧等基本理念的政黨訴求，為什麼國共兩黨在歷史既合作又競爭的關係

中、卻又有難以和解的衝突？從《三民主義》——民族主義、民權主義、民生主義及社會主義所接受的平等概念來看，民族主義表現在對外的反帝與境內的民族平等理念上；民權主義表現在代議制度的民主共和憲政體；民生主義則表現在追求「均富」的國民經濟生活。這些顯示：國民黨所接受的是群體價值優先的平等的民主，而不是個體價值優先的自由的民主。就革命形式改變政治社會權力結構的觀點來看，孫中山最大的貢獻之處在於將帝王貴族統治階級的政治社會權力基礎，轉移到政黨形式為主的群眾基礎。但孫中山並未開放建國權給其他政黨的群眾基礎，而僅僅交予國民黨執行，孫中山死後，革命建國理念繼續成為國民黨的歷史任務。這使得國民黨的政黨菁英迅速躍升為革命後新興國家社會的上層知識分子階層。從知識分子在中國現代社會的分化現象來看，國民黨政黨知識菁英與《三民主義》信仰之間的文化關係，僅只是作為中國社會的某一個文化理念的知識階層，並不代表其他階層知識菁英不能分享建國領導權。但《三民主義》與儒家傳統文化之間密切的關聯性，使得傳統儒家文化成為國民黨政黨倫理的重要正當性資源；也是政黨倫理國家化之後的主流社會價值體系。這使得其他不同文化理念的知識分子階層，從事政治動員或分享政治資源時，不可避免產生爭奪權力的衝突關係。共產黨則是其中最具對立性緊張的知識菁英階層。這與共產黨透過「階級平等」理念重新整合中國政治意念與社會資源，不無關係。

　　共產黨的「階級平等」理念對國民黨領導建國所預設的政治權力來說，國民黨的黨國意識形態與民主憲政體制取代了「普天之下莫非王土」的家天下概念與帝王專制王朝，負責執行民主憲政體制的政黨

知識菁英成為國家權力的代理人;而國民黨國民革命中的「國民」群眾基礎,只是接受中國從帝王專制轉換成一黨專制的民族國家成員,未能獲得實質政治權力的分享。也就是說,國民黨由上而下的黨政國家結構,只是在既有的社會結構基礎下,改換為民族國家的現代化形式,並未以改變社會秩序的結構本質為優先次序。但共產黨以「階級平等」作為建構民族國家的國族動員時,是從國體內部社會階級的秩序改變來整合民族國家的實踐,本身即帶有社會革命性質,而不同於國民黨「推翻滿清,創立五族共和」的民族革命。

再就國民黨的建國歷程來看,國民黨專政領導建國的計畫一直遭到破壞,先是以袁世凱為主的滿清舊官僚與保皇文化知識階層勢力,國民黨改組為中華革命黨展開二次革命對抗;後來又經歷軍閥割據地方,共產黨迅速興起,孫中山欲接納為國民黨新興革命勢力,展開國共第一次合作關係,直到蔣介石清黨,兩黨分裂;之後蔣介石展開北伐,以內戰形式促使軍閥投誠於國民革命軍,完成中國的形式統一。軍閥的地方勢力並未解體,只是轉成國民黨的地方性軍事同盟,接受黨部中央命令;北伐完成後開始剿匪,共產黨展開萬里長征,頑強抵抗;民國34年日本侵華,共產黨發表宣言願意接受國民黨的領導共赴國難,開始國共第二次合作關係,共產黨才得以獲得繼續發展的機會。

這個過程顯示:孫中山領導國民黨時,即透過政黨政治集團與王朝舊官僚勢力、以及尋求新興革命勢力的兩大政治合作路線,為國民黨專政建國鋪路;但蔣介石後來所走的政治路線,則放棄後者,甚至以更激烈的軍事手段消滅敵對政黨。國民黨高層領導路線的改變,從

社會變動後原有社會階層秩序的解體觀點來看，不管是文化意識形態或政治社會權力結構，國民黨的黨國專政思想與革命建國歷程，都未曾為社會下層新興知識分子創造一個向上層流動的管道。

這使得共產黨的「階級平等」理念，不僅可以獲得國民黨之外的其他政黨或社會上層新興知識分子的同情，也為下層知識分子階層，聚集了更多推翻既定現實、激起變動的怨恨動機。共產黨透過「階級平等」重新創造社會新秩序的理念正當性，在國民黨失去建國領導權後，形成對共產黨的怨恨心理機制。國民黨的怨恨動機來自於上層政治社會階層否定下層政治社會階層可以平等理念要求權力的保守心態。因此，共產黨在這個理解層次上，被視為傳統文化政治社會秩序的破壞者，是民族歷史之「惡」。姜貴的《旋風》則是從傳統儒家文化的歷史觀點，否定共產黨透過社會革命動員現代化民族國家的建國路線。國民黨對共產黨的怨恨心理、與共產黨對共產黨發動無產階級革命內戰一樣，同樣是來自階級對階級，但在反共小說中卻極力迴避這種同質性的怨恨動機，反轉以「愛」的情感樣態掩蔽。以「愛」作為「反共」的革命建國正當性，將國共兩黨對立的問題，從社會階層屬性轉往到宗教意識形態與人性普世價值認同，根本規避怨恨動機背後，國民黨建國意識形態未能預設不同階層屬性的社會平等精神，以及訴求社會革命的國族動員機制。宗教意識形態與人性普世價值的認同，可以說是國民黨建國意識形態中，以預設性的民族傳統性向外聯結西方現代性的重要機制。儒家文化的「擬宗教」意識形態將「主義」帶有價值論斷的社會化思想言論，在要求社會法權的過程時，轉變為信仰認同的意識形態，而超越選擇政黨立場的政治意識形態。這是國

民黨訴諸文化民族主義對內作政治性國族動員的建國心理機制，並在社會內部尋求已經根深蒂固的儒家化社會思想與行為認同。這顯示國民黨的國民革命進路是透過國體政治制度的改革轉向國家的現代化發展契機，而不預設社會本質結構的劇烈變動。這與共產黨的無產階級革命透過社會階級結構的翻轉以尋求民族國家的現代化進路恰恰相反。這也是為何共產黨建國歷史指出孫中山僅僅完成資產階級革命，而馬克思主義的無產階級專政的共產社會才是新中國未來的原因。

因此，文化民族主義的建國意識形態與宗教意識形態聯結所產生的政黨性民族主義的情感認同，才是反共小說正面人物表述「愛」與「希望」的情感樣態原型。透過「愛」的真理式情感樣態，向外擴展成尋求國族動員的建國心理機制，其中所不斷強化的「反共必勝，建國必成」的天啟式希望，不過是從政黨性民族主義認同所創造出來的政治化文學情緒與虛假意識。

（二）個人主義、社會階級鬥爭與共產黨的黨性

從反共小說的共產黨非人性化敘述模式與社會階級意識之間的關係來看，國民黨對共產黨的怨懟，表現在上層階級不滿下層階級要求建國平等權與取而代之的不滿心理。共產黨黨員在小說中，普遍被描述成自私無情、為求目的不擇手段的卑鄙人物。值得留意的是，共產黨黨員執行黨內政策的個人意志與國民黨黨員的忠貞性格不能對等比擬的矛盾，反共小說透過「倫理化」民族國家理路與儒家傳統秩序社會道德認知的相互滲透性，先行預設共產黨是一個不具有任何倫理道德黨性的政黨，進而否決共產黨爭取領導建國權的歷史正當性。

反共小說對共產黨不具倫理道德黨性的預設，除了透過非人性化

的敘述，尋求讀者的良知判斷，以為國民黨尋求更多國族動員的可能性。共產黨黨員執行黨內政策的個人意志，被具體轉化成自私無情、為求目的不擇手段的極端個人主義者形象，進而否定共產黨是一個具有倫理道德黨性的政黨。這個敘述進路呈現國民黨對共產黨的價值判斷，以及建國意識形態與民族自我形塑之間不具相容性的理解認知。反共小說對共產黨的否定，並不能說明共產黨是一個不具政黨倫理的政黨，而是反應出國民黨如何理解共產黨的思維方式。這個思維方式與國民黨建國意識形態從道德原則所出發的民族國家自我形塑，息息相關。

　　國民黨與共產黨的黨爭歷史，除了顯示單一政黨領導建國的專斷性格外，國民黨在小說中所極力攻擊的共產黨員個人主義形象，究竟為什麼可以成為非難共產黨的正當性？姑且不論共產黨所表現出個人主義的高度自我意識是小說虛構、還是現實認知的折射，國民黨建國意識所要形塑的民族國家自我，為什麼排擠個人主義？這是反共小說在處理兩黨對立的一個普遍出現的思維特徵。這個思維特徵在國民黨建國意識形態與現代化民族國家實踐的過程中，與傳統性的文化社會思維關係為何？國民黨對三民主義建國意識形態的操作與來台後所實踐的現代化民族國家發展理路，基本上是以儒家傳統文化作為內部的民族意識動員與社會秩序機制；外部則以黨國憲政體制與國家資本主義作為國家的現代化發展模式。國家與社會的關係並未嚴格分離，而被（執）政黨的建國意識形態所統攝。前者強化政黨倫理對民間社會秩序的影響層面；後者促使政黨倫理成為執政者主導技術官僚限制私人資本擴張的基礎。這可以看出國民黨建國實踐的思維模式，是以

政黨建國意識形態為國家主體發展的基本預設，以及訴諸政黨倫理作為規範台灣五〇年代社會秩序的社會法權，取代儒家傳統社會形態的「禮」。

從西方現代思想來看，個人主義與階級平等的概念分別是自由主義與社會主義的核心理念。早期自由主義從「自然人」與「自然狀態」觀念出發，訴諸個人的本原性與至上性原則，論證國家權力的合理性與有限性，將國家與社會分離開來：國家並不具有可以侵犯或妨礙個人自由與權力的合法基礎；作為社會個體的公民應該擁有獨立於任何社會政治權力之外的權力。從個人出發定義國家、而不是從國家出發定義個人的政治思維方式，構成西方公民社會抗衡國家權力的社會法權基礎。個人權利透過這個基礎，是可以取得與國家權力對等的位置，而很不同於國民黨建國意識形態由上而下倫理秩序的社會法權行使。來自氏族社會文化遺產的倫理秩序強調的是群體的利益，而不是個體的利益，個體利益必須受到道德規範的限制，是儒家傳統社會界定群我利益關係的道德原則。這使得個體權利的正當性並不被倫理性社會法權所積極認同，必須以倫理秩序為前提，才有被獲得承認的可能性。個人主義的思維方式則不需要透過倫理秩序，而視個體為獨立的基本社會單位，強調的是個人式的社會倫理與社會自由。這個預設與國民黨訴諸政黨倫理為社會法權的行使基礎，並不相同。以政黨倫理行使社會法權，並成為維持社會秩序的正當性基礎，是以政黨倫理取代社會的公民道德原則。國民黨建國意識形態的優勢在於結合傳統儒家社會的道德原則，但儒家傳統社會的道德原則並不是以個體為單位，而是氏族社會形態的文化思維產物。這使得傳統儒家道德原則傾向於不

同社會階層約束效應為主的設計導向。

　　從中國傳統社會「上層——下層」結構來看，國君、世卿、士大夫等不同身分權限所形成的政治集團，可以視為上層結構的簡單統整；一般老百姓則屬於被統治的下層結構；未具有官方身份的民間知識分子則介於上層與下層之間。在儒家由內聖（修身）到外王（齊家、治國、平天下）的政治理念設計中，所有社會階層都必須接受道德原則的約束。屬於上層結構的國君、世卿、士大夫與介於上層——下層之間的民間知識分子，強調的是知識文化教養過程的內聖工夫；透過由上而下倫理秩序的法權行使，使下層百姓得到教化薰陶，達到外王之效。「內聖——外王」暴露出傳統儒家政治思想最大的問題，在於道德並不具有任何客觀性的制約效應能力，但是儒家的「擬宗教」意識形態則將道德思維的理性成分，轉換以宗教信仰的儀式行為，成為民間社會重複慣行的普遍規範與穩定社會秩序的基礎力量。因此，擁護儒家文化在政治意識形態的主導地位，成為上層與民間知識階層共同的社會責任，而以道德規範作為上層行使政治權力的制約原則，以及由上而下的倫理秩序，不僅切斷下層對上層的質疑正當性，也未能有效限制政治權力的不正行使。

　　國民黨建國意識形態的民族國家實踐，以唯一政黨專斷想像性民族動員與實際國家權力的行使，以及訴諸政黨道德作為社會階層結構的內部平衡機制，不僅不能建立一套法治制度規範政黨高層行使國家權力的權限；反而更容易傾向以黨國意識形態的文化與政治威權，來解決國族認同或不同社會階層利益政黨之間的矛盾問題。因此，國民黨建國意識形態排擠個人主義取得社會法權的傾向，來自於建國實踐

邏輯的必要性。這也可以具體了解共產黨黨員的個人主義在反共小說中，普遍被描寫成破壞社會倫理秩序，以及小說以破壞道德倫理的價值判斷暗示個人主義不具社會法權正當性的集體書寫動機。

反共小說除以個人主義強調共產黨「禍國殃民」的黨性之外，還顯示以道德原則否定共產黨社會階級鬥爭的集體書寫特徵，作為共產黨不受儒家倫理道德秩序約束的怨恨心理。這與國民黨建國意識形態、傳統儒家倫理秩序共謀的現代性社會理念，並不具備階級平等的社會性公平概念，息息相關。從現代社會「平等民主」與「自由民主」兩大難以協調的政治訴求而論，孫中山《三民主義》中的社會主義思想與共產主義，都具有壓抑「政治自由」、傾向追求「社會民主」的思想特徵；以「平等民主」和建立民族國家（反帝）的政治訴求，也同為國共兩黨的現代國家建構理念。這也顯示：在建構強勢民族國體的現代國家的共同理念下，國民黨建國意識形態為什麼無法相容共產主義？這與兩黨對「社會民主」的價值理念預設，又有何關聯？「社會民主」是社會主義式民主國家的重要政治理念，國共兩黨一致都傾向以國際──國內的平等為中國現代民族國家的基本訴求，但國共兩黨對於要求國內平等的社會性群眾改革卻有所不同。群眾的形成與集結是現代社會的重要民主化過程之一。民主化的概念改變傳統社會菁英階層獨占社會權力的正當性，使得非菁英階層以外的社會集團也能享有主動參與社會活動與支配權力。群眾作為一個現代性的概念，不僅是一種社會形態的新樣式，而且是一種新的評價與倫理樣式。

國共兩黨依循各自的政黨倫理與執行政黨倫理的知識菁英階層，動員參與中國現代化民族國家的群眾力量。在這個發動機制中，國民

黨重視的是基於漢族身分與民族傳統文化認同意識形態的「國民」；
共產黨強調的是以無產階層鬥爭意識形態的「革命」群眾。從革命與
社會權力結構的改變而論，國民黨政黨與文化菁英取代原有社會王朝
貴族與士大夫屬性的統治階層，非政黨菁英的其他社會集團則成為接
受建國指導原則的國民群眾，以被動的方式達成社會民主；但共產黨
卻不然，知識菁英階層與農民階層所組合而成的革命訴求，分別造就
社會主義知識人與農民兩大具有衝突屬性的政黨菁英集團，農民群眾
在政黨倫理的價值理念之下，以被賦予主動參與政治改革的社會權
力，來完成社會民主。反共小說對於國共兩黨爭取不同「社會民主」
動員方案的現代化國家歷程的衝突，避開客觀現實的歷史發展原則，
而傾向以儒家主觀的歷史道德原則處理。從反共小說塑造共產黨員非
道德化政治身體的集體書寫特徵，可以看到反共小說作家們對共產黨
參與中國建國歷史的不信任。其中很重要的原因來自於共產黨階級鬥
爭思想的社會革命理念，以及理念背後所許諾的一個更公平的經濟秩
序嚮往。

　　孫中山同樣也吸納社會主義經濟平等的精神，但不以階級鬥爭為
前提的原因，在於馬克思以階級鬥爭作為社會進化的謬誤。孫中山認
為馬克思主義以階級鬥爭的激烈方式，只能解決政治問題，不能解決
社會問題。解決社會問題應傾向於歐美資本發達國家社會黨所提出的
和平方法，包括：社會與工業之改良；運輸與交通事業收歸公有；直
接徵稅；分配之社會化。因此，民生主義提出平均地權與發達國家資
本兩個具體方案，前者只限於化解農民與地主階層之間的土地改革衝
突；後者則以壓抑私人坐大資本所造成社會貧富不均的弊端。但是孫

中山僅僅提出以發展國家資本提昇民生經濟的「均富」方案，壓抑下層階級對社會資源分配不均的怨恨，卻沒有進一步提出：私人資本或下層階級無法均衡分配到國家經濟或社會資源時的可能預設。

　　共產主義訴諸階級鬥爭的社會革命理念，相對於國民黨基於儒家意識形態價值所對應的建國與社會秩序，是以一種「拋棄舊有意識形態價值基礎」的正當性，對抗國民黨領導建國的唯一政黨預設。但國、共兩黨對轉型現代化國家的建國意識形態，都同樣無視於西方政治自由（個人意識）與經濟秩序（自由市場）的內在關聯，傾向以單一階級屬性的群體價值，作為國家與社會秩序的合理基礎。因此，國民黨對共產黨不願遵循儒家傳統社會倫理制度的怨恨，在反共小說的敘述書寫中，往往被轉換到：個人或身旁親友直接或間接經歷共產黨破壞社會既有秩序的理解層面，進一步否定共產黨參與領導建國所提出的無產階級革命倫理，以及與國民黨同以革命政黨的身份而取得建國領導權的歷史正當性。

（三）愛情想像、現代性自我與民族自我

　　王德威曾指出二〇年代末期左翼作家在「革命加戀愛」敘事寫實中，所含蘊的「否定的辯證」，指出小說藉由書寫所企圖完成的革命行動，往往可能指向革命書寫本身意義的作廢；以及現實中，左翼作家以愛情作為獻身革命與文學之間的歷史想像與慾望實踐。追求愛情與嚮往革命的慾望疊合，透過文學，既書寫個體從封建禮教束縛解放的心靈意識，也可看作個體向社會要求在私人領域完全支配身體資源的權力。

　　從社會的革命行動來看，左翼作家所呈現的革命理想與男女情愛

之間複雜，不只是從文學場域的角度，提出革命修辭的預言或隱喻，而是藉由書寫獲得個人身體在社會場域中，實踐自主情慾的可能。這與反共小說中放縱情慾、不惜以身體換取政治報酬的左翼或左傾人物形象，呈現兩種極端的詮釋評價。

反共小說中那些放縱情慾、不知節制的共黨黨員，以「解放身體」的叛逆性與打破封建意識的「前衛性」，號召涉世未深的年輕學子參加社會革命行列。這些年輕學子以自己無知的熱情為黨獻身，但最後卻慘遭種種墮落後的惡果。潘人木的《蓮漪表妹》可以說是這個敘述模式的典範之作。蓮漪一生的悲慘遭遇，正是因為年輕無知、盲目投效共產黨革命的結果。《蓮漪表妹》是以九一八事變至大陸淪陷時段為歷史時空背景。小說中，蓮漪是個美貌但愛慕虛榮、喜歡出鋒頭的年輕女學生。後因參加學運而遭到學校開除，住進職業學生洪有義的公寓，懷孕後投奔延安，成為宣傳樣板戲的演員。最後靠著洪有義的一點良知，被安排逃往香港。途中，蓮漪認出自己的孩子小離，但瞎眼的小離因接受共產思想而充滿仇恨之心，不願接受蓮漪，反而折回大陸，最後被共軍射死在邊境。潘人木以自己的親身經歷寫下蓮漪的故事，試圖揭露共產黨在抗戰前夕時期蠱惑許多年輕知識分子參與報國的虛幻性。相對於蓮漪因盲目參加學運、又在自我認識不清的狀況下與共黨黨員同居，又因對共產黨的無知信任而獻身革命事業，最後落得兩空的悲慘遭遇。敘述者反而因安於傳統女性的角色，得以嫁了個（國民黨員的）好丈夫的平順。敘述者我透過蓮漪表妹自述性的手記原形，讓蓮漪陳述離校後的重要經驗，顯示敘述者對共產黨利用學運，以及提出解放身體與自我的新女性論點的質疑。而蓮漪自述

性的懺悔書寫形式，也從當事者的第一真相的寫實角度，強化共黨利用年輕知識分子追求「流行」的衝動，而導致自我墮落陷阱的保守認知態度。蓮漪的敘述自白，點出對共黨革命理想性的破滅，以及參與共黨革命的女性一旦踰越家庭界限之後的墮落命運。蓮漪的自白敘述應證表姐對共黨的「客觀」觀察敘述，除共同推動小說情節的發展外，背後還反應了兩個嚴肅的議題：女性到底能不能與傳統宿命抗爭？女性到底該不該主動爭取革命的機會？潘人木以蓮漪遇人不淑的「懺悔錄」，突顯出表姐以嚴守女性不該介入政治的被動態度而獲得幸福的正確性，指涉出一種「男主女從」的傳統封建意識與性別架構思維。蓮漪以愛情奉獻為前提的革命意識，也點出女性的「從屬」定位，但連漪的悲劇是遇見共產黨員。這使得女性的宿命不只是端繫於男性，如果要走出家庭，還必須經由政治正確的男性的指引才能加入革命的國家大業。蓮漪的悲慘受騙與表姐的幸福光明兩相對照，強化國民黨與共產黨男性善惡本質的對立性，並成為女性命運的先決條件——遇到共產黨黨員就悲慘一生，遇到國民黨黨員則共創希望未來。女性在反共小說的婚姻愛情中的境遇，具有代表不同政黨的民族國家命運的象徵意涵。這個前提使得反共小說的愛情想像，與革命想像一樣，同被收納至政黨建國意識形態的民族國家秩序中。愛情不再是單純體現個人對於慾望的自由意志，而是檢驗政黨革命本質、帶有政治目的的文學預言。因此，反共小說中的愛情想像也二分為「情——慾」的對立層面。這個前提促使反共小說的愛情敘事朝向公式化演進：如果遇到國民黨陣營男性，得到的是心靈的愛情，最後以婚姻倫理關係收場；如果遇到共產黨陣營男性，往往是在被騙失身、或遭到強暴的情況下，

被迫建立短期或長期的肉體關係，最後只能得到未婚生子、同居或始亂終棄等悲慘下場。

　　反共小說中以政黨立場所區分的愛情敘事公式，使得愛情裡的人性掙扎、七情六慾……都必須接受社會道德倫理的價值觀審判。因此，五四時期從封建社會父母媒妁的婚姻解放出來的自由戀愛，到了反共小說，雖讓女性獲得戀愛的自由，但卻未能進一步讓女性勇敢主導自己的愛情發展，反因戀愛自由，而加重突顯出遇人「淑」或「不淑」的宿命。這個保守態度也突顯反共小說愛情敘述的性別觀點：雖然不反對女性擁有戀愛的自由，但未能同意女性獲得戀愛自由後、可以完全自我負責的肯定能力，必須透過男性的提點，才能從家庭婚姻走向革命。進而突顯出：愛情是女性願意投入革命的積極原因，男性從事革命卻是因為捍衛家國使命。端木方〈四喜子〉在這個性別觀點上，明確勾勒出「男主女從」的革命愛情倫理秩序。〈四喜子〉是敘述一位姓勝名四喜的孤女，本來是一個單純質樸的鄉下女孩，但因為國軍朱連長的憐愛而下嫁，在經歷許多人生遭遇後，經由上級師長為她重新更名「勝似曦」，終於得以正式加入革命反共行列。在小說中，朱連長對四喜的愛情，使得四喜在自由意志的選擇下，毅然嫁給朱連長，因四喜堅信對朱連長的愛情，促使她以未亡人身分繼承朱連長的革命志業，但也必須透過革命男性的重新命名象徵，才能重新被改造成革命女性。四喜與朱連長彼此之間的堅貞愛情，是四喜走向女性革命自我形象發展的重要動機。

　　從愛情與五四之後現代性經驗發展的觀點來看，戀愛自由從父母媒妁之言的傳統秩序解放出來後，愛情本身所賦予個體的私密性與自

主性，成為個體在成長過程中所建構的一種非倫理性的親密關係。也就是說，追求愛情的意識與權力一旦取得社會法權之後，傳統社會依靠倫理關係、義務責任等外在機制所聯繫的婚姻觀念與體系，也即將面臨挑戰；愛情也因此成為個人與社會生活領域的一種新式原型的「純粹關係」。這是觀察現代性自我反思的一種重要的親密關係展現與內在參照秩序形式。純粹關係是一種外在標準已被消解的關係，這種關係的存在也僅僅是為了這種關係所能給予的某種獎賞。在純粹關係的場合中，只有通過個體之間相互敞開的過程，信任才會出現。或者說，信任可以不再用這種關係本身之外的標準，諸如親屬關係、社會義務或傳統責任的標準來進行界定。這使得愛情不再限於個體與個體之間的內在經驗，還跨越到社會性的自我實踐範圍。而愛情自主所帶動的個人主義思維，以及每一段愛情體認或每一個愛情對象的獨特性、甚至不被社會所承認的愛情關係，都能有效激發個體對差異、例外、甚至邊緣化的感受經驗。

現代性本身即是一種產生差異、例外與邊緣化的內在性精神結構。當愛情實踐從個人領域跨越到公共空間性質的社會實踐意義時，愛情形式以個體經驗為主的反思性與內在參照秩序，也同時被公開展示為一種關於社會新生活領域的純粹關係的隱喻。這是中國三〇年代左翼革命文學發展「戀愛加革命」敘述的社會性歷史動力，愛情成為中國現代文學左翼系統追求現代性自我的重要敘述對象。左翼革命文學「戀愛加革命」的敘述從這個角度來看，可視為愛情承諾與獻身革命之間純粹關係的一種建立模式，不同於右翼革命文學在愛情關係中所強調的「男主女從」倫理關係。現代性自我的發展之所以與純粹關

係息息相關的原因，在於現代性自我認同必須同時建立在探索自我與關係對象的雙重認可基礎上，而不涉及自我與關係對象之外的任何外在因素或條件。純粹關係是一種屬於自我與關係對象的內在性參照系統的精神結構。這種精神結構，將促使傳統社會結構中個體對社會承諾的單向義務關係，轉為必須透過主動認知之後，才能建立的雙向責任關係。

照理來說，這應該會導致私人空間與公共空間的分離。但是左翼革命文學以男女愛情，隱喻自我與革命之間關係的社會性敘述，將愛情的內在私人敘述，朝向文學公共空間化發展。愛情與革命的互動，既是文學性也是政治性的曖昧，使得愛情的自我追尋，同時也是理想革命的自我形象投射。而文學敘述中愛情與革命之間的純粹關係，進入政治與社會的公共空間敘述結構之後，一旦從政黨意識形態取得社會法權後，愛情敘述中原本屬於個體性信任的承諾，將被轉換到個體對政治領域或社會領域的忠誠檢驗。因此，從這個角度去看反共小說中情慾化的共產黨員形象，不管男性或女性都被敘述為：擅長利用人性情慾與自己身體去誘惑無知善良靈魂的惡魔，而因無知接受誘惑而墮落的善良靈魂，如果不能發現錯誤轉向悔悟痛改，投效正義一方，最後也往往以眾叛親離的際遇。反共小說的敘事尤其突顯女性共產黨員甘願以自己身體作為收集情報的方式，甚至甘願盲從共產黨對女性的解放身體訴求。前者如穆穆《女匪幹》、尼洛〈紅蘿蔔〉，都以塑造出，透過肉體引誘男人墜入魔道的女匪幹為主；後者如姜貴《旋風》裡的羅如珠，離過四次婚，為了共產思想要求人人平等，而自願獻身給一群低下的男人。這個情節公式顯然傾向以倫理道德認知在傳統社

會行為的規範性，預設敘述對象踰越倫理道德價值之後的行動後果。相對於現代社會關係個體與個體之間的高度流動性質，所出現的「一個人」常態現象，反共小說集體呈現的教化詮釋觀背後，是訴諸個體與個體在傳統社會倫常關係中的繫連結構，否定共產黨員獻身愛情或追求革命中的自我驅動力量，以及個體選擇加入共產黨的自由意志的可能性。值得繼續探討的是，反共小說作為國民黨建國意識形態的時代性文學產物，在這個敘述層面，也可以視為國民黨以道德意識形態扭曲敵對政黨的一種自我投射敘述。這顯示台灣五○年代反共敘述的文學公共空間化，不僅僅只作為政治性文學宣傳的功能存在，還從政黨建國意識形態與民族自我形塑之間純粹關係的正當性，取得社會法權。

　　國民黨以倫理道德意識形態，作為動員革命與積極建立民族自我的內在參照系統，並以此檢驗敵對政黨參與建國領導權的錯誤性，不僅同時反應出國民黨在台灣五○年代的建國——復國工程除造成中華民國在台灣的不正常國家化發展，也同時以單一政黨意識形態形塑民族自我認同的社會性發展傾向。這也顯示台灣首次進入民族國家歷史進程的現代性發展過程，過於強調建國意識形態的政治主導性，以及透過政黨政治意識形態所取得的社會法權基礎與制度化運作之後的結構連續性。就個體面對於民族國家與現代社會所形成的國民、公民關係來說，台灣五○年代反共敘述的文學公共空間化，以及訴諸政黨政治性為主導——而非歷史或文化意識形態所形成的共謀結構，強化以民族自我認同作為國民自我認同，的意向性發展原則，相對於公民社會，以個體為單位的自我認同關係，顯示出以政治建國意識形態，壓

抑個體現代性的文學發展傾向。

三、壓抑在國家與個體之間的現代性

反共小說以國民黨建國意識形態，所主導的倫理道德敘述原則，除積極塑造民族國家自我認同形象之外，也同時結合儒家傳統秩序的社會道德價值觀，作為小說「寫實」形式的批判基礎。反共敘述的個人（直接或間接）經驗與民族自我認同之間，形成彼此雙向強化的共謀結構：以民族國家自我為個體自我認同的傾向，以及政黨政治性文化意識形態為主導的社會發展模式。

（一）政黨意識形態與民族國家想像

反共小說依循建國意識形態的道德原則所建立的現代性敘述模式，促使台灣五〇年代文學公共空間的政治化傾向，是以發展統合性的民族自我意識認同為基礎：建國意識形態一方面加重文學價值觀中社會道德的功能性批判意識，另一方面使得書寫在文學公共空間的發展，過於集中於政治性的民族自我建構的正當性。前者會壓抑文學價值觀的美學獨立性，限制美學形式與內涵必須以「民族國家」想像為主要前提；後者則會使得政治與文化知識分子介入文學公共空間敘述時，必須接受體制主流政治意識形態的檢驗。因此，建國意識形態所主導的文學政治化發展傾向，使得文學書寫往往以政治目的混淆美學目的，雖能提供獨特的政治美學觀點，但卻會相對限制政治文學朝向多元化開發的可能性，並同時強化專黨政治的社會敘述主導霸權。從反共小說所建立的共產黨政治敘述來看，以寫實主義的美學形式聯結人性意識、善惡判準、道德倫理等普世原則的價值世界觀，作為共產

黨在現實政治中的認知典型。小說人物在這個世界觀中，各自依循國
共政治立場所設定的命運軌跡，展開個人行動。小說透過個人行動，
逐漸一一展示出國共政黨之間的二元化價值，同時指涉出兩個政黨爭
奪新中國領導權的民族未來真相。反共小說積極分別指射國共兩黨所
帶來光明與黑暗的統治真相，可以看到國民黨建國意識形態背後，對
於歷史社會轉動力量的呈現，來自於政治性文化意識形態所主導的倫
理道德原則。這是反共小說所展現民族自我認同的整體性，也是區分
國共兩黨陣營人物的政治形象典型的基礎。倫理道德原則使得國共之
間的對立關係，被置入國民黨立場的道德重整秩序與價值判斷，呈現
的是主觀的歷史與預期的社會發展規律。這也說明反共小說作家對共
產黨所發動的道德價值判斷，並非只是政治文宣性質的攻擊，而是兩
黨各自依循政治意識形態所掌握歷史與社會發展方向並不相容。道德
價值判斷所積極促發的排斥想像，雖然與敵對政黨之間的利益衝突的
立場有關，但不能只是一味指責反共敘事簡化或扭曲客觀現實，而必
須以特定政黨的經驗陳述看待。

　　從國民黨與共產黨各自陳述的歷史進程來說，兩黨都各自依循不
同階級屬性的革命立場，以及預設專黨政治、建立新中國的理想藍圖。
這使得兩黨在互相競爭過程，即涉及到不同階級屬性的革命立場、與
重建新中國社會想像之間的利害關係。對國民黨而言，1911 年國民革
命成功、確立歷史正統性之後，統一中國政權成為達成建國大業的首
要目標，1921 年成立的共產黨，則是後起的革命政黨。但共產黨依循
馬克思主義的知識正當性所發動的無產社會階級革命，不只挑戰國民
黨專黨政治權力，還包括以徹底推翻既定現實社會結構的歷史走向的

衝突。對共產黨而言，推翻滿清王朝政治的帝國體制，只是國民黨所完成的資產階級革命的階段性任務，無產階級社會才是歷史發展的最後階段。這顯示兩黨在詮釋建國歷史進程的路徑各有所本：國民黨承繼儒家傳統文化的正統歷史史觀；共產黨則依據馬克思所提出的無產階級歷史史觀。因此，共產黨最終以革命政黨身分與武力內戰形式獲得中國政權的歷史流變，成為反共小說以傳統儒家歷史正統原則維護國民黨專黨政權的詮釋觀點中，最難回應的客觀事實。

　　所以，反共小說對共產黨所頻頻發動的道德攻擊，是唯一能為國民黨專政中國舉證的自我辯護。反共小說依循道德敘述的主觀歷史詮釋，促使共產黨歷史進程的客觀性自動消失，取而代之的是，道德的反面論證──歷史中「惡」的存在與必然消滅的「真理」。這是反共小說試圖透過控訴共產黨危害民族國家的論述基礎，但「真理」只是主觀歷史原則所建構出的應然理想，並不一定能等同於客觀歷史發展的必然。反共小說敘述中應然不能同等於必然的困境，也是國民黨在五〇年代台灣政治現實中，主導「反共必勝、建國必成」的最大困境。為解決這個困境，只能仰賴更強烈的道德原則，作為反共文學敘述的想像基礎，以及足以維護道德敘述運作的社會語境，進而導致以政黨意識形態主控民間社會的發展模式。

（二）文化民族主義國家與社會公民意識

　　以政黨專權主導民族國家建國發展，是黨國體制的基本預設理念，政黨政權成為鞏固國家權力的中心。政黨建國意識形態也因此成為維護社會內外在秩序的重要憑藉。這使得國民黨來台建國的歷程，一方面建立以黨（領袖）為大的政治權力結構，一方面又在儒家文化

的影響下，朝向政教合一社會結構特質發展。這使得政黨政權不僅僅成為掌握國家霸權的政治機器，還兼備負責社會教化功能以維護社會意識形態正常運作的文化霸權。因此，政黨專權的黨國體制導致以政治為中心的社會場域發展樣態。這使得個體在社會的公民身分的認同，未能從民族國家的政治性社會組織獨立出來，反而時時必須被政黨的政治意識形態所介入或干擾，形成民族國家凌駕於公民社會的政治一元化權力結構。

政治一元化權力結構的社會現代化發展，在場域朝向分化的過程，社會實體必須以政治權力原則作為社會內部的統合機制，而不是訴諸各領域的自律原則。這種「不均衡現代化」現象與國民黨建國意識形態中的「擬宗教」傾向，息息相關。因為政黨政權一旦以「擬宗教」意識形態取得公民社會的政治認同的社會法權，將使專政政黨得以藉由凝聚民族國家意識形態，而取得更高於社會性宗教組織的「教權」，加深黨國意志對社會個體自由意志與精神權力層面的控制。傳統儒家文化的政教合一思維與社會結構，在王朝政治體制轉型為民族國家的現代樣態過程，仍扮演相當重要的中樞位置。

孫中山領導國民黨對滿清政權所發動的國民革命，即是透過繼承民族文化傳統的正當性，取得改變中國政治體制的權力，並以繼承民族文化傳統的建國意識形態，尋求傳統社會結構與認同的穩定力量，作為鞏固革命破壞勢力之後的政黨專權基礎。政黨專權政治因而在承繼王朝政治體制的皇權的同時，也兼以更具「現代化」政治權力形式主導新中國的現代化發展。這說明孫中山思想以儒家傳統所能提供的文化民族主義資源，作為動員革命與建國的效應基礎。孫中山的建國

理路使得國民黨政權來台建國後，透過「去日本化」與「中國化」雙軌所進行的文化政策、來主導台灣國家化的內部秩序發展，因此使「中華民國在台灣」成為台灣人民能夠接受的合理常態，進而鞏固國民黨政權。

因此，訴諸中國儒家文化傳統的民族自我認同，以及維護儒家傳統社會秩序的道德原則，形成國民黨在台反共政權取得文化與社會認同的正當性基礎。這使得儒家傳統文化在台灣五〇年代之後，分裂為「政治性」與「文化性」的雙重發展路線。前者作為維護國民黨統治政權的政治與社會基礎；後者則為民間社會以發展學術專業思想為主所形成的文化主體；兩者在意識形態都帶有文化保守主義的性格。國民黨政權所致力的傳統儒家文化政治化運作，雖然促使道德原則成為社會思維運作的主流價值觀，但也使得道德必須依賴政治力的強化基礎，才能持續發揮穩定社會秩序的功能。道德的政治化過程，使得社會的道德價值觀基礎，來自政黨建國意識形態的文化民族主義實踐，而不是個體或群體在公民社會的生活實踐。以政黨建國意識形態整合公民社會意識的邏輯思維，雖然成為五〇年代架構反共文學敘述與社會語境的重要社會基礎，但卻也相對限制公民社會獨立於政治思維之外的多元發展空間。這說明政黨建國意識形態一旦取得統整公民社會發展向度的法權之後，公民意識將重疊於國民意識，更易為政黨政治權力思維所操弄。

國民黨政權在台灣五〇年代建國內部工程的意向結構，並未朝向西方二元政治觀下「國家——社會」的平等性結構發展，而是傾向於政黨國家領導公民社會的不對等結構。這種不對等的結構關係，影

響政治權力不斷跨越政治域場，干擾其他社會領域發展，並導致政黨性的民族國家與文化意識形態，成為公民社會集體價值理念的預設前提。

（三）限制性的否定個人與反共懷鄉的傷痕屬性

反共小說所驅動的道德倫理原則批判，以及在台灣五〇年代文學公共空間所佔有的主流位置，都在在說明文學建國意識形態在國民黨來台建國之初，所發揮的重要性。前者可藉由傳導儒家正統史觀的正當性，持續鞏固國民黨在中國歷史發展進程的建國領導權；後者則是維護民族國家與公民社會內部秩序的文化運作機制。這是反共小說透過文學政治意識形態的詮釋路徑，在深層文化與社會結構意義下所展現的社會性意義。這同時也說明文學一旦結合政黨政治意識形態——尤以建國意識形態為導向時，將促使文學的美學性表現轉向行動政治綱領的「政治性」發展時，很容易在政黨政權意志的支持下，得到文學公共空間的主流發展位置，同時更強化社會性敘述意義高過於美學性敘述的文學道德價值觀。

文學與國家之間細密關係所突顯的中國現代化特徵之一，則會相對壓抑或排擠政黨政治意識形態所不能相容的個體文學或書寫內容，限制文學的多元化發展。在文學道德價值觀持續深化的過程中，也容易使得文學因趨向強化群體性的政治或社會意識表現，而賦予更高的道德正當性。從反共小說所投射的文學社會意義來說，反共敘述所實踐的國民黨建國文化深層結構，使得文學不單單只是成為社會象徵的媒介物，還可能作為社會性集體潛意識的想像物。反共小說的世界觀與價值觀，是可以從這個詮釋角度，說明單一政黨建國意識形態對特

定民族文學所產生的決定作用，不只是以政治權力主導文學公共空間的主流性社會敘述發展內容，還試圖透過民族國家的神聖號召，將個體在民族國家層次的國民自我認同，重疊或甚至取代於公民社會層次的公民自我認同。

　　從文學場域的發展向度來說，來自政黨的政治性文化認同，除高度干擾文學美學形式的建構與價值判準外，也不斷藉此強化政治性文學修辭對社會集體意識的影響力，以達到社會控制目的。這顯示國民黨來台建國初期，反共小說的集體書寫意識，除反應出五四新文學「感時憂國」精神傳統外，反共敘述所憑藉的道德原則，再再指向個體通過民族國家價值的自我認同的路徑。反共文學所展現的「政治道德化」意圖，說明以文化民族主義為發展導向的現代化民族國家，政黨政權試圖透過政治權力的介入，將文學建國意識形態成為重新整合社會文化秩序的重要機制，以作為個體在社會的文化自我認同基礎。

　　國民黨政權透過反共敘述所指涉的內部建國工程，除指出訴諸儒家道統文化為政治意識上民族國家的認同基礎，也呈現一種以政黨性文化民族主義的預設達到政治民族國家建立的模式。從反共敘述試圖透過儒家道德史觀建立現實客觀歷史的詮釋脈絡，顯示建國意識形態中，以政黨主導價值預設來整合社會秩序的實踐迷思，非但是以民族國家的集體自我認同否定個體在公民社會的獨立價值，也同時會壓抑個體意識以現代性自我認同為基礎的發展空間。不過，反共敘述以國家主體高於個人主體的價值傾向，反應文學建國意識形態與凝聚民族集體形象之間的高度文學想像張力，除了政治權力的介入因素之外，反共敘述背後文學建國意識形態所觸動的道德價值觀導向，並未隨著

反共文學的沒落而終止，顯示道德的文學價值觀仍具有體制性結構的發展潛能。

這說明文學建國的道德意識形態在公共空間的實踐，一旦經由政治權力的介入而形成，文學個體性的政治傾向、政治選擇、政治行動，都被迫踰越出文學美學價值的獨立範圍，必須接受政黨主流政治意識形態與社會道德意識的雙重檢驗。而反共敘述以文學想像為政治建國提出合法性的修辭邏輯，不僅會造成文學復國或建國意識形態所引發排擠文學私人空間公共化的傾向，還會在排擠鬥爭的過程中，不斷用民族國家與國民的社會自我認知與道德判斷，作為強化的正當性。這個現象將使得公民社會與公民的相對等同性不斷被干擾，並難以提供分化發展的立論動機，進而干擾文學公共空間私人化取得社會法權發展的正當性。

雖然反共敘述具有限制性否定個人的特質，但並不表示反共敘述未能為個體性抒情留下發展空間。個人帶有傷痕與懷鄉屬性進行國仇家恨的控訴敘述，正為反共文學在政治目的之餘帶出政治美學經營的可能性。我們不妨將懷鄉與傷痕視為反共敘述在政治美學所特有的個體性抒情。也就是說，反共文學雖是國民黨政府在台灣五〇年代以文藝政策所積極發展的一種國家政治文學，但可以與這個政治文學產生休戚與共意識、或是自然聯結認同感受的作家群，主要還是以當年隨國民黨政府退台的外省籍人士為主。對於這些大陸來台的第一代作家來說，離開自己土生土長的大陸故土，來到台灣這個陌生的南方小島上，其文學處境所能選擇的創作題材，除了公共領域的反共／戰鬥文學，將個人因時代流離而離鄉背井的經歷感懷化為文字，也是可想見

的書寫現象。

　　齊邦媛在《千年之淚》中，指出：「光復後十年，台灣文壇上質量最豐的是被稱為『懷鄉文學』的作品。古往今來，人類對家鄉往事的懷想一直是文學的主要題材。渡海來台的人對大陸家鄉的記憶因隔絕而更增其感人的力量，純以抒情方式寫這種心情的幾乎全是散文與詩，小說中反而多見客觀反映時代的有力作品。它們各自以相當完整的結構，比較超然的態度，由不同的角度，不同的文字風格紀錄甚至分析了那個多苦多難，血淚交併的時代。」[3]王德威擴大此觀點，指出反共小說在文類的政治小說身份，以及在此之中所演繹的歷史性格與意識形態觀點，提出其兼具傷痕文學的特殊屬性，辯證了政治與文學之間種種的複雜關係，重新為反共小說研究帶出政治美學的理解與詮釋新視野。事實上，反共正是齊邦媛之言「小說中反而多見客觀反映時代」的客觀時代背景。「以客觀反映時代」避開反共所觸及的政治敏感，而以懷鄉指出隱藏在反共敘述現象的個人創作心理動機，側面點出好的五○年代反共小說仍具有個體文學性的抒情能量，不能一概視之為政治教條的傳聲筒。從懷鄉到傷痕，我們清楚地看到個體性文學立場的藝術價值判斷的思維脈絡。

　　因此，五○年代反共小說中的懷鄉意識，以及個人在此意識所凝聚的大陸故土之思，此類個體性並不抵制反共文藝政策，反而因其更能激勵國人堅定反攻大陸、光復故土之心志，所以，具有反共懷鄉內容的愛國文學是被政策所鼓勵的。這也點出五○年代來台第一代外省

3　齊邦媛，〈時代的聲音〉，《千年之淚》（台北：爾雅出版社， 1990），頁 10-11。

作家置身的一種普遍書寫語境——政治立場要求反共原則，藝術經營引導出懷鄉抒情。

【延伸學習】

1. 反共小說是以哪些正向的價值觀敘事建構國民黨的正當性？這些價值觀與國民黨建國意識形態所接受的普世價值理念，形成怎麼樣的辯證關係？

2. 反共小說中是以哪些負向的敘事將共產黨「妖魔化」？這些敘事分別指涉共產主義中的哪些思想？以及現代自我與民族自我之間的認知形塑？

3. 比較反共小說中的國民黨敘事與共產黨敘事之後，會發現這些所謂的「反共寫實」現象都有其來自道德倫理原則的判斷，道德倫理原則正是國民黨建國意識形態很重要的思想與文化資源。請試著從「文學公共空間中的民族自我與個體自我」概念，分析反共敘事中「以民族國家自我為個體自我認同」的特徵，以及其所造成的文學美學價值認知。

4. 反共懷鄉如果可視為反共敘事中的個體抒情，齊邦媛與王德威的論述提供了什麼樣的思維立場、幫助我們重新正視政治文學中的美學藝術價值判斷問題。

第六章

台灣歷史主體？抑或中國歷史主體
——反共小說敘事歷史主體的難題

第六章

台灣歷史主體？抑或中國歷史主體
──反共小說敘事歷史主體的難題

　　1950 年 6 月 25 日韓戰爆發，美國第七艦隊協防台灣海峽，宣佈台灣海峽的中立化，國府在台局勢得以穩定。1954 年 12 月「中華民國與美利堅合眾國間共同防禦條約」簽訂，美國正式宣告承認中華民國，並視之為「冷戰」國際秩序中西方自由世界亞太地區的反共盟友。中華民國透過美國的援助，得以實踐國民黨政權在台的現代化民族國家建設事業──以台灣為中國三民主義模範省的中華民國。這段時期，國府在建國秩序的建構過程，一方面以「反共」加強統治政權的正當性；一方面以「抗俄」維護「自由中國」在「冷戰」世界結構的自由民主同盟國家定位。「反共」與「抗俄」，分別成為中華民國在台國家化秩序與國際間維護民主自由形象的兩大基礎。

　　在這兩大基礎上，國民黨政治實體（以下以國民黨稱之）的統治政權，一方面以孫中山《三民主義》思想──中國右翼的建國意識形態，持續強化台灣社會秩序的整合，以完成反攻大陸的復國目的；一方面藉由中國右翼「反共」與「抗俄」的歷史必然性，重申中華民國追求民主自由之決心，鞏固「自由中國」的國家定位與國際形象，接受的困境。因此，五○年代可視為國民黨政權確定在台延續右翼中國政權的初步發展階段。當中華民國在台灣的國家化基礎確立之後，國民黨政權致力將台灣從日本帝國殖民意義下的歷史主體轉換到右翼中

台灣文學史長編

14

國意義下的國家歷史主體，但也是促使台灣朝向不正常國家化過程的開始。主要原因包括：台、澎、金、馬成為中華民國的實際國家行政領土，不符合憲法所涵蓋的中國大陸地區；以《三民主義》建國意識形態為主導的國家思維邏輯，無法含括歷經五十年日本殖民統治的台灣近現代複雜性。但這些矛盾都被國民黨政權所主導的「反共」、「抗俄」兩大政策所壓抑，轉由政治性排他的一元權威文學與歷史論述形態取代。日治時代台灣新文學發展也因政治上的改朝換代，歷經文學體制與文學場域結構的改變。三民主義建國意識形態在政治力的支援下，透過反共文學體制取得主流發展位置，並積極賦予反共復國的現實歷史使命。反共的想像敘事，持續鞏固文化民族主義的國家意識形態，以及架構國際現實的自由國家形象。前者以儒家倫理為前提的「家──國」秩序作為基礎；後者則為國民黨政權下的「（右翼）中國中心」的威權體制提供統治正當性。這兩者大抵都不能正視於被壓抑而極端邊緣化的「台灣新文學傳統」，也不能避免「台灣新文學傳統」在國民黨專黨政權的三民主義建國──反共復國意識形態之下，開始進行檢視的命運。透過文學建國意識形態為前提的選擇性文學發展原則，「非體制性」與「體制性」的台灣鄉土有了截然不同的發展向度。

一、反共敘事的國族／國家寓言：家仇──國恨──國際正義

　　詹明信（Fredric Jameson，1934 ─，美國批評家）曾提出第三世界的文本──尤其是小說形式，特別帶有寓言性和特殊性，因此，應該把這些文本當成民族寓言來閱讀。台灣五○年代的反共小說也具有詹明信所說的民族寓言形式的特殊性──以個人命運影射民族國家

（右翼中國）政治命運的敘事結構；反共小說敘事則將個體性置入家庭倫理秩序的「社會性」與冷戰結構國際現實的「國家性」脈絡，並將個人遭受共產黨迫害的記憶，轉化為社會的「集體記憶」，塑造個體接受「國先於家」、但「家為國之本」的政治倫理價值取向的正當性，以及完成負載中華民國堅持反共的民主自由國家形象定位的任務。

從政治性儒家傳統文化思想系統鞏固政權統治的基礎、到附庸美國強權的國家自我形象塑造，成為國民黨政權在 1949 年之後台灣朝向國家化發展的現實基礎，也是反共小說復國敘事所汲汲經營的歷史語境。因此，反共小說的民族寓言形式的特殊性，所透過壓抑個體主體性的覺醒為前提的價值導向，以及個人在家國創傷經驗中的自我義務責任為書寫深化心理機制，成為（右翼）中國民族國家在台復國歷史進程的想像基礎。

（一）中國右翼新文學的家國想像

以婚姻愛情的得失成敗檢驗政治經驗認知的政治性寫實敘述，突顯出主觀歷史凌駕客觀歷史的書寫企圖。事實上，這也是多數反共小說的主要敘述策略──以個人直接或間接親身經歷，見證國共之間的時代歷史與邪不勝正的終極意義信念。反共小說的矛盾性在此顯露無疑：小說的書寫目的在於指證共黨革命的墮落本質，但小說的存在本身即是個人對國民黨失去大陸政權的劫後傷痛記憶的證明。反共歷史在客觀事實與主觀終極意義之間的斷裂，除召喚更多「革命尚未成功，同志仍需努力」的獻身熱情外，反共小說的寫實性，更多是呈現出一種歷史與敘述無法協調的病症：敘述者不能坦承現階段歷史「反共未

必能成」的客觀性發展，只能以強化正面敘述框架的主觀性，激起更多想像家國的認同。

王德威曾提出中國二〇年代末期中國左翼小說家經營革命與戀愛敘事的弔詭現象。他指出：「如果革命加戀愛小說的進展，最終必須帶來天啟，呈顯歷史願景與主體意欲的統一，那麼寫作行為就不妨視為『真相』、『真理』揭曉前的準備工作。寫作於是變成一種預言，一種渴求革命的姿勢。……寫作可能是一種延宕，一種對未來的展緩，因為就在預言『未來』的同時，寫作本身的持續存在，其實已延長了『當下』這一刻停留時限，而照道理來說，如果革命已然發生，此一『當下』早早就該被摒棄在『過去』的歷史之後。」[1]台灣五〇年代反共小說挪用「革命加戀愛」的敘事格局，也出現這樣的問題。但不同於左翼作家擺盪在浪漫欲望與革命理想的敘事張力，反共作家更強調的是個人安身立命與革命建國之間的穩定敘事關係。對於左翼作家而言，隨著 1927 年共產大革命（即國民黨的清黨事件）的失敗，這些作家試圖透過愛情的隱喻作為社會改革的內化欲望，將渴望愛情的生命能量與獻身革命的熱情交相重疊。然而欲望愛情與現實愛情之間的不確定性，也同時指向革命欲望與革命現實之間不一定對等發展的困境：當革命的失敗已然指向過往的歷史時，寫作的欲望卻不斷從當下延伸於未來。因此，1927 年之後出現的左翼寫實小說最震人心魄處，竟是藉由延宕、顛覆的手法，寫出革命（文學）的不易為、不可為，也因此托出「現實」的面貌。反共小說與左翼作家的「革命加戀

1　王德威：〈戀愛加革命〉《歷史與怪獸》（台北：麥田出版社，2004 年），頁 24-25。

愛」敘事，雖然都具有以延宕革命欲望作為獻身革命的歷史見證或承諾未來的企圖，但反共小說卻更顯保守。這與反共作家必須面對較左翼作家更為殘酷的已然失敗、卻不能承認失敗的革命歷史進程有關。左翼作家所要面對的是：革命書寫與革命行動之間不必然等同的關係；但反共作家所要面對的是：革命書寫與建國行動之間必需等同的政治關係。換句話說，國共內戰失利、喪失大陸政權與國民黨來台建國的歷史進程，既是具有因果關係的階段性發展過程，也是必須同步進行統整的政治記憶。這使得反共小說面對的革命，不只是面對一個已經失敗的革命歷程，還包括一個正在進行──只能成功不能失敗的建國理想。

當革命欲望與文學寫作必須同時與建國行動保持彼此應對的時候，反共小說「革命加戀愛」的敘事格局，則必須小心翼翼維護革命欲望與革命書寫意義之間所對應的建國意識形態。因此，文學建國意識形態的介入，使得左翼作家以個人主義為基調的愛情與革命欲望敘事，一旦轉化到反共小說時，即被規範到倫理敘事的實踐範圍。愛情與革命之間不再具有純粹關係，而是必須服膺建國倫理機制。小說敘事中的愛情自我與革命自我，被轉化詮釋為傳統性倫理自我更具「現代」意涵的外在變形。因此，追求愛情與追求革命大業的欲望在反共小說敘事中，並不是一種對等的隱喻關係，而是經過建國倫理秩序排序後的隱喻關係──完成愛情自我的前提是必須先實踐建國倫理。這使得反共小說的革命之戀都必須經過報效國家的決心，才能得到女性的芳心，抑或是有情人終成眷屬。

郭嗣汾《海闊天空》中的石海寧上校，接獲擔任新艦「火奴魯魯

號」副長的人事命令。不久，奉命運送一批醫藥彈械到浙江東山區做
補給，在通訊官白林的建議下，以偽裝突擊，接收敵艦。石海寧更大
膽提議，自願率領敵艦偽裝成共軍去做巡查工作，歷經各種生死關頭
的危機事件，最後回到台灣。石海寧因此次任務的英勇表現成為英雄，
也終於獲得女友妮妮的父親答應婚事。

　　郭嗣汾另一部小說《寒夜曲》，則是以道德作為愛情是否能夠
發展下去的基本條件。小說的男主角──軍艦副艦長易葦秋，趁著船
於高雄維修期間，在當記者的好友李叔文的住處靜養。一日，吳梅茵
──遭遇共黨迫害的少婦，投靠李叔文。易葦秋同情梅茵的處境，將
房間讓給她住。易葦秋因兩人興趣相同，加上梅茵溫柔可人，而向她
告白。梅茵說出自己在大陸的遭遇，以及尋找丈夫葉道康的決心。易
葦秋回到軍艦上後，仍和梅茵保持書信往來。後來，李叔文到艦上訪
問易葦秋，得知葉道康是艦上受救的匪區義胞的其中一位，便主動將
對梅茵的感情化為祝福。郭嗣汾小說中的愛情，分別展現進入家庭倫
理與維護道德秩序前提的兩個特色，使得革命欲望不再只是單純結構
的欲望，而被要求帶有責任義務性質來執行。這是反共小說「革命加
戀愛」敘事佈局與二〇年代中國左翼小說最不同的地方。革命與戀愛
的敘事對二〇年代末期左翼作家來說，是為了展現「佈局的欲望」，
但對台灣五〇年代反共作家來說，則被轉換成「服從的欲望」。「佈
局的欲望」展現的是左翼作家對於浪漫欲望與革命理想合而為一的個
體意志，表現在不斷敘事的衝動中。「服從的欲望」恰巧相反，它將
愛情的浪漫欲望放置在倫理秩序的軌道上發展，使得浪漫的欲望不再
是介於個體與欲望對象之間的純粹關係，而是被規範到以婚姻關係為

前提的社會倫理體系中。「服從的欲望」使得敘事不再僅是一種全然表現個體自由的寫作心理向度，而轉向以群體意志為考量、且帶有義務責任性質的寫作潛意識發展，作家的敘事欲望也因此更容易被文學道德價值觀所制約。這使得反共「現實」成為理想歷史與家國圖像的投射形態，不一定會是真正的客觀現實。而主觀現實與客觀現實之間的落差，則需要更多的敘事來填補。但作家越是書寫，越是暴露在台建國之後反攻大陸的遙遙無期。反共小說在書寫歷史現實與想像建國敘事之間仍存在著復國現實所撕裂的危機，必須具有更穩定的敘事結構，才能繼續召喚更多投入建國想像的「應然」熱情與「必然」的真理信念。文學建國意識形態則在這個架構上，提供倫理敘事基礎的主觀歷史發展軌跡作為應對。

所以，反共小說所見證的時代歷史，其實是反射出國民黨訴諸三民主義的革命建國意識形態所預期的主觀歷史，個人的愛情也因這個主觀歷史，而被限制在倫理秩序的敘事結構中。走入婚姻、共組家庭因此成為反共敘事中革命愛情的應然與必然結果。可是現實中反共復國事業尚未成功，使得小說敘事中的革命愛情，不得不在完成婚姻、家庭承諾的義務責任後，被繼續要求轉換到奉獻民族與國家的大愛形式中。這種強調「沒有國哪有家」的敘事結構，使得原本屬於個體內在經驗意義的愛情，透過倫理化的程式，被連結到國民對民族建國大業的義務責任機制中。

然而弔詭的是，革命愛情一旦進入更穩定的家庭倫理結構中，家即成為國的實質性想像投射，進一步強化「國之本在家」的家國想像模式。家的存在不再只是社會性需要，而是以政治性功能的合理化為

優先考量。家庭因而不只是婚姻與血緣關係的組合，反成為辯證反共信念與獻身民族國家的理想場域。家國想像方式從個體式愛情延展到家庭式的倫理親情，促使個體愛情中的個人反共之恨，不斷擴大到家仇的範圍。反共之恨透過不斷的文學敘事，試圖取得個體愛情與家庭倫理親情在復國──建國意識形態的責任義務價值導向，雖然是挪用中國二○年代左翼寫實小說「戀愛加革命」的敘事模式，但卻不同於左翼作家所傾向的現代性敘事，而呈現更趨向於鞏固社會傳統性的敘事操作。

（二）現代化、政黨政治倫理與社會階層

　　反共之恨從個人到家仇的過程，顯示文學建國意識形態影響之下的家國想像，本身即帶有壓抑個體自由欲望的發展痕跡，而最終被統攝在國共分立、大陸淪喪的民族國家仇恨下。革命建國的受阻，透過家國一體的想像模式，強化個人與家庭在現實歷史敘事中難有安身立命歸屬的認知，國恨終究成為一種無限延宕在歷史敘事的革命欲望，直到建國目的達成。

　　從中國發生革命、到不得不以革命催生現代民族國家形態的歷史進程來看，國共兩黨都以責無旁貸的行動義務，互相爭取中國的唯一建國領導權。國民黨在國共內戰喪失大陸政權後，被迫在台接續革命建國大業的權衡性發展過程中，反共只是掃除革命障礙的階段任務，彼岸中國才是建國的終極目標。建國想像因而成為最具有積極意義的反共敘事模式，也同時指出建國敘事與建國想像之間的內在張力，不只是完成修復失落歷史主導權的傷痕記憶，而是更進一步指向國民黨政權企圖再奪回中國建國權的正當性。反共小說所呈現的建設中國想

像，雖然不免依附在批判共產黨的主軸情節發展，但從國民黨以《三民主義》作為領導革命、建設中國的重要思想與理念基礎來看，小說敘事中的建國想像卻可以反應出政黨階級屬性與政治性、文化性地理中國之間的辯證關係。

共產黨革命建國歷史根據馬克思主義的階級歷史觀，將孫中山國民革命定位為資產階級革命的完成，而共產黨的使命則為領導中國繼續完成無產階級革命與無產階級專政的民主社會──歷史最後的階段性發展。共產黨的建國史觀顯示出共產黨在政黨階級屬性取代國民黨的鬥爭關係；同樣的，國民黨對於共產黨奪走中國領導權，除了政黨專政思想所不容外，《三民主義》企圖在國家資本主義本位上吸納社會主義的意識，同時也並不承認中國需要無產階級的社會革命。反共小說在這個認知觀點上，表現出共產黨破壞城市現代化──中國現代化發展的敘事模式，並強調現代化城市是國民黨透過三民主義的建國成果，進而宣示國民黨才是進步中國的唯一正確的領導政黨。王藍《咬緊牙根的人》所強調的反共決心，清楚呈現國民黨在發展建國現代化與資產（包括地主）階級之間的互動關係，以及在傳統社會結構下所延續發展出的資產階級社會倫理。王藍《咬緊牙根的人》內容是敘述抗戰勝利後，共產黨侵占工業家歐陽先生的產業，並利用歐陽先生的名義發表親共言論。其子歐陽捷為國民黨地下情報人員，必須與共幹周旋，因此無法向父親表明真實身份。在中共反美政策下，共黨將國民黨子女殺害肢解，埋在育幼院後院，歐陽捷忍不住掉下眼淚，而遭到懷疑、逮捕。歐陽捷得到王士超相救後，逃往香港前夕，返家探視父親，卻親見父親遭受共黨迫害身亡。歐陽捷下定決心要咬緊牙根面

對困境，終能隨著國軍的勝利而歸來。在這部小說中，王藍透過共黨惡意迫害紡紗廠資本家歐陽先生的人權與財產遭遇，顯示出共黨以農村群眾經驗與基礎勢力所延伸出憎恨城市與資本家的階級本質，並對比出國民黨積極維持城市工業發展的形象。小說將共產黨描述成破壞原有社會秩序與城市工業文明的恐怖份子，並試圖展現共黨以農村為基盤，逐漸擴大到報復城市的怨恨心態。

因此，在這個敘述脈絡中，國民黨與共產黨的內戰，從單一政黨爭取建國政權的內戰性質，被轉換到城市性質的現代化與農村性質的非現代化的建國路線性質。這個理解延伸自國共兩黨在抗戰時期中，南京政府與延安政府分別擁有城市、農村的行政治理區版圖，以及兩黨知識菁英在革命歷史中分別從城市、農村作群眾動員的不同基礎，進而顯示國共兩黨群眾基礎背後的階級屬性與社會認知，本身具有尖銳的矛盾。

這種尖銳的矛盾，其原因在於當時中國現代化過程中未能有效建立城市與農村的雙向互惠的經濟結構機制，導致農村僅僅是作為單向提供城市糧食與廉價勞力的腹地作用，城市的消費結構卻不能相對回饋改善或提昇農村生產結構的資金與技術；城市的現代化開發程度越高，表示貨物流通速度越快、越廣，因而可吸納的農村腹地也就愈大。不均衡的城鄉開發速度與不對等的經濟結構，使得農村的生存條件越來越依附城市，而城市的現代機能與資本運作方式，卻使得城市的發展過於獨立而不需要農村，甚至轉向剝削農村。城鄉之間不對等的經濟發展條件，使得著城市與農村之間存在著剝削與被剝削的緊張關係難以解決。再從農村生產的階級性觀點切入，地主以土地佃租所取得

的生產作物與經濟優勢，使得地主階級可以從城市獲得更多經濟（如販賣剩餘作物的獲利、獲利再轉為工業的投資資本等）、文化資本（如提供下一代接受城市學校教育與文明刺激）的可能性；但佃農階級就只能留在農村或在無法繼續生存的情況下，轉向城市提供廉價的勞動力。因此，地主與佃農的關係，除了存在著封建社會中土地出租者與勞動生產間的緊張關係，兩者在朝向城市流動過中，還可能同時存在城市的資產階級與工人階級的緊張關係。因此，中國經濟若要從傳統社會到現代化的過程，首要面對的不只是城、鄉不均衡發展的結構問題，還包括傳統階層屬性從鄉村到城市作身份移動時候的不平等現象。國民黨新興知識人在推翻滿清、建立民國後，取代傳統社會紳——士結構，以執政黨菁英而獲得社會所認可的上層知識分子位置。共黨下層知識分子在 1927 年經歷第一次大革命失敗後，從城市轉向農村發展，將中國農民政治勢力作為群眾集結的主要動員對象。國共兩黨在走向民族國家獨立建構過程的國族動員時，也因於城、鄉與號召群眾階層之間的差距，使得共產黨在吸收革命群眾的過程中，更容易通過煽動階級間經濟不平等結構的社會革命，進而完成革命建國的目的。

從王藍《咬緊牙根的人》情節意圖所否定的共產黨革命思維路徑來看，反應出國民黨建國意識形態對於私人資本家負擔中國現代化的認知觀點，與共產黨的社會階級革命中，根據馬克思主義的歷史階級意識形態，將私人資本家視為無產勞動階級在未來執政的預想敵人，完全不同。國民黨從發達中國實業的觀點，肯定反共的愛國資本家對（國民黨執政的）黨國的貢獻。兩者在政治經濟所形成的互惠關

係，在小說中僅被架構在資本家的「反共愛國忠誠」與對國民黨政治認同的協調立場。但共產黨則是借著解決社會階級矛盾的現實性與重建階級平等的理想性，而提供翻轉既定社會階級結構的機會。這顯示國共兩黨之間的政治目的與取得建國領導權的有利基點的不同。小說的敘事立場排除國民黨結束對日抗戰後寧願發動內戰、也不願釋出共同執政的專黨專政權力的歷史現實，而將國民黨由上而下的政黨倫理秩序，企圖擴展到國家與社會倫理秩序，視為一種不容質疑的建國常態。因此，從城市轉往農村發展的共產黨，從動員中國農民為革命群眾而獲得爭取政權的建國理路，與國民黨由上而下的政黨性社會倫理秩序，以及以城市為主要行政區的統治版圖，形成極大的對立衝突。

政黨倫理原是由政黨價值理念體系引申出的規約，具有規範政黨組織行為的作用。但政黨倫理一旦擴大到建國思想體系，對於政黨專制傾向的民族國家而言，政黨倫理則會轉向普遍的社會化發展，成為決定社會階層分享國家資源的重要判準。政黨倫理也因此成為平衡社會階層矛盾與衝突的內部機制，而不是訴諸階層互享平等制度的法治化價值理念。這使得執政專黨具有實質壟斷國家資源分配的權力，也同時擔負主控社會內部秩序邏輯的運作功能，將其他政黨與人民納入黨國意識形態所主導的「國民」認同。現代化社會中，與政治國民同等重要的社會公民認同，遭到壓抑，甚至矮化，而不將公民主體意識的建立或自然發展視為建國過程的常態現象。

因此，政黨倫理與政黨權力一旦透過國家體制、主導國家資源分配與社會法權認同時，社會階層在分享國家資源時所遭遇的不平等待遇的矛盾，不僅因而被控制在執政黨所掌握的體制權力之下，同時也

難以享有公民社會正義價值的支援。這是孫中山民生主義思想，訴諸執政專黨分配國家資源以發展現代化民生，並解決私人資本膨脹所導致社會階級矛盾問題，卻忽略政治權力運作過程，政黨階層屬性影響社會階層分配不均的弊端，以及政黨倫理與國家權力結合後壓抑社會正義公平機制的危機。這個危機說明國民黨依循孫中山民生主義的建國意識形態，雖以現代化發展為前提，但並未能跳脫以革命政黨理念專政作為民族國家主體的建國想像的限制。事實上，革命政黨理念專政的建國想像，也影響國共兩黨在1949年之後的各自建國歷程，都以政黨直接分配國家資源的社會發展面向。國民黨所著重的是以國家資本與政策導向來主導民間資產的經濟權力分配問題，以鞏固建國革命勢力；共產黨則以壓抑民間資產累積發展的可能性為前導，透過動員群眾參與革命，企圖重新翻轉社會階層的結構秩序。

國共兩黨雖然同樣都有訴諸政黨的獨斷政治權力，以作為支配建國意識形態與領導社會國家進步的政黨使命，但從革命動員改造國家體質的觀點來看，國民黨由上而下的權力秩序運作，使得國民黨的群眾社會在建國思想是已經被設計好，只需服從，而服從性愈高、愈符合政治權力所期待著，則將享有愈多從上層所釋出的社會資源。這與共產黨依循政黨倫理，而賦予群眾在革命動員中所獲得的認同權力是不太一樣的，共產黨在取得政權後，仍可以透過革命意識形態的動員，重新複製一批新的革命群眾、或藉由重新定義革命新屬性而創造一批新的革命群眾的運作方式。因為中國政黨的出現，既無社會階層現代分化的基礎，也沒有群眾社會的形成，而是由知識人群體組織的政黨動員、組織而結集起來。共產黨把中國農民作為群眾結集的主要動員

物件，而獲得強有力的政治勢力。

國共兩黨在現代化革命的建國歷程中，透過動員與組織傳統社會成員轉為革命群眾以取得民族國家的領導權，在預設分配國家權力的藍圖想像，即隱藏嚴重的階層衝突。對於國民黨而言，農民階層僅僅只作為被統治的下層，但卻是決定共產黨在中國革命建國競爭的勝出主因之一。雖然這促使國民黨政權來台建國後，以溫和但積極的土地改革政策，取得農民階層對政權的認同基礎，以及改造農業社會轉為工業社會發展的結構性改造契機。這個事實導源於與國共兩黨競爭建國領導權的過程中，共產黨成功動員、並組織傳統社會下層基本成員的農民階層，以及將他們轉為革命群眾，而獲得足以壓倒國民黨軍隊的人海戰力，無不關聯。

反共小說卻將這個客觀事實理解為一種非理性的盲目追隨共產黨，或是受到共產黨的蒙欺。這可以看到反共小說對於農民階層溢出國民黨建國思想的預設位階與社會倫理秩序、而被共產黨轉換為「革命群眾」時候的「奪權」恐慌，以及對此「荒腔走板」的嘲弄。王平陵的《火種》曾以一種接近戲劇張力的攻擊與醜化敘事想像，描述共產黨慶祝接收城市時的「秧歌」表演：「赤寇像潮水⋯⋯ 一路都打扮成奇形怪狀的青年男女，在扭秧歌、打腰鼓。破殘的肢體，砍斷的頭顱，混合了鮮紅的血，拋在燒毀了的廢墟，如同天空中落下一陣紅雨。」[2] 我們從這段誇張血腥與不合理的敘述內容，多少可以看到國民黨由上而下權力秩序的政治菁英階層意識背後，對共產黨「禍害」中

2　王平陵，〈慶功宴〉，《火種》（台北：中央文物供應社，1995），頁47。

國的不滿心理。

　　陳紀瀅《荻村傳》中對於主角「傻常順兒」一生遭遇的敘事觀點，也可以看到國民黨政治菁英對於農民階層缺乏主體意識的「愚弱無知」的認知態度，以及共產黨將此「愚弱無知」勞動階層納入革命群眾的「邪惡操弄」，進而徹底否定共產黨提出無產階級解放社會的正當性與正確性的政治態度。陳紀瀅對此敘事心理曾經直接說明。

　　他曾這麼說：「荻村這般人物和中國任何農村沒有兩樣。他們隨著時代的巨輪，踏入每一段行程，他們的遭遇雖不盡相同，但在基本性質上並沒有什麼差別。他們保守、愚蠢、貧苦、狡詐、盲昧，永遠是被支配者。然而，他們中間也有智慧、忠實和樂天知命的大眾……傻常順兒，這一個時代的玩偶，在任何齒輪上，他都扮演悲劇角色，而在他個人的尺度上，渾渾噩噩，是悲是喜，平常他自己不能十分辨得清，等到重要節骨眼，他才覺悟了，分明了思想。他這一輩子，正代表著中國廣大農村的變化，每個來自田間的讀者是熟悉的：傻常順兒這個人物是農村的可憐蟲，代表著生活在夾縫中的勞動者，他們想了一輩子，但當他們被活埋時，他還希望做人！阿Q之流是沒有這種勇氣的。」[3] 因此，我們可以看到傻常順兒的悲劇並不在於他的被支配者身份，而是他缺乏對支配者的正確理解能力。這使得他只能作為各種環境局勢變化下的盲從者──糊裡糊塗地被義和團拉走又被丟在荻村、荻村中的各種壓迫和凌辱者、日本侵華時期的保安隊長、戰後共黨統治下以暴治暴的鬥爭工具，最後利用殆盡，被處活埋死刑。傻

3　陳紀瀅，〈代序〉，《荻村傳》（台北：皇冠出版社，1985），頁11-12。

常順兒一生中，唯一對支配者產生意識朦朧的懷疑，就是被共黨當作清算鄉村統治階層的鬥爭工具的時期。而共黨透過利用像傻常順兒這樣僱農出身的無產者怨恨心理，鬥爭地主、富農、讀書人的作為，最大的破壞就是讓鄉村秩序所賴以維持的傳統社會倫理道德觀念、財產觀念，不復存在。陳紀瀅透過小說敘事指出：鄉村中確實存在壓迫者與被壓迫者的事實，但被壓迫者應該在人性溫情的感召下學習原諒壓迫者。站在統治階層位置所企圖維護由上而下的傳統社會階層倫理秩序，是作為這個想法的隱藏前提。這也相對指出：共黨最大的危險性在於利用被支配者的愚昧與無知，強化由下而上的反被支配意識的正當性。

　　這種敘事想像並不認同農村的被支配者是可以作為「革命群眾」而存在，這些被支配者也不可能是擔負起追求新中國理想的實踐者。這個思維理路背後最大的企圖，就是否認共黨可以鄉村基層的政治勢力、作為國民黨領導建國的競爭者，以及最後的勝利者。

（三）戰鬥敘事中的自由中國正義神話

　　「自由中國」是國民黨政權從國共戰爭轉而來台、在國際情勢下所積極打造的國家形象與價值。國民黨政權節了鞏固在台統治地位與對抗大陸共產勢力，鼓勵知識分子投入人心反共、言論反攻的論述策略宣傳，因而支援《自由中國》雜誌出刊。雙方的合作立基點一開始是在於「如何在反共復國的前提下，建立自由民主的國家」，但在合作過程，雙方對於自由民主論述的發言位置與認知內涵並不相同，甚至節生嚴重衝突。國民黨政權所架構的「自由中國」概念前提，來自於國民黨改造運動與革命民主政黨復國的現實政治目的，而不是基於

建立個體自由的民主社會價值理念。這與《自由中國》的政治論述典範具有不可共量性。國民黨的改造運動主要是針對國民黨在國共內戰失去大陸政權的檢討，以及如何在台實踐反共復國使命而來。蔣介石在〈對本黨第七次全國代表大會開幕致詞〉指出國民黨在台的歷史任務，除了反省剿匪失敗、大陸淪陷的失敗外，還必須認清國際共產陰謀、堅持民主反共陣容與復興國民黨、反攻大陸。

　　民主與反共不僅成為國民黨政權在台建國的重要論述內容，也同時成為國民黨維護「自由中國」的價值基礎。因此，國民黨在此次的改造運動中，從革命政黨轉型到革命民主政黨，以反共作為中國實行民主的前提，並成為國民黨貫徹第三期國民革命的歷史任務。憑藉革命建國的正當性，國民黨除能一貫以革命政黨的組織形態與精神反共之外，還將國共兩黨以革命武力爭取建國領導權的敵對政黨抗衡性質，擴大到單一政黨才能實踐民族國家民主現代化內涵的獨斷性質，成為國民黨在台後仍能繼續宣稱保有中國建國領導權的重要歷史詮釋論述內涵。國民黨透過反共作為保障民主憲政制度的必要行動，將共產黨視為阻礙中國實踐民主憲政的革命障礙，並與建立民主自由中國相互等同起來，成為國民黨在中華民國在台灣的現實困頓中，仍能維護中國政治主權的歷史正當性。因此，國民黨政權透過「反共」建立民主自由中國的革命建國論述，將國共兩黨互相爭奪建國權的歷史挫敗，從維護民族文化的倫理道德秩序的歷史詮釋，擴展到民主憲政自由的現代國家制度層面上。反共小說也納含這個黨國歷史論述，積極提供塑造中華民國領導反共建國的正面形象與國民（包括旅居海外的僑民）應盡的服從義務。

　　郭嗣汾在《海闊天空》的反共敘事中，創造了一艘由華僑捐贈的「火奴魯魯號」戰艦，由中華民國海軍軍官白瑞登與石海甯擔任艦長與副艦長，率領艦上自願投效的海外華僑子弟，完成運送補給的驚險任務。革命軍人領導「老百姓」海外華僑投入反共戰役的情節想像，除延續 1951 年「軍中文藝運動」社會動員的目的外，其中還隱藏一個重要前提：「反共」是海外華僑願意繼續效忠中華民國、無條件履行國民應盡義務的認同基礎；「愛國」則是投入「反共」的共同情感理由。這說明以「愛國」作為國民認同國家的理念價值預設，以及國民對國家關係想像投射的重要形式。「愛國」也因之成為中華民國是否能在反共現實處境中、得以實踐民主自由的關鍵。這個觀點顯示國民黨革命民主政黨性質的自由、民主價值，是以（政黨所領導的）國家主體為本位，國民僅僅作為國家主體之下的服從個體，以及國民黨第三期國民革命任務的動員對象。因此，革命建國意識形態將「反共」納入國民對國家認同的想像範圍與思維模式，使得「反共」不僅是作為中華民國「以文化性民族開創民主政治國家」的現代性精神形式的政治內涵，還擴展為實踐現代化國家制度的主要前提條件。「反共」文學想像在這個層次上，除了回應 1949 年國民黨在現代中國政黨之爭失敗來台的政治心理建設宣傳，也在國民黨改造運動所積極主導的論述內容與正當性的影響下，涵蓋以建國意識形態為主導的現代國家價值體系的歷史想像方式。以預設「反共」作為捍衛中國主體的民主自由的正當性，除延續國民黨領導國民革命的歷史進程發展，支援「正確」的國家體質與人民生活方式的想像，成為全民共識，而這也隱含一個重要的預設前提：共產黨是破壞國民黨以民主自由內涵作為中國

現代國家發展形式的革命敵人，而國民黨則是中國唯一堅持自由民主
建設的現代政黨。國民黨的改造運動在這個預設前提上，提出了主要
努力方向——中華民國的國家認同與國際關係之間的國家形象塑造。
包括兩個路徑：一是訴諸反共抗俄的民族革命情感；一是堅持西方自
由世界盟友的國際形象。這兩個路徑與國民黨政府積極爭取美國的軍
事與經濟支援，以及五〇年代美國針對蘇俄所主導的世界冷戰體系，
有極密切關係。國民黨政權以「反共抗俄」政策聚集民族革命情感的
對內路線、與爭取國際盟友、穩定國際地位的對外路線，在蔣介石《反
共抗俄基本論》的代表性官方論述中，已經可以看出端倪。

　　蔣介石延續中國在列強侵略下亡國滅種的歷史危機意識，指出
俄國帝國主義——從帝俄時代到革命之後的蘇聯，都相繼展開對華侵
略野心，尤其是蘇聯與其控制的國際共產，更是利用馬克思主義的知
識思想所建立的一種獨裁專制制度，中共即是蘇聯侵略中華民族的工
具。《反共抗俄基本論》指出：「今日俄國的布爾塞維克主義是節取
馬克思主義，並融化了俄國民粹主義、虛無主義、沙皇專制、與大斯
拉夫主義 內容，在一國建立極權獨裁的專制制度，對世界進行征服
人類的思想系統。……列寧的布林塞維克主義是俄羅斯的 物。中共
匪徒在組織系統上，是俄國侵略者豢用的共 國際的支部，在性格上
是俄國大斯拉夫主義征服中國的工具。共產黨自稱『無產階級的前
衛』，但中共朱毛卻就是中國歷史上的流寇…今日中共匪徒，是流寇
與漢奸以及侵略者工具的結合……。」[4] 他以中國儒家歷史正統觀點的

4　蔣中正，《反共抗俄基本論》（台北：中央文物供應社，1979），頁 4–5。

正當性，透過中國近代遭受列強侵略的民族主義情緒，指出反共的理由在於：拒絕蘇聯的控制以捍衛中華民族的完整性；捍衛中華民族的完整性，也就可以保障亞洲的安全，避免蘇聯繼續侵略全世界。因此，反共抗俄戰爭不僅僅是為了避免被奴役，而是為了爭取更合理的生活方式與世界和平而存在。這個詮釋進路與美國「杜魯門主義」的理念，以及世界冷戰體系思維如出一轍，也同時反應在軍系反共作家以小說的歷史敘事、重建中華民國參與反共戰爭的重要性——從嚴守中國立場的民族正義，到台灣關乎國際和平的地理戰略位置，到關心反共國際情勢。如：查顯琳《火線上》、郭衣洞《蝗蟲東南飛》。

《火線上》是一部介紹金門戰地生活給自由世界的小說。強調戰鬥的藝術不僅僅是關於反共的戰爭，而是透過反共戰爭背後所堅持的民族生存的正當性，以及軍民在戰地生活之中所捍衛的人性善良與自由之美。因此，金門作為台灣反共基地的前哨站，肩負保衛台灣的重任；金門護衛住，台灣就能繼續貫徹反共復國使命，實踐祖國之愛。

《蝗蟲東南飛》則是敘述一個美國記者從一個具有蘇聯紅軍、共黨黨員雙重身份的蘇聯、中共罪犯身上，得到一份手稿。手稿內容是日本戰敗投降後，俄國一批紅軍到中國東北劫收，關於俄共是如何殘暴地欺侮中國百姓、而中共竟然助紂為虐、甚至製造屠殺的真相故事。小說敘事間接提點出：台灣不僅僅是阻止共黨入侵，同時也是對抗蘇聯勢力繼續擴張的重要位置。

這兩部小說反應出反共想像的格局，從黨爭內戰擴大到「中華民國」如何透過「反共」捍衛人民生活，並積極參與國際事務，而獲得「正義」的國家形象建構與國民認同。這與國民黨積極尋求美國支

援、以及堅持反共抗俄作為爭取美國在冷戰結構的遠東盟友的外交政策，息息相關。

世界冷戰體系的形成，起自美、蘇在國際領導勢力的崛起。美國在「杜魯門主義」的影響下，開始採取長期圍堵蘇聯持續擴張趨勢的對外政策，也成為日後美國支援飛美國境區反共國家的重要依據。但直到韓戰爆發，美國才從圍堵蘇聯勢力性質轉換到反對「共產主義」的勢力，形成國際間自由陣營與共產陣營對峙局勢。

美、蘇雙方都自認是聯盟領導者，除極力避免第三次世界大戰的一觸即發；也同時宣稱為保衛世界和平與人類進步利益，而對抗對方可能發動的攻擊。韓戰爆發前，華府對國民黨在台政權是採取放棄的態度，韓戰爆發後，為避免戰事擴大到台海，才派第七艦隊維持台海中立。1954 年 12 月 3 日「中華民國與美利堅合眾國間共同防禦條約」（中美共同防禦條約）簽訂，台灣正式被納入美國防衛系統中的一環，成為所謂「自由世界」的成員，解除中共武力犯台危機。國民黨在此之前，延續對日抗戰「反帝、反侵略」民族情感為基礎的「反共抗俄」戰爭論述，更進一步結合西方冷戰體系「自由陣營與共產陣營」的對抗理論，終於在美國承認台灣的重要戰略位置，而轉為支援蔣介石政權的態度下，獲得落實。1954 年到 1955 年所形成的緊密的美台關係，正是反共文學發展的高峰期。但 1956 年之後，蔣介石政權在美國的支援下已經穩固不搖，對台全面展開強人政權與黨國高壓控制，倡導反共文學的半官方組織反而不再為國民黨政權所重視，反共文學也開始逐漸為生沒落跡象。這反應官方主導民間政治文學發展的政治現實層面。

　　從「反共」一方面在現實中，作為「主導五〇年代」的一個台灣特殊歷史時代，一方面也在國共革命建國歷史中，具有「延續中國三〇年代右翼革命文學體質」的雙重想像性質來看，卻遠遠溢出政治性宣傳目的，而開發出具有更積極的文學歷史意義。詹明信從文化生為方式指出：第三世界民族國家文學不同於現代主義為主流的西方文學之處，在於帶有民族寓言性質的特殊性，並以民族寓言的形式來投射政治；個人的命運故事成為象徵民族國家命運的寓言。從這個觀點來看反共文學─特別是小說文類，會發現反共敘事仍有其積極性質。也就是說，反共敘事雖然來自轉化、挪用中國左翼傳統的文學成規，但在內涵意義的完成上，卻不是來自壓迫，而是傾向以個人對民族道德文化與國家主體形象的服從與體現意識，並以主動將自己的命運投射在完成建國的政治目的，作為文學行動綱領的想像表現基礎，以達到個人終極關懷的積極性。這個基調同時也是國民黨政權以「反共建國」作為在台灣經營現代化的「中華民國」，以及強化國民自我認同的精神機制。進一步說明，國家是一種國民的想像共同體，反共文學之所可以視之為五〇年代中華民國在台灣的時代國家文學，正是因為「反共」不只是政治宣傳口號，而是國民黨政府以國家文藝政策所啟動的政治文學。反共文學的集體意識可因之視為是「民族歷史／文化」與「（政黨主導的）國家政治主體」所合構的想像共同體，以達成「三民主義建國──反共復國」的國民精神意識。文學的集體語言所產生的意識形態社會化的過程，使得國民意識幾乎成為台灣在五〇年代之後現代社會發展的「群體權利」的主要成分，而不是關乎個人與與社會之間權利義務的公民意識。反共文學在這個現實層面，不僅可以視

為國民黨既是在台實踐三民主義建國——又是反共復國的歷史進程的政治文類，並且在也為台灣現代文學歷史發展注入第一波帶有（右翼中國）民族寓言性質的國族論述的文學類型。

如果從詹明信的第三世界民族寓言性質來說，反共文學所極力證明的國民黨右翼中國的正當性，不僅僅是以延續儒家政治傳統作民族國家文化主體的特殊性，還同時透過附屬於美國主導的世界冷戰結構所塑造的「自由中國」形象，強化現代國民對國家認同的合理忠誠度。這個詮釋脈絡將指出：反共敘事背後所象徵的民族寓言的精神形式與啟動的想像機制，是不能只從反應單一政黨的政治文宣目的面向論斷，而必須正視文學建國意識形態取得體制發展的社會法權的影響效力——帶有政治建國目的的文學類型發展與歷史敘事、國家暴力、文化民族主義之間的策略性同盟結構。因此，反共敘事所隱含的民族寓言或依附美國強權的「自由中國」建國想像，都可以視為國民黨政權所特定歷史文化認知下、所主導的民族／國家認同。透過「反共」所強化的民族道德意識與自由國家形象的歷史敘事，在國民黨的詮釋脈絡下，國、共兩黨從爭取建國政權的正統之爭、到選擇國家體制與人民生活方式，都涉及到一種本質性的對抗——道德與不道德、自由與不自由。

台灣五〇年代國民黨政權以「反共」作為（右翼中國）國家歷史主體認同的敘事方式，雖然形成特定時空下的典範意義，但透過本質主義的操作所形成的敘事策略，仍在體制內持續：以文學強化民族主義的政治化功能與實用價值意義的發展優勢，並鞏固政黨權力與文學建國之間所共謀單一民族集體認同的思考模式。

二、「現代性」的未完成

　　文學建國意識形態除了以民族文化╱現代國家主體為論述範圍，還包括時間歷程的想像。王德威曾指出：「絕大多數的長篇反共小說都分享如下的時間架構：共黨崛起前中國社會的浮動現象；共黨『邪惡』勢力的滲透；國共內戰期的悲歡離合；國府遷台後的復員準備。……反共小說同時經營了一條線性及迴圈史觀：迎向未來也正是回到過去。」[5] 反共小說類型的出現，來自於因應國共戰爭失敗而遷台的歷史現實。「中華民國在台灣」既是國民黨政權動員反攻大陸的「復國」戰備根據地；也是最後擁有實際統治權的「建國」行政區。

　　反共小說在對應台灣五〇年代國民黨政權的國家化過程中，很弔詭地呈現兩種歷史敘事的時間軌跡：來台前的國民黨擁有大陸政權的過去歷史時間，以及來台後國民黨復返大陸重新執政的未來歷史時間。這兩種歷史時間不僅被宗教神聖化，真正現實所對照的「台灣五〇年代」也只是為動員反攻大陸的「自由中國」，其他的歷史脈絡相對被排擠在歷史的邊緣。

（一）「建國──復國」的弔詭敘事想像

　　反共文學是台灣五〇年代經驗最重要的一環。反共文學主導的五〇年代台灣文學的話語情境，既是銘記歷史的傷痕，也是以一己的宿命預言家國的未來想像。「反共」的「小歷史──大敘述」在文學的實踐，則是不斷透過個人式控訴的集體敘事，證明國民黨三民主義

5　王德威，〈一種逝去的文學？─反共小說新論〉，《如何現代・怎樣文學》（台北：麥田出版社，1998），頁 146-147。

建國／反共復國的可行性與合法性。反共小說的歷史語境大抵可以區分為兩種模式：過去完成式與未來想像式。前者透過復返過去以證明未來的可行性；後者則是傾向於預約未來以完成過去的合法性。「過去」指的是國民黨領導國民革命、推翻滿清建立民國之後所奠定的歷史法統、以及執政大陸時期；未來指的是從台灣反攻大陸、重新復國。這兩個模式的歷史語境都是以過去作為基礎，在在指出反共小說敘事的目的，是為了證明：國民黨才是現代中國歷史發展進程的唯一正統繼承者；共產黨則是代表歷史治亂相隨的負面力量。因此，共產黨篡奪中國歷史的命定發展，成為民族必然承受的宿命苦難。反共作家回顧歷史之際，一秉中國傳統史家「合久必分，分久必合」的理念，強調「暴政必亡」的歷史法則，為國民黨反攻大陸、重獲大陸政權的政治欲望，尋得合理化的歷史詮釋。

尼洛《咆哮荒塚》中的守墓人王誠非因欲望能重回黨的權力中心，暗中監視每一個到墓地祭掃反動鬼的反革命份子。結果在這荒塚上，他看到自己的大兒子王大年因「反動」而埋屍於此；大媳婦銀花因丈夫死亡而投河自盡獲救，被斜眼劉七利用賣淫賺錢；小兒子也因他的密告，遭到殺害。最後老妻月眉上墳，意外認出他，才告知他兩個兒子與媳婦都埋屍於此荒塚中。王誠非的悲劇反映出共黨統治的荒謬與不人道，相信共產黨等於是走向一條自我毀滅、也毀滅家人的滅亡之路。《咆哮荒塚》透過一個過著人鬼不分、人鬼同在的「守墓人」形象，點出共產黨逆天行道的黨性特質，潛藏對共產黨「暴政必亡」的批判敘述觀點，而「暴政必亡」的歷史演繹法則，則反映出傳統儒家對於仁政的終極理想的歷史道德觀。這個觀點顯示：道德是歷史直

線前進的驅動力，也是迴圈復返的固定力。反共小說透過歷史道德的認知，不僅解決國民黨相較於共產黨取得大陸政權的一衰一盛困境，還指出反共必勝、建國必成的未來，是一種來自既定時序的必然結果，而不必接受各種歷史勢力交相與會與可能新關係的考驗。這使得反共小說的歷史時序產生一種弔詭現象：以既定政治意識形態與立場所認知的過去（國民黨依靠國民革命取得現代中國建國領導權與歷史法統），來預設早已經規劃完成的未來想像（反攻大陸，重得政權）。就反共敘事的歷史時序而言，那些已經發生、可檢驗的過去，在國民黨的建國意識形態中，一開始就已經預設未來進程的必然性──中國唯一合法的執政黨。但現實中國共戰爭失敗而不得不撤台的困境，使得反攻大陸的想像未來，成為來台後動員復國「當下」唯一所存在的目的。因此，「反攻大陸」的未來歷史時間使得「當下」被無限延宕，同時也開始召喚國民黨執政大陸時期的過去歷史時間。這是國民黨在台政權為現實歷史困境所侷限的反共復國歷程的時間意識。

　　多數反共小說作家都是四、五○年代之交來台的流亡者，與國民黨之間所共同面對共產勢力崛起、離開大陸故土的時空經驗，以及期待復返的建設心理，是可互通見證。這使得「過去」與「未來」透過反共敘述的建國意識形態連結在一起，構成反共小說政治敘述形式的歷史語境。「過去」為現在的政黨政權提供在台統治的合法性，「未來」則為過去所構築的歷史話語的證明結果，過去與未來形成一種可以互證互明的迴圈時間。反共小說與國民黨建國歷史所產生的密切關係，使得過去的「過去性」得以為「反共必勝、建國必成」敘述所預設的「未來性」提供存在的理由。復返過去以證明未來或預約未來以

完成過去的時間性敘事修辭，背後所呈現的是一種輪迴的歷史時間意識。這個歷史時間意識反應出儒家對於終極理想的歷史本體論原型：以過去（聖王的道德典範——國民黨建國意識形態的道德性）為歷史前進的終極動力，使得歷史的軌跡沿著被預先規劃好的未來（歷代君權實踐仁政理想——反攻大陸、消滅共黨暴政）行進。所以小說中有關過去的敘事形式，就不再只是文學歷史語境的再現，而衍變為可以指涉真實的歷史語境，具有預言文學的性質。反共小說的過去性與未來性敘述，顯示國民黨建國意識形態從儒家政治歷史法統與歷史語境取得統治合法權的進路，而迴避共產黨革命建國意識中，透過直線式、前進式的鬥爭歷史形式所取得中國政權的合法性。相較於共產黨革命鬥爭意識中不斷直線式、前進式延展的「現代」時間觀，反共小說的「過去——未來」迴圈的歷史時間敘事形式，則迂迴地回應：國民黨如何將「傳統性」單一政治化後所建立的官方式民族國家建國想像。但這並不意味著反共小說就是「八股」文學，而是反應出在一種在特定歷史時空與政治環境下的獨特敘事成規，如何主導文學的政治想像，自成一個封閉系統。王德威指出：「評論家每喜攻擊反共文學不能超越時空限制，關照『永恆』的人性與歷史，殊不知是類文學的千秋，正是源於它是否能爭得『一時』的優勢。我這樣的說法，並無意輕視反共作家的創作熱誠。恰相反的，我希望自不同的角度，肯定他們的存在意義。政治小說的難為，恰在作家必須在政治信仰與個人性情間、教條口號與美學構思間，尋找出路。在反共抗俄的前提下，作家如何同中求異，已是值得注意的好戲。但更重要的是，在非常時期寫非常的作品，作家對一己的創作歷程，必有特殊寄託。反共題材

未必人人能得而擅之，但這裡的問題不是會不會寫，或寫得好不好而已，而是基於另一種信念：作家若未能為這樣的時代，留下片紙隻字的見證，才是真正遺憾。換句話說，作品寫得好，自然是反共抗俄的利器，即使寫得不好，不也可以成為一種犧牲，一種為主義而明志的姿態？……這一種求全而自毀的寫作立場不能僅以『文學為政治服務』一語帶過，而實已帶有荒謬主義意味。這種荒謬主義是現代中國政治小說中，不可忽視的傳統。」[6]

王德威從反共小說的創作動機與敘事困境，提點出反共小說具有現代中國政治小說中荒謬主義傳統的美學意義。但是，反共小說主導台灣五〇年代文學語境的現實，其實也面臨一個重要的歷史道德難題：現實歷史脈絡的複雜性被特定政治意識形態的文學歷史敘事所壟斷時，於焉相繼產生的政治與國家暴力，是否隱藏另一種傷痕文學類型興起的契機？而那些被「過去——未來」迴圈所排擠的「現在」，對於台灣在九〇年代之後的台灣民族性建國屬性的文學內容意涵又會產生什麼樣的影響？

（二）「中華民國在台灣」的哀歌

反共小說敘事中所對應的「過去——未來」的迴圈時間觀與國民黨右翼中國的建國歷史法統，顯示反共小說想像中國政治與民族國家未來的單一性。反共小說作為一種回應特定政治意識形態的文學類型，歷史敘事的時間形式展現一種「贖回」歷史的政治欲望。而反共小說也與「中華民國在台灣」歷史現實中的「台灣（不正常）國家化」，

6　王德威，〈一種逝去的文學？—反共小說新論〉，《如何現代‧怎樣文學》（台北：麥田出版社，1998），頁146-147。

形成一種弔詭關係：反共小說既是右翼中國在文學心理層次的復國文學，也是歷史現實行動層次的建國文學。

「復」國與「建」國充滿一種時間向度的辯證關係。前者指向曾經擁有，但現在失去而必須再度尋回；後者則隱含一種重新開始的新契機。就反共小說作家而言，他們不斷透過書寫追憶過去鄉土，開始歸納各種可能的原因，詮釋來台後失去故土家國的境遇；但另一方面，國民黨政權在中國從未能如願展開的理想建國藍圖，卻得以在台灣這個南方的陌生島嶼獲得全面實踐的機會。

兩者雖然弔詭，但並不矛盾。反共文學類型的出現，本來就是為了因應流亡來台的困境、並在政治因時利導氛圍下所產生一種集體文學書寫。反共文學在這個詮釋意涵上，既是復國文學，也是建國文學。但這兩者卻有所根本牴觸的矛盾存在。

首先，從國民黨在國共內戰失去大陸政權、撤退來台後的現實歷史來看：台灣在美國所主導世界冷戰結構中，因國民黨政權堅決反共態度與「中美共同防禦條約」的簽訂，而被納入美國遠東防禦戰略系統，中華民國也因此獲得美國所承認的「一個中國」的機會。然而「中美共同防禦條約」的簽訂雖然保障「中華民國在台灣」的國家化發展機會，但美國也在條約中明確要求國民黨所主導的中華民國政府無美國同意不得反攻大陸。這意味中華民國政府只能在台灣朝向「建國」發展，是不能實現反攻大陸的「復國」理想。反共小說中「迎向未來以回到過去」的歷史敘事時間形式，恰巧迴避美台關係之間的國際現實。

再從美台關係的發展來看，1954 年到 1955 年間，美國開始重視

台灣的戰略地位，並協助建立蔣介石與國民黨的聲望。這段期間正好是反共小說發展的顛峰時期，顯示政治情勢對支援特定意識形態文學類型發展的影響力。值得注意的是，從蔣介石政權的強人威權體制逐漸穩固、到中華民國「一中」的國際定位獲得美國的支援後，反共小說「迎向未來以回到過去」的歷史敘事時間形式，除強調出特定文類政治理念的表態外，也顯示現實中的「中華民國在台灣」的國家化——「建國」事件不過只是為了（反攻大陸的）「復國」事件而存在。

弔詭的是，國家化所突顯的（中華民國在台灣）「建國」現實，雖然獲得國際情勢的支援，但代價是必須確保放棄（中華民國在中國大陸）「復國」的可能性。這突顯出「反共」理念透過歷史敘事修辭策略所呈現的矛盾，不僅是來自傳統時間意識的道德主觀性，在現實時間歷程中，也僅是一種藉由延宕的想像而得以持續確保「反共」的價值意識。因此，如果國家化過程的「建國」事實在於完成「復國」的歷史宿命，反共小說必須訴諸何種的敘事形式，才能在不斷復返過去的無時限延宕的時間歷程中，確保想像的持續熱情與更多的號召？進而使得延宕想像的同時也是實踐想像的契機？並激發反共的文學建國意識形態在復返過去的復國歷史時間中，仍能得到未來的共同協商、甚至激勵的可能性？

反共小說在「迎向未來以回到過去」的迴圈時間向度中，將建國的未來發展性侷限在（現實處境不可能實現的）復國的虛幻性上。對於政治小說文類來說，雖然難以避免因意識形態而興，因意識形態而衰的命運，但反共小說所自成文學歷史時空的封閉性，如何能使得這些反共作家傾一己之力去反共或擁護國民黨政權？反共小說在台灣五

○年代中所銘刻的中國流亡者，在國共黨爭禍害的苦難中歷經家國變色與遷徙飄零的時代命運，確實不該以政治文宣口號輕易帶過，而必須正視「反共」建國意識形態介入文學敘事後的想像方式，是如何連結個人與民族國家之間的命運共識？使得個人可以在不斷延宕的建國想像中只能投射復國（或建國）欲望，而忽略現實中「中華民國在台灣」的國家化過程發展的其他可能思考面向？甚至截斷與不同文學歷史脈絡對話的多元包容性？

因此，反共書寫中的多數作家在現實所歷經個人或民族的流離傷痛歷史，既是見證時代，也是見證信仰──「反共」建國意識形態與政治目的價值化之後、介入文學敘事想像的主要心理機制運作基礎。然而，反共文學在台灣五○年代發展取得體制主流位置後的滲透過程，使得政治文學書寫中的建國想像不僅以難以選擇的可能性為前提，還極容易造成被（單一政黨）政治信仰所牽制的現象。值得注意的是，反共作家書寫反共並不見得一定是為政治服務，但以個人見證時代的書寫信仰與集體意識背後的擬宗教性心理機制，是如何連結個人與家國之間的想像，並積極成就「建國的目的在於完成復國」的歷史迴圈時序？這種想像思維模式所導致的是歷史意義感，而不只是客觀的政治國體的選擇。這又會使得個人、民族／國家之間的繫連產生如何的敘事結構？

（三）個人式的民族歷史救贖敘事

反共小說中以個人傷痛歷史所見證的故園之思，或家國之痛的敘事形式，是最具普遍公式化的一種模式。王德威認為反共小說可以被視為近半世紀以來傷痕文學的第一波，並提出傷痕文學透過文字力量

去救贖歷史的內蘊緊張性與寫作本身的「不可能」。這除了點出傷痕書寫的敍事策略，是反共建國書寫中最主要的一種文學意識形態表述方式外，也說明以文字見證傷痕——從個人到家國，傷痕所觸動的是一種永不能復歸、卻必須在現實中持續書寫的歷史想像。傷痕之所以無法被文字所救贖的原因，在於傷痕是來自已經發生而不可能再有任何改變的歷史真實，同時也指出：事過境遷的文字書寫如何能夠補償當時的錯誤於萬一？但傷痕敍事模式與反共建國書寫想象，卻恰巧能在這個基礎上共用相同的歷史敍事心理——藉由不斷的書寫以見證不會遺忘與不該遺忘的過去，因此確保住反共書寫的道德正當性。

從民族國家與個體自我認同之間關係的角度來看，藉由傷痕書寫的道德正當性所繫連的文學復國——建國敍事，除使所有的反共作家與國民黨政權可以義正詞嚴地控訴共產黨的禍國殃民之罪外，從個人隱射民族傷痕的記憶書寫模式，也反映出個人是作為民族／ 國家存在——而不是作為個人自由意志主體的前提。也就是說，個人意識在傷痕書寫的道德正當性的強化下，不再只侷限於個人歷史脈絡，而擴大變形為民族／ 國家寓言形式意義的投射縮影。

至於對於現實中不斷經歷復返與延宕的「建國——復國」時間歷程想像，「建國」不再只是建立民族國家的政治性選擇，而是在想像的過程中，必須藉由傷痕記憶來強化現實與未來建國時間歷程所復返的歷史意義感，以達到建國選擇的目的。但是，僅僅憑藉個人傷痕記憶如何能使民族歷史救贖得到可能？並藉此召喚出更多的悲情想像？反共小說敍事中所強調的「自我獻身」與「自我犧牲」模式，就是透過個人對傷痕記憶的歷史意義感的認同，而不自覺陷入「以結束作為

開始」的封閉性迴圈時間歷程，忽略現實中建國歷程的歷史動態發展，甚至壓抑不同歷史脈絡的對話發展可能。「自我獻身」與「自我犧牲」的敘事模式，從個人與國家之間的關係意義來看，除顯示以道德正當性強化個體對民族／國家應盡義務責任的國民認同外，透過「獻身」與「犧牲」行動見證信仰的想像方式，顯示反共建國文學意識形態中，個人對民族國家所完成的想像共同體，仍與「擬宗教」意識作為強化內部精神結構的進路，極為類似。也就是說，反共小說強調個人與國家之間的關係，在心理機制的建構上，都傾向以「信仰」模式，預設個人對國家具有「必須無條件奉獻的責任與義務」，而不是法理觀點上所討論的責任與義務。以及將國家領袖通過「反共」的革命歷史任務，將之神聖化為國家／民族「救星」，正如同基督教信仰中的「彌賽亞」。這些基本上都是屬於一種宗教化的政治操作手法，或是政治意識形態宗教化的作為。不同於西方國家在基督教二元政治觀下所發展的近代自由主義思維。這顯示個體並未取得與國家主體對等的社會公民身分，而是附屬於民族／國家主體之下的國民。

因此，以傷痕記憶與尋求救贖作為「建國——復國」文學的歷史敘事策略，並不單純只是「文學為政治服務」的問題，而是透過政黨政權如何主導單一化民族集體歷史意識認同的獨斷性與虛幻性。反共敘事雖然經驗台灣五〇年代民族／國家論述領域、由主導到衰微的文學發展歷程，顯示政治性文類因應政治意識形態興頹的命運，但反共敘事透過歷史時間意識以確定政治認同的建國邏輯思維，對台灣文學歷史發展的內部理路影響，以及道德價值在此中所發揮的決定性作用力，仍不容忽略。

三、「三民主義建國——反共復國」意識形態對台灣文學
　　歷史發展的影響

　　國民黨政權所主導的「中華民國在台灣」的歷史發展，在反共意識形態的前提之下，對外積極利用世界冷戰結構、向美國華府爭取代表「一中」的國際地位，雖然爲了換取台海安全而被迫放棄發動反攻戰爭的機會，但對內卻爲了鞏固統治威權，而仍然強調「復興基地寶島」與「三民主義模範省」等過渡性的「建省爲前提的不正常國家化」定位，以激勵國民達成反攻大陸的終極性「復國」目標。這使得國民黨政權在台灣五〇年代之後所積極投入的「建國——復國」行動，掉落一個相當弔詭的國家發展處境——「右翼中國的歷史政治主權——台灣地區爲主的地方行政主權」。這兩者之間存在的歷史矛盾，除了包含國共黨爭而在台灣政區與大陸政區各自在 1949 年之後的分裂對峙外，國民黨政權 在台建立右翼中國政權而壟斷的台灣歷史發展，使得台灣在滿清時期即脫離中國主權、而淪爲日本殖民地的歷史複雜性，相對被壓抑，只能接受右翼中國政治意識（即官方《三民主義》）爲主的歷史發展。從佔有台灣主權的階段性變更歷史來看，中華民國在 1945 年從戰敗國日本接收台灣、到 1949 年在台建國之前，一度統治台灣部份或全境的勢力，從中國元朝開始，歷經明朝、荷蘭、西班牙、南明鄭成功的東都——東寧、清朝、台灣民主國、日本等政治勢力。台灣的歷史也從未能有自己的主體意識發展機會。而日本與中國之間所存在的帝國主義侵略與反侵略的家國仇恨關係，以及國共黨爭不同建國路線的鬥爭，使得台灣內部在日治時代即開始發展的「反帝、反殖民」歷史，未能被尋求瞭解，甚至兩者存有互相衝突的矛盾。

另一方面，國民黨政權在政治上與文化上的「祖國化／（官方儒學所主導的）中國化」認同政策，顯示右翼中國歷史主體為主的民族國家精神機制工程，是建立在政治認同的基礎上、統攝具有相容性的文化認同基礎。對台灣鄉土文學歷史發展的影響，以排擠台灣日治時代以來「反帝、反殖民、反封建」脈絡下的左翼政治與文化勢力；並延續日本殖民社會以來、作為反抗日本異族統治的漢族（族群／族群文化）意識與具有美學性質的台灣鄉土意識等，為最大特徵。

（一）台灣孤兒意識、祖國意識與「三民主義建國——反共復國」意識

1895 年滿清政府因中日甲午戰爭戰敗簽訂「馬關條約」，將台灣割讓給日本，開始長達五十年的殖民統治時期。日本的殖民統治使得台灣與中國之間的連繫被切斷。台灣歷史的複雜性所展現的最大困境，就是如何釐清帶有台灣意識的歷史主體發展過程中、與各階段擁有台灣統治權的權力政體之間既對抗又妥協的發展，以及過程中既同化又異化的漸進滲透過程。學者呂正惠認為「孤兒意識」是吳濁流小說《亞細亞的孤兒》中，關於「台灣人的歷史命運」課題所呈現最精準的描述與詮釋。

吳濁流《亞細亞的孤兒》以胡志明為主要敘事中心，客觀地紀錄了台灣日治時代一個四代傳統地主大家庭所經歷的歷史變遷，以及家庭成員遊走於日本殖民母國與中國祖國之間、關於心靈與行動的抉擇與困境。在小說中，第一代以「心中所憧憬的是春秋大義、孔孟遺教、漢唐文章和宋明理學等輝煌的中國古代文化」的胡老人為代表；第二代以具有抗日意識下的中國民族認同的胡文卿為主；第三代的胡志

剛、胡志明、胡志南各走不同路線：胡志剛成為皇民；胡志明歷經波折，最後選擇抗日；胡志南被迫簽下「志願書」，成了皇民政策的犧牲品；第四代志剛兒子達雄願為「聖戰」而死；志明與大陸女子淑春之女紫媛，隨母在日本侵華戰爭中驚惶度日。這些不同世代的胡家成員也暗示出台灣知識分子的政治與文化身份認同之間的非單一歷史脈絡。「孤兒意識」在小說敍事的重要性，不僅僅只是如呂正惠所指出的歷史史實的精確度，而在於以「胡志明的發瘋」作為情節推演結局的最後隱喻作用──既是文學敍事、也是歷史敍事。在兩者的張力中，顯示當時日治時代台灣知識分子在不同理想與對應現實之中的挫敗，也同時暗示未來台灣歷史走向的不確定性。「孤兒」說明了台灣在殖民歷史中的未完成主體特質──既可以選擇被各種不同樣式的母體召喚而走向回歸之路；也可以抗拒回歸母體的誘惑而選擇更為艱難的獨立自主。

在小說敍事脈絡中，胡志明之所以會發瘋的主要原因，來自於當時知識分子普遍經歷「政治認同」與「文化認同」的分裂所致。這兩項認同不僅是華人社會對國家認同的主要特質，也是台灣意識的基本組成部分。對於胡志明來說，台灣在政治上的被殖民者身份，既無法認同日本殖民者、但也無法被（國民黨南京政權的）祖國所完全接受；而以對抗日本殖民強勢的漢族意識的文化認同，也無助於改善不被祖國對等接受的困境。但是，因為當時台灣知識分子對（國民黨）中國，普遍處於一種文化與政治認同彼此矛盾的情結中，以致於當時國民黨的「自由中國」的國家政策，是有距離的。對於台灣人來說，在殖民時期與日本母國之間，是一種身處於既政治對抗、但又生活情感彼此

滲透的歷史現實；而日本戰敗歸還台灣之後，與祖國之間，雖然共通漢族血脈與文化意識，但在現實中又未有可以互通政治與文化發展的機會。這些相互帶有矛盾的歷史條件，使得台灣在回歸祖國的過程，變得更加複雜起來。在《亞細亞孤兒》中，胡志明與日本女子、胡志明與台灣女子、以及胡志明與中國女子在愛情關係所呈現的互動，暗示了台灣在馬關條約割讓給日本、與祖國切斷政治連繫之後的現實歷史後，日本、台灣、政局動蕩的中國之間的歷史關係，相對複雜起來，而台灣的被殖民處境，使得台灣人在面對日本、中國、甚至台灣之自身時，不管是「政治認同」或是「文化認同」，都無法將之對等脈絡化。小說中，胡志明與日本女子情意互通，但礙於政治身份的落差而難以發展出美好結果；後來遇到兼備妻子美德條件的台灣女子，又因個人主觀因素，未能接受對方的愛意；來到祖國內地後，因自己的台灣人身分而遭受到南京政府官員的質疑與迫害，後來遇到的中國太太，則在短暫時間中，從師生關係演變為情人、夫妻，但胡志明卻不認同妻子盲目投身於當時所謂的進步思想的偏激言論中。最後胡志明隻身回到台灣，卻因無法再忍受日本「皇民化」政策下的全面性殖民壓迫而發瘋。

　　胡志明的悲劇顯示：一個「溫健改良主義者」在台灣的日本殖民歷史與中國的左、右翼革命歷史處境中，對於政治身份與文化身份都無從選擇的挫敗。在文化認同上，胡志明的矛盾在於，他雖然無法認同日本的殖民政治，但從師範學校──日本人殖民內化台灣的重要教育體制──接受所謂的近現代化知識，因接受近現代化教育而得到理性啟蒙的他，使他在文化教養上貼近日本人，並不得不意識到台灣

傳統封建社會的落後性；他的近現代知識分子背景，雖然使他能夠接受左翼的進步思想，也很欽佩進步思想所帶來的理想性與行動力，但他從小從祖父那兒得到的傳統儒家文化思想與漢族血緣認同的情感教育，卻使他對於左翼的革命進步思想有所保留。在政治認同上，他是日本殖民地台灣的日本籍台灣人，這使他既是日本人，也不是日本人，更不是中國人──在日本，參加日本的中國留學生抗日集會，而被懷疑為日本間諜；他一直是個具有強烈漢文化與民族認同的抗日知識分子，但在南京卻因不小心暴露台灣人身分而被捕；然在面對毅然決定出走「西北」（中共解放區）、勇於投奔新中國未來的敬愛友人──曾導師，他終究只承認自己是個機會主義者，並未有任何實際行動。胡志明的猶疑，反應出殖民地台灣在「反帝、反殖民」歷史脈絡之下的一種很客觀的知識分子形象、以及所至深的歷史處境：徘徊在傳統性與現代性之間的個人主義歷史道德者。他既不像台灣左翼進步知識分子以熱情與知識企圖改造世界的方式介入歷史；但也不同於台灣右翼進步知識分子以建立（文化組織與政治議會）制度的方式，達到改革社會的目的。他是以一種個人立場的理性與良知，去觀察歷史、經歷歷史，紀錄歷史。值得留意的是，胡志明的「祖國意識」在小說中並無指涉任何政治實體。

　　1945 年日本宣佈無條件投降，台灣終於回歸祖國。黃俊傑指出：日治時期台灣人「祖國意識」形成的歷史原因，主要來自於日本殖民統治之下的民族意識，以及台灣人的漢族文化認同所激發的歷史文化意識，但是只是一種抽象的心理建構，缺乏具體的現實作 支撐基礎，因此，易 現實的歷史處境所改變。台灣本島的「祖國」認同的歷史

背景，來自於 1895 年被迫接受日本的殖民統治處境：在政治上表現出對抗殖民統治的民族意識；在文化上則強調漢族歷史文化意識。學者黃俊傑進一步指出台灣知識分子的「祖國意識」內容，是將台灣與中國大陸視爲有機而非機械關係，認爲中國大陸是台灣的文化母根；屬於一種抽象的心理建構，而不是具體的現實存在。而國民黨與共產黨在中國境內爭取建國領導專權過程中既合作又對抗的歷史關係，使得台灣知識分子對於中國的「祖國」認同，同時也面臨國共兩黨背後所代表的「祖國」政治身分選擇問題。這個問題又與台灣政治社會思想的左、右翼分化現象，以及國民黨政權結構的落後性息息相關。

台灣左、右翼思想的分化現象，在基本共識上都以追求「民主化」與「地方自治」爲主，但兩者在思想路線的政治認同、社會改革意識所對應的「祖國」條件，卻隨著國共兩黨在大陸地區內戰的激化，而有所歧出。代表國民黨政權接收台灣的陳儀政府並未能瞭解到台灣在日治時期左、右翼社會民主運動的歷史基礎，加上不當接收政策與封建殘餘結構的軍閥、官僚組織形態，以及縱容貪官污吏、軍、警、憲、特橫行的非法治行，導致經濟社會問題日趨惡化，終於激化「二二八事件」（以下稱「二二八」）的發生。

「二二八」發生後，由官民共同組成、各級民意代表爲主要構成份子的「二二八事件處理委員會」（以下稱「處委會」）隨即展開調解與善後處理。「處委會」所提的處理條件，也從維護法治的社會基礎轉到社會菁英階層的政治改革方案，以至「處理大綱」三十二條與四十二條的出現。其中「警備司令部應撤銷，以免軍權濫用」、「本省人之戰犯及漢奸嫌疑被拘禁者，要求無條件即時釋放」等條款，被

指控為叛國罪。陳儀官方開始對「二二八」展開軍事鎮壓與事後的綏靖、清鄉之舉，左、右翼勢力在武裝與非武裝反抗路線上，呈現兩極化的發展。左翼文化人與運動也因中國大陸國共內戰的延續影響下，遭到被全面禁絕的命運，而右翼文化人也被迫禁聲。「二二八」中左、右翼文化人從合作到對應代表國民黨政權陳儀政府的分歧路線，除顯示左、右翼文化人派系鬥爭與權謀政治問題的現象，也顯示日治時期左、右翼社會運動在歷史發展過程中潛在的階級性與政治身分認同問題。左翼社會運動強調的是在社會經濟結構中，對不合理的階級支配與壓迫關係的反抗與權力秩序重整；右翼社會運動則是基於資產階級的保守性格，侷限在議會制度的政治關係改良上。這兩個系統在戰後初期的台灣，都面臨到不同程度的挫敗。「二二八」將台灣人從日治時代以來漢族歷史文化的祖國認同的共同基礎，突顯到左、右翼政治身份的祖國認同與階級性社會意識的歷史選擇。

　　從日治時期台灣文化社會運動的發展歷史來看，文化協會從資產階級改良主義的主導性格轉向台灣共產黨（以下稱台共）思想團體一部份，以及以台共黨團身分為參與領導的農民組合，是當時左翼社會運動的主要組織成分；而第一次從文化協會退出的資產階級改良主義運動份子——蔣渭水，則與林獻堂合組台灣民眾黨，但蔣渭水的「三民主義」左傾化路線，又迫使林獻堂再度退出民眾黨。台灣民眾黨開始聯合被壓迫弱小民族與階級進行反帝鬥爭的左翼運動，文化協會的台共、農民組合也陸續展開更積極的左翼運動。

　　台灣日治時期社會文化運動的複雜性，一方面突顯「二二八」左、右翼路線分歧的歷史條件，一方面也隱藏左、右翼文化人對當時台灣

半殖民、半資本、半封建社會內部結構的社會改革意識、以及「祖國」政治身分認同的歧出性格。而在日本宣佈無條件投降之後,代表國民黨政權接收台灣的陳儀政府,在不當接收政策、親族勢力的非制度化用人原則、縱容貪贓枉法的腐敗無能、藐視台灣人的殖民作風⋯⋯等種種現象之下,充分曝露出半封建、半殖民地國家機器本身在政治的暴壓性與經濟掠奪性的落後素質。

因此「二二八」左、右翼運動思想路線在「二二八」之後,不僅潛在著國共兩黨從合作關係到展開內戰後、各自代表的祖國認同條件,還分別隱含激進與保守改革向度的政治社會意識。相對於國民黨訴諸大地主與官僚資產階級結合的半封建、半軍事集團而言,不管是台共或僅以思想路線作為中國共產黨同路人的左翼或左傾知識分子而言,祖國意識的形成,除來自日治時代即訴諸漢族的歷史文化認同外,更強調於階級意識的政治社會改革企圖.而國共兩黨各自依據革命政黨的正當性,在中國境內爭奪建國領導權所形成的激化內戰,顯示國民黨的「三民主義」建國方案,並不具歷史現實的唯一性。對於國民黨政權而言,台灣左翼思想路線諸普羅階級的政治主體與歷史進步性,除了從階級權力結構重新分配的社會正義、來挑戰(儒家)文化民族主義的基本建國意識形態與保守性的社會階級結構外,同時也觸及到台灣在結束日本殖民統治之後、回歸「祖國」的民族國家意識,還包括政治理想與社會改革的選擇動機。這與國民黨在孫中山死後,蔣介石政權以戴季陶「文化保守主義」詮釋系統為主的「三民主義」建國意識形態有所歧出。蔣政權之下的「三民主義」建國意識形態,除了強調儒家歷史意識作為延續民族文化主體的官方文化民族主義

外，還包含「三民主義與領袖信仰」為主體——而非國家憲政與民主法治制度的政治意識。因此，從政治立場來看，不管是台灣左翼路線所期許的無產階級民主政治，或是台灣右翼路線所要求的議會民主政治，都難以在國民黨官方政治脈落中形成對等關係。前者將挑戰國民黨既有的階級結構與統治正當性；後者則會抵觸主義與領袖專黨專權的政治權力。

國民黨政權以文化意識形態確保黨國一體的意識形態與統治正當性，是戰後台灣國家化過程中影響深遠的建國意識形態表現特徵。但這個面向造成戰後台灣文化認同的發展，被侷限在單一政黨性的文化歷史脈絡與政治認同，而難以多元化並銜接台灣在日本殖民統治時代所激發的漢文化與漢民族意識，反而在日本異族統治「反帝、反殖民」的歷史發展脈絡下，更突顯出台灣與國民黨南京政府「祖國」的不均衡政治權力結構關係。1949 年之後，國民黨在國共內戰下失去大陸政權後撤往台灣，為了積極鞏固在台政權對大陸地區的統治基礎，反共思想被納入三民主義建國意識形態之中。「反共」成為五○年代國民黨政權主導台灣社會政治、文化思想發展的運作邏輯與基本預設。

因此，反共思想與三民主義建國意識形態之間的連結，除了作為國民黨在台政權能繼續保有中國統治正當性的政治目的外，「三民主義」——僅僅只是一種具有社會法權的知識論述形式，則在政黨國家機器的暴力與依國家之名的合法保障，成為當時最重要的建國（中華民國在台灣）、以及復國（反共大陸）的想像方式。這種想像方式是建立在政治意識服務政治目的的前提上，因而在歷史現實的實踐過程中，會將思想——一種以知識論述形式所呈現的可能性，轉換成政

治權力跌停損益的鬥爭基礎。這正是台灣左、右翼路線在「二二八」之後遭到不同程度打壓的現實危機，也是五〇年代國民黨政權之所以得以實行三民主義建國——反共復國政治發展意識形態的歷史條件。在發展過程中，鞏固政黨意志與權力中心的思維邏輯，透過國家機器的運作，使得「反共」不僅成為國民黨政權介入社會控制的正當性基礎，也成為國家地位優先於社會自主發展的認知想像基礎。在這個過程中，政治權力以國家正當性建立的「反共」歷史意識，使得國民黨政權透過歷史解釋，將「反共復國」的終極價值與「中華民國在台灣」的政治現實結合在一起，除確保國民黨在台灣政權的合法性外，同時也影響台灣社會過於傾向於權力政治的自我詮釋的精神想像機制，以及服從政治權力的運作邏輯。其中，影響最深遠的，就是左翼社會運動路線在台灣戰後歷史詮釋過程中的斷裂現象與排擠效應。

（二）被消滅的「左翼台灣鄉土」

　　1949 年之後的台灣，主要是以「反共復國」作為「中華民國在台灣」（不正常）國家化發展的統治基礎與歷史詮釋意識。在此之前，台灣與「祖國」中國之間的歷史連繫，並不是朝向單一發展向度進行，「二二八」之後，中國左翼知識分子與台灣左翼知識分子在「新生報」《橋》副刊展開論爭交流的歷史事件，則顯得相當特殊。這個文學論爭與國共兩黨在共同面對日本侵略戰爭的共同合作架構，息息相關。雖然戰後中國正逐漸處於國共兩黨爭奪建國領導權的困境，但在台灣，因為日本殖民所造成的歷史隔閡，並未馬上破局。

　　中國左翼與台灣左翼知識分子在「國際共產」的影響，除共同傾向普羅階級意識與共產社會主義知識體系基礎外，如何整合中國與台

灣在文學、歷史在普遍性與特殊性脈絡之間的民族血脈情感，成為這個歷史階段的重要課題。石家駒就認為這是台灣文學思潮史上，「一次繼台灣從中國五四新文藝運動中汲取並繼承其理論和創作、而展開台灣現代新文學以來，另一次汲取和繼承中國三〇年代文藝思想、理論和作品的重要歷史事件」[7]。論爭從 1947 年 11 月開始，一直持續到 1949 年 3 月，所涉及的問題與內容很廣泛，其中包括相關台灣文學的歷史與本質、理論與實踐等重要論題。

　　歐陽明指出：台灣文學運動與台灣反日民族解放運動的密切關聯性，使得台灣民族文學的主體發展，與中國五四新文學的民主、科學要求形成不可分離的歷史精神。因此，台灣新文學的建設是祖國新文學運動中的一個部分，省內省外作家與文化人必須團結合作。[8] 楊逵進一步強調：建立「在思想上是以反帝國主義、反封建與科學民主為主流」的台灣新文學。林曙光從台灣與中國分離的殖民歷史，質疑台灣是否有過純粹的左傾文學，認為台灣新文學必須打破一切特殊性，朝向「如何建立台灣的文學史使其成為中國文學」努力。孫達人從中國「五四運動」反帝、反封建、要求民族解放的思想鬥爭運動性質，作為台灣新文學的總方向。胡紹鍾則是要求建立台灣新文學的自主的社會地方性文學。駱駝英則從中國五四之後革命文學統一戰線的歷史任務：民主、解放、進步，總結討論台灣新文學的發展特質。駱駝英認為，台灣新文學的特殊性來自日本殖民統治所造成的半封建殖民地

7　石家駒，〈一場被遮斷的文學論爭─關於台灣新文學諸問題的論爭（一九四七─一九四九）〉，《1947-1949 台灣文學問題論議集》（台北：人間出版社，1999），頁 9。

8　歐陽明，〈台灣新文學的建設〉，《1947-1949 台灣文學問題議論集》（台北：人間出版社，1999）頁 9。

社會形態，這與中國作為長期封建社會一部份與日本帝國侵略對象之後的半封建半殖民地落後性質，具有共通性。因此，台灣建立新文學應該與中國革命的歷史任務一樣，必須是反帝、反封建，並由革命的階級聯合才能完成。國民黨的右翼政權在這個歷史階段已經完成領導資產階級革命的任務，但自身的矛盾不足以擔當無產階級革命鬥爭的使命。駱駝英的立場反應出：戰後台灣左翼知識分子所認知的祖國「中國」，是建立在「反帝、反封建」的歷史脈絡上，並在文學發展上堅持走向革命與人民的現實基礎，顯示台灣新文學的歷史本質與中國三〇年代左翼革命文學的不可分離性。因此，站在客觀歷史角度來看：中國境內從 1946 年國共內戰爆發，到四七年學生、市民、知識分子掀起反對內戰、要求和平建國、反對國民黨獨裁專制、呼籲民主改革的全國性學生運動和國民運動的浪潮，遭到鎮壓與更激烈的示威；台灣則是經歷「二二八」、國民黨二十一師軍隊在基隆登陸的恐怖鎮壓，以及之後針對知識分子而來的清鄉、綏靖政策。國民黨政權所暴露的暴虐性質，既是反民主、又是反革命。[9]

　　駱駝英的文學歷史論述，顯示戰後台灣與祖國中國在現實政治的另一個連繫是以反國民黨政權為基礎。呂赫若戰後著名小說〈冬夜〉即在這個論述脈絡下，對應出台灣人對日本殖民過渡到國民黨政權接收之後的歷史心理與社會處境。

　　〈冬夜〉的歷史背景是以日治末期到光復初期為主，主角是一個有兩度婚姻遭遇、被迫到酒家工作的台灣女子彩鳳。彩鳳十八歲時與

9　駱駝英，〈論「台灣文學」諸論爭〉，《1947-1949 台灣文學問題論議集》（台北：人間出版社，1999），頁 169-184。

第一任丈夫林木火結婚，五個餘月林木火就被迫當日本「志願兵」。木火戰死在菲律賓後，彩鳳回到娘家。娘家父親本來是市場青菜販，因受到政府統制沒有生意做，為了家庭生計，彩鳳在肉類小販統制組合當店員。但因台灣終戰後物價飛漲而被迫失業，父親也負擔不起經營小販生意的高額資本，最後不得不去酒館工作，因而認識第二任丈夫郭欽明──二十六、七歲的浙江生意人。在郭欽明的花言巧語下，彩鳳嫁給了他。但半年後彩鳳被郭欽明傳染了性病，郭欽明竟厚顏將責任歸咎在彩鳳身上，強迫她離婚並追討回當初她娘家所收受的聘金，導致彩鳳不得不去賣淫，最後在一個叫王永春的嫖客的突發追捕過程中喪生。彩鳳一生不幸的遭遇，除第一任丈夫被迫當志願兵外，第二任丈夫郭欽明──具有暗示國民黨蔣介石政權的浙江系集團的象徵人物，才是真正造成彩鳳萬劫不復的罪魁禍首。呂赫若藉著郭欽明對彩鳳的花言巧語，點出國民黨政權對台灣被日本殖民歷史處境與佔有台灣的偽善。

彩鳳的悲慘命運點出日本殖民帝國勢力從台灣退出後，取而代之的是代表國民黨南京政府的治台當局。對台灣人來說，這原本是件值得慶喜的重大歷史轉折。但沒想到當局的不當統治，竟導致台灣物價膨脹、經濟惡化、官商貪污、社會動盪不安等嚴重社會問題產生。彩鳳的墮落與死亡，正如呂正惠所指出，反映出呂赫若「個人對歷史無能為力、後來意外的見到歷史有了大轉機、但旋即又發現歷史可能又掉進深淵」的感受。而在這篇小說發表後的二十八天，台灣即發生「二二八事件」。呂赫若毅然決然轉入中共「台灣省工作委員會」的地下組織，實踐台灣人民的「再解放」，也是有跡可循。

1949 年之後，國民黨撤退來台，為鞏固政權，以剷除異己為主的白色恐怖，即是影響最深遠的歷史事件之一。台灣左翼勢力在五○年代白色恐怖中，幾近被消滅殆盡。

（三）反共文學體制內的「台灣鄉土」

1920 年中葉以來持續發展的台灣新文學傳統，在 1945 年到 1949 年間過渡為國民黨政權的右翼中國體系後，幾乎不復存在，取而代之的是以政治上的「反共」邏輯與儒家文化保守主義的中國意識形態。「選擇性的中國新文學傳統」成為戰後台灣文學發展的重要成分。

主導反共文學發展的半官方、半民間體制，一方面顯示高度政治權力的介入與主導，但另一方面又給民間預留下可彈性掌控與發展的空間。前者促使反共小說成為當時文學體制暢行的主要文類之一，後者則決定哪些是可暢行的反共小說的文學與美學風格。保持文學的政治性與文學美學性之間的平衡，成為體制規範文學類型與風格發展的設限指標。從這個角度去思考，如果反共文學體制出現與「台灣」相關──且內容不一定是關涉到反共內容的文學作品的時候，這個特殊的現象將具有何種意義？反共小說在戰後台灣文學史的重要性，除顯示以政治力強行截斷台灣新文學歷史傳統的斷裂性與專斷性外，透過小說「反共」的文學政治化行動，其實也反應出國民黨的右翼中國是以「中華民國在台灣」的歷史現實，作為繼續主張延續中國政權的政治籌碼。反共小說的特殊性在此展現：作為台灣五○年代的文學歷史現實與重要發展文類，以及透過集體書寫與敘事背後企圖證明：國民黨政權所代表的（右翼）中國歷史主體性。

葉石濤曾經批判「五○年代文學所開的花朵是白色而滄涼」，如

果從壓縮、排擠台灣省籍本土作家創作意識與創作空間的角度來說，確實有難以道盡的傷痕之慨。但回歸到文學與歷史、鄉土（實質性／心理性鄉土）的關係而論，葉石濤的批判反應出以省籍意識作為建立台灣文學史價值觀的隱藏前提的盲點：反共文學的歷史意識與鄉土情感，是政治性的右翼中國，而不是「台灣本土」；反共文學缺乏「台灣本土」價值。雖然，反共文學是戰後台灣文學史上最具歷史性斷裂特質的文學之一，但是反共文學的發生卻是建立在「1949 年國民政府撤退來台之後，以外省籍為主的作家在台的大量書寫與創作」的客觀事實。這個現象提點出：作為外來移民人口並（被迫）定居在台灣的外省籍作家，當他們大量投入反共文學創作的時候，大多數已經是台灣歷史與土地的一部份，更不用明言他們的創作確實反映出：當時作為移民第一代的外省族群在台灣五〇年代的特殊政治心理狀況。

　　反共書寫與中國／台灣之間的角力關係，呈現出右翼中國的心理鄉土與台灣的實質鄉土的對峙。然而，可以繼續追問的是，這個對峙的特殊性是否有具體的歷史對象作為討論基點？如果有，這個對峙在反共文學體制是以什麼樣的方式被展現出來？反共文學體制對於這個對峙產生什麼樣的規範作用？因此，以外省籍作家為主的反共文學獎機制中，具有台灣省籍作家身份所書寫相關台灣鄉土的得獎作品──廖清秀《恩仇血淚記》、鍾理和《笠山農場》，在這個觀點下，以可被視為進入體制或被體制所接受的「體制性台灣鄉土」為前提，作為進行討論的歷史對象，並分析之中所可能呈現的體制性規範設限是什麼。《恩仇血淚記》與《笠山農場》在當時的反共文學體制中，曾分別得到 1952 年與 1956 年「中華文藝獎金委員會」的「國父誕辰紀念

獎金」長篇小說類第三獎、第二獎。《恩仇血淚記》的內容是敘述台灣人林金火與日本人渡邊澄人之間所發生的種種恩怨情仇。林金火自唸公學校的時候，遭到渡邊澄人無理的欺負，卻因為台灣人身分而被處罰。林金火因而深深感受台灣被日本侵略的悲哀，以及萌發對祖國中國的嚮往之心。後來進入誠淵學校夜間部就讀，白天在街役場工作。後來在判官先生的介紹下，來到日本人稻桓所經營的保險會社工作，因而認識台灣女子金孌與日本女子田中愛子。金孌追求金火，但金火愛慕愛子。金火與愛子終因情投意合而交往。但後來渡邊澄人介入，並用卑鄙的手段讓愛子嫁給他。日本戰敗後，渡邊之父被仇人報復而進入病院，愛子為生計賣淫。金火知道後，探訪渡邊之父，並幫助愛子脫離苦海，還向愛子提出結婚的請求，愛子以自己已經配不上為由拒絕。最後，渡邊之父因愧對金火自殺，愛子帶著公公骨灰回到日本。《恩仇血淚記》最大的特色並不在於文學性，而是在於情節內容所反映日、台、中之間關係敘述形象的政治性——日本以殖民強權欺壓台灣人的無理霸道、台灣人以堅持對祖國的血緣文化的孺慕企盼對抗：在小說中，金火遭遇到渡邊父子種種惡言惡行與許多不平等對待，正如同日本侵略中國一樣；但最後金火選擇原諒卑劣者，正如同蔣介石在對日抗戰勝利後，宣稱中國必須對日本存有「以德報怨」的精神一樣。值得注意的是，台灣光復後，小說對於接收台灣的國軍形象，以及台胞積極學習國語文與國語文教師的祖國認同，也恰巧符合當時積極推動的中國化政策。

廖清秀《恩仇血淚記》中所呈現的日本殖民統治現實之下的台灣鄉土，雖然在內容上並無直接涉及政治，這部小說也不是反共之作。

但小說中的反日意識早已經遠離台灣新文學傳統的「反帝、反殖民」歷史脈絡，而呈現「以祖國（國民黨政權的右翼中國）為中心」的敘述想象。

鍾理和的《笠山農場》與《恩仇血淚記》則完全不同，是一部以表現文學的美學性為主的小說。小說中並未投射任何有關政治意識的暗示或內容，只單純以日治時期及光復初期的南台灣社會為背景，描述一對情侶致平與淑華的艱難奮鬥歷程，帶有作者自傳色彩。由於《笠山農場》的背景以客家族群聚落為主，所以小說中，出現許多對客家族群特有的氛圍與文化的觀察與描述。這對情侶因為同姓，觸及到當時客家宗姓倫理的社會禁忌，所以即使是郎才女貌、情意相通，在當時保守的客家社會也不容許發生。致平體悟到同姓宗法倫理對個人追求愛情自由的限制，以及傳統社會缺乏承認個體獨立自由的自主性，這與他所受到的現代教育完全不同。從台灣新文學「反帝反封建」傳統來看，致平確實觸碰到當時台灣農業社會所保留的封建性倫理議題，但致平在小說的處理方式，並不是基於批判性的社會現實主義精神——以推翻或改革封建性為前提的激進態度或政治行動綱領；而僅僅只是以個人的自由意志與行動能力，帶著淑華私奔。此外，《笠山農場》中對於當時農場工人生活的描寫，並不是以階級矛盾為主題，而是單純以一對困擾於同姓婚姻的男女戀愛經過為情節軸線。小說中以南台灣客家庄的咖啡農場為背景所反應的台灣鄉土，傾向於一種淳樸浪漫的牧歌式美學風格。不管是風土人情或是地理風光，都是以充滿溫暖、明亮的文字基調展現出來。

鍾理和以素簡但熱情的獨特文字藝術，使得《笠山農場》的寫實

形式，披覆上一層淡淡的天真、浪漫特質。小說中的人物大都善良、
樸實，即使是久經世故的地主階層人物，也是以儒家傳統社會式的人
情練達智慧與良善，對待農場上的僱農與工人。

正如笠山農場主人劉少興的人格特質，鍾理和筆下的小說人物，
以及人物面臨事件衝突的態度，都是以展現人性與情理之間的平衡的
書寫特色為前提。即使是小說中最違背當時社會禮教規範的事件──
淑華一度失身於致平，都可以看到相關人物在愛情倫理與社會道德之
間所極力維持的妥善處理解決態度。如：淑華悔悟、惱恨不已但仍選
擇嚴守致平的堅貞；淑華母親知情後展現出不解但寬容的母愛關懷；
致平毅然離鄉安排妥當、接淑華私奔善後的果斷行動等情節。《笠山
農場》中所描述的愛情很純粹，無關乎任何人性與道德的難題，就只
是兩個同姓的男女互相吸引、不顧當時客家社會宗姓倫理的保守，以
私奔方式成就愛情。《笠山農場》中的台灣鄉土，不管是實質風光或
抽象人性，都在鍾理和真摯而誠懇的文字書寫格調下，閃閃發亮；甚
至之中所呈現不合理的宗姓倫理規範，最後也是以一種非革命的個人
立場的溫和與理性去反叛。

從以上的觀點與例證，可以總結《笠山農場》的文學美學性所觸
及的三個重要價值層面，分別為：客家族群屬性的漢民族文化意識、
探討同姓婚姻的有限社會性、開啟人性鄉土烏托邦想像的美學性。因
此，從《恩仇血淚記》所呈現的（傾官方）政治性，以及《笠山農場》
文學價值中所表現出的文化性、社會性與美學性傾向來看：反共文學
體制內所接受的「台灣鄉土」風格，所呈現的政治性與社會性、文化
性、美學性等接受原則，可以歸納幾個原則性的接受條件：無關政治

性或「安全範圍」（無左翼思想傾向）的政治性與社會性；符合政治力所規範的文化民族主義傾向，包括：反日本的漢民族意識與族群屬性的鄉土意識；正向的人性（人道）主義與鄉土烏托邦的美學性。

【延伸學習】

1. 反共小說敘事呈現何種結構性的國族／家族寓言？這個結構就家國、社會、國際三個指涉概念而言，可以投射出怎樣的想像內涵？

2. 反共文學的建國意識形態透過民族文化／現代國家主體的論述詮釋進路，可以看到「中華民國在台灣」的歷史現實與國民黨主導「自由中國」主體意識之間的落差；這個落差在反共敘事的「建國—復國」迴圈時序中不斷延宕，以至個人必須不斷獻身於反共大業。這是反共敘事在政治現實與文學意識之間必須不斷尋求救贖的張力所在。但是，所有的個人意志真的能被國家意志所決定？請試從台灣戰後「三民主義建國——反共復國」意識形態漸次收編——而非全然斷裂——台灣文學歷史的立場，說明台灣鄉土概念在反共文學體制中的發展向度或內涵。

第七章

老兵不死，只是漸漸走向繆斯女神
——軍中文藝系統、作家現象與台灣文壇

第七章
老兵不死，只是漸漸走向繆斯女神
——軍中文藝系統、作家現象與台灣文壇

　　不同於「中國文藝協會」社群的國民黨半官方色彩的民間文學社團組織，軍中文藝系統才是五〇年代唯一可以國家文學體制視之的所在處。以國家力量培植軍中文藝的發展，重點並不在於只是宣導文藝本身之價值，而是透過各式文藝形式的媒介，強化軍人對國家的思想信念或信仰。因為軍隊不只是保家衛民的戰鬥組織，也是鞏固國家安全的根本系統。因此，軍人的精神個體是否能認同國家思想，將決定是否能為國家效忠的判斷。再加上國民黨政權面臨國共內戰一再失利、不得不退守台灣的慘痛現實，退台之後如何重振國軍頹勢，也是當務之急。所以，以國家力量培植軍中文藝的發展，是時勢使然，也有國民黨撤台後為了鞏固軍人忠黨愛國的政治目的。

　　軍中文藝在五〇年代的提倡，最早始於 1951 年的「國軍文藝運動」。發起人為當時尚任職於國防部總政治部主任的蔣經國。因為國民黨在大陸時期並未有軍中文藝發展經驗，必須尋求可提供協助的人力資源。因此，蔣經國透過與張道藩負責的「中國文藝協會」建立輔導合作關係，透過張道藩在民間文藝界所累積豐厚的人力資源，展開號召「文藝到軍中」的系列行動。這些文藝界人士紛紛透過廣播、座談與刊物媒介等方式，鼓勵軍人提槍報國之餘，也能握筆成文，使之成為既能提槍上陣衝鋒武鬥、又能夠在意識形態戰場進行文鬥的「筆

部隊」。之後 1956 年以國家文藝政策之姿上陣的戰鬥文藝，雖然在民間社會的文學場域上已幾近成了強弩之末，但在軍中則持續以軍中文藝政策，變延續下來，一直到 1965 年的「國軍新文藝運動」，達到高峰。

軍中文藝政策推動了軍中文藝系統的建置，不僅造就了鼓勵文藝創作的環境，蓬勃了軍中文藝發展的盛興景況，自然也進而帶動軍中喜好文藝、並積極創作的青年作家。這些具軍旅背景的作家雖因反共文藝政策與軍中文藝時勢而有崛起之機運，甚至日後因筆耕不輟而獲得文壇的繼續肯定，都有一個共通的特質：他們在早先都有傑出的反共小說創作，但在後續的文藝創作之路上，也都不約而同地漸次向文藝原則——而非政治原則——移動，並獲得肯定。成為真正的文藝作家。這類成功地從軍中作家位置移動到文壇作家，其中以司馬中原、朱西甯、段彩華為最知名、且最具代表性，不同於五〇年代普遍具有軍人身份並嘗試創作的軍中作家。五〇年代具有軍人身份並嘗試創作的軍中作家是當時極特殊的文藝現象，因為司馬中原、朱西甯、段彩華是當時所謂軍中作家中的佼佼者，不同於其他普遍軍中作家，必須獨立論之。

排除少數向文壇移動而取得文壇作家身份後的普遍軍中作家，因時代環境造就而積極或因勢順推地投入反共與戰鬥文藝的創作，雖然為反共與戰鬥文藝創造出驚人的作品數量。但是，由於他們並不一定有傑出的創作表現，即使有傑出創作表現，若未能繼續向文壇移動，也會使得創作影響力被局限在某一時期與軍中封閉系統中。因此，本章所討論的軍中作家現象，並不指涉這類普遍軍中作家，而是設限於

少數原先有軍旅背景、但後來移動到文壇而成為文壇作家的特殊軍中作家。

另外，從軍中文藝系統的角度來看，必須要說明的是，軍中文藝運動的發起，較大的作為是鼓勵了軍人創作的風氣，但是一直要到1956年的「戰鬥」文藝運動，才算真正確立軍中文藝政策的具體施行輪廓。

一、從「軍中文藝運動」到「國家新文藝運動」

1951年的軍中文藝運動在國防部總政治部與以文協社群為主的文化界人士的協助之下，漸次為軍中的文藝創作環境奠下良好基礎。它有四個主要預期達成的目標：（一）需要反共抗俄的文藝；（二）文藝到軍中去；（三）作家到軍中去；（四）希望軍中作家在自由中國作家協助下，共同完成軍中文藝灌輸工作。

到了1956年「戰鬥文藝運動」階段，軍中系統已經具有累積大量文藝活動和文藝成果的能量。然而，為了讓軍中文藝風氣更能繼續發展下去，系統化和制度化是絕對有必要的作為。因此，為了讓軍中文藝政策更能紮根發展，以文藝政策建立其系統組織與運作模式，將軍中的文藝成果與文化生產反向輸入到社會，藉此提昇社會精神戰鬥能量，都有其相當大的發展空間。就這樣，國防部為了讓軍中文藝更磅礡、更壯大，也為了讓社會氛圍能與軍中一體，於是在1965年提出「國軍新文藝運動」。當時實際負責此一運動的是王昇將軍，協助決策與承辦業務的軍官為田原上校、朱青海（朱西甯）中校。

「國軍新文藝運動」的推動是根據「國軍新文藝推行綱要」所訂

定的目標、內容與準則為依據,然後再根據當年政治實踐或社會時局之需要,規範不同主題與題材創作。「國軍新文藝運動推行綱要」明訂的推行準則如下:

（一）文藝本質與三民主義思想結合起來。

（二）文藝路線與反共復國運動結合起來。

（三）文藝題材與現實生活結合起來。

（四）文藝創作與民族情感結合起來。

同時,也揭示四項要求:

（一）使官兵都能為愛主義、愛領袖而創作,主動的為仇匪而
　　　創作,從個人創作而群體創作,從操場創作到戰場。

（二）使官兵的作品和演出,主題正確,感情豐富,有內容,
　　　有力量,不但使人被動的欣賞,而且要使人主動的爭著
　　　欣賞。

（三）使軍中與社會文藝工作者,結成堅強的文藝陣線,對準
　　　敵人──萬惡的共匪,展開文藝大進軍。

（四）使各階段的創作任務,能與建軍運動和復國行動密切呼
　　　應,不斷發揮「革新」「動員」「戰鬥」的主導作用,
　　　掀起革命高潮,完成復國任務。

　　從上述四準則、四要求來看,「國軍新文藝運動」的發展方向除了延續五〇年代反共文學的政治原則之外,也說明透過文藝傳播力量所成就民族國家意識認同,不再只停留在反共建國目的,還希望能從軍中擴大到社會範圍的文化意識層面。因此,「國軍新文藝運動」在這個層面上,已非單純僅以軍中為限,而是為了向社會各階層展開「中

華民國新文藝運動」的動員準備。

從軍中文藝發展的角度來看，「國軍新文藝運動」可以說是國軍文藝的大突破、大整合、大豐收，其重要風貌見之於文藝大會的召開、文藝金像獎的舉辦，以及文藝輔導與文藝活動諸方面。國軍新文藝運動可以說是五〇年代反共文學歷史延至六〇年的第一波高潮，目的則是繼續三民主義文藝理論為國家文藝建設的實踐與認知根基，並期能再發揮文藝的戰鬥功能，逐漸擴大到的社會各個層面。1966 年 5 月，毛澤東掀起文化大革命，為對抗中共浩劫，總統蔣介石於 11 月 12 日國父孫中山誕辰紀念日親自號召「中華文化復興運動」。文藝戰鬥轉向與保衛中華傳統文化相互結合，軍中與社會應為一體。

接著，1967 年 11 月 29 日，由中國國民黨九屆五中全會制訂「當前文藝政策」，提出文藝應配合國家建設計劃與反共復國的要求，使文藝、政治、軍事、經濟彼此支援，強化國家政治局勢。第二波的高潮則接續在 1977 年第十一屆中央常會第五十三次會議修正條文第二十項的提出：「擴大國軍新文藝運動，深入各部隊基層，一方面加強輔導工作，培養新文藝幹部，使文藝在軍中茁壯成長，一面評選軍中雄渾壯美的作品及其優秀的演出，予以有效的鼓勵與推廣，從而對社會革新發生巨大的影響力。」

「國軍新文藝運動」與 1951 年「軍中文藝運動」的性質與目的大致雷同，除了各單位組織的系統運作之外，也延續 1954 年國防部創辦的「軍中文藝獎金」，但將之制度化為「國軍新文藝金像獎」。始自 1965 年、至 1981 年止、共十七屆的「國軍新文藝金像獎」，就是其中最具代表性、最有影響力的文藝創作獎。與初期不同的是，此

階段的軍中文藝推動，已經不必透過與民間文人的合作關係進行，軍中已有自己的體制運作，甚至擁有反向輸入大眾社會的文化生產能力。

　　一般來說，「國軍文藝金像獎」分為六類，包括（一）小說獎，含長篇、中篇、短篇三項；（二）影劇獎，含平劇、話劇、廣播劇、電視劇、地方劇及電影等之編劇、導演、演員等類項；（三）散文獎；（四）詩歌獎，含新詩、古典詩等兩種；（五）音樂獎，含歌詞、作曲、演唱、演奏等四種；（六）美術獎，含國畫、西畫、書法、雕塑、宣傳畫、攝影、木雕、金石等八種。1969 年，再根據「國軍文藝金像獎設置規定」，簡化為創作與演出。創作分為文藝評論獎、小說獎、散文獎、新詩獎、影劇獎、音樂獎、美術獎、廣播獎、民俗文藝獎、舞蹈獎等十類；演出則分為國劇、話劇、歌劇、藝工等四類。

　　1971 年則再修定，將獎勵種類合併為十項，包括（一）文藝理論獎，含新文藝體系理論、批評兩項；（二）小說獎，含長篇、中篇、短篇三項；（三）影劇獎，含電視劇、廣播劇、話劇、國劇、歌舞劇、街頭劇七項；（四）散文獎，含小品、遊記、報導文學三項；（五）新詩獎，含長詩、短詩兩項；（六）音樂獎，含歌詞、作曲兩項；（七）美術獎，含國畫、西畫、書法、雕塑、連環畫、攝影、版畫、金石等八項；（八）廣播獎，含製作、主持兩項；（九）民俗文藝獎，含相聲、快書、數來寶、大鼓書四項；（十）演出獎，含國劇、話劇、歌劇、藝工四項。國防部每年可依實際情形，選定一至五獎類辦理。到了第十四屆徵獎對象開始向社會人士開放。

　　值得留意的是作品獲獎後，繼續向民間社會的再傳播，也就是說

當時國民黨透過執政優勢，使各平面媒體、報紙副刊、雜誌對得獎作品作全面的配合刊登，甚至製作電視影集與電影或錄製廣播劇與藝工節目、出版專書、參與文化作戰等方式，讓這些作品透過大眾傳媒，與社會大眾接觸。這些配合單位除國防部所屬機構外，還包括與之相關的社會大眾媒體或民間文藝機構單位，包括：葡萄園詩社、海光出版社、國立藝專、水芙蓉出版社、幼獅出版社、采風出版社、中國電視公司、台灣日報、聯合報、新生報、中華日報、文藝月刊、中央月刊、文壇月刊、青溪月刊、三三月刊、美國世界日報等。

二、軍中文藝刊物與大眾文化生產——軍中文藝的社會公共空間化

軍中文藝的推動有賴於出版媒介，在軍中刊物的發行體系中，其中最不能忽略的是國防部政治部底下的「青年戰士報」、「新中國出版社」、以及投資民間的「黎明文化事業股份有限公司」等三大部門。這三大部門可以說是輸出軍中文藝到大眾社會的文化公共空間。以下分別簡述之。

（一）《青年戰士報》

創刊於 1952 年 10 月 10 日，至 1984 年 10 月止，之後更名為《青年日報》。報刊主要任務有三：

1. 宣揚三民主義和反共復國國策，貫徹政府主張和立場。
2. 擴展文化宣傳，推行思想教育，以鼓勵社會民心士氣，提高軍中精神戰力，達成復國建國任務。
3. 編印戰地版，及在光復區接收匪偽機構與器材，對匪展開宣

傳作戰。

　　原先此報創刊初期只是以三軍官兵與青年學生為主要發行對象，但到了1957年元旦，開始正式轉為社會公開報刊，不過，就閱讀影響力來說，仍以軍隊相關單位範圍為主。1965年6月1日，為配合國軍新文藝運動的推展，為樹立評論權威，在副刊增闢「新文藝」週刊，專門評介或登載戰鬥文藝的理論與作品。

　　《青年戰士報》的「新文藝」副刊就內容來說，有專欄、小說、散文、評論；整體風格強調健康向上的正面意義。該刊歷任主編依序潘壽康、書道規（筆名書戈）、吳東權、胡秀、王賢忠、徐瑜、李宜涯。副刊上每兩周出現一次的「詩隊伍」，是由首任的「國軍戰鬥文藝工作隊」隊長詩人羊令野主編，創刊於1968年7月7日，止於1983年底。

（二）新中國出版社

　　這是國防部定期刊物的出版機構，早期曾編印國軍文藝金像獎得獎作品，黎明文化事業股份公司成立後，便將印書工作轉移，專司雜誌刊行。其中與國軍新文藝有關如下：

1.《新文藝月刊》

　　前身為《軍中文摘》、《軍中文藝》、《革命文藝》。《軍中文摘》於1950年6月創刊，隸屬「國防部總政治部」，原來是「純粹為軍中服務，為軍人打算的新型刊物」，初期並不對外發行。起先是半月刊，1951年改為月刊。初創階段的內容並非全然是文藝，而兼有思想論說文章；後來為了因應國軍官兵需要而轉型為文藝性的書摘。每期選刊小說、散文、詩歌、幽默集粹之外，並有社論與文藝春秋兩個專欄。1954年元旦改名為《軍中文藝》，開始以「開闢軍人自己的

創作園地」為編輯目的，增設文藝理論、小說、詩歌、戲劇、書評、戰士園地、漫畫等欄位，鼓勵軍中作家自由投稿之風氣。1956 年為了響應戰鬥文藝運動之推動，又改名為《革命文藝》，希望能讓軍中文藝的革命精神，也能透過文藝的力量擴大到社會。

自《軍中文摘》、《軍中文藝》、而至《革命文藝》，軍中文藝的編輯群與作者群逐漸日壯，顯示軍中文藝已收推廣之功。1965 年 7 月 1 日增加篇幅，1961 年 3 月併刊改版為《新文藝月刊》。此刊為國軍新文藝運動的代表性刊物。軍中發至連級，也兼對社會發行。《革命文藝》至《新文藝》，軍中革命色彩轉以更內蘊方式表現之。發刊詞指出：「『新文藝』這個名稱，一方面有『日新、又新』與時俱進的意義；另一方面更含有文藝革命與文藝中興的意義。也就是說，文藝的目標是要建立民族的文藝陣線，開拓中興復國的機運；倡導革命的文藝思潮，加強官兵的思想武裝；發揮戰鬥的文藝功能，陪養三軍的精神戰力。」

自《軍中文摘》到《新文藝》歷任主編依續為王文漪、馬璧、成鐵吾（本名成彩鳳）、洪士範（筆名虹西方）、許如中（筆名長樂）、張永祥、王樸（本名王傳樸，第一次主編）、朱西甯（本名朱青海）、柯青華（筆名隱地）、王樸（第二次主編）。朱西甯、柯青華、王樸是國軍新文藝運動發起之期的該刊歷任主編。

朱西甯為《新文藝》擔任主編時期，已是小說大家，並依其文壇人脈、文學素養、沉穩性情，為《新文藝》創造了新的面目。柯青華接任主編，始自 1972 年 4 月的第 193 期至 1973 年 11 月的第 212 期，自稱姿態保守，但保守中有創新。王樸繼柯青華之後自第 213 期編起，

至 1987 年 6 月的第 327 期（《新文藝》於 1983 年 7 月併入《國魂》）。

2.《國魂》月刊

　　1950 年創刊，以時代知識為主的綜合性刊物。軍中發至連級，
　　也兼對社會發行。

3.《勝利之光》畫刊

　　1953 年創刊，屬於圖文並重的綜合性叢刊，軍中發至連級，
　　也兼對社會發行。

4.《革命軍》月刊

　　1954 年 1 月創刊，為國軍士官兵政治教育輔助教材。

5.《奮鬥》月刊

　　1970 年 4 月創刊，為國軍軍官政治教育輔助教材。

6.《吾愛吾家》月刊

　　1979 年 1 月創刊，以軍眷為發行對象，也兼對社會發行。屬
　　於生活性的綜合刊物，內容輕鬆活潑有趣。

　　其中，《勝利之光》、《國魂》、《新文藝月刊》、《吾愛吾家》
等四刊，均由台北市遠東書報社總經銷，建立全省各地發行網，並擴
展至海外（美國舊金山、檀香山、韓國、香港、泰國、菲律賓、沙烏
地阿拉伯、西德等國均有書店代銷）。

（三）黎明文化事業股份有限公司

　　國防部為加強國軍新文藝的推展，以及積極進行海外文化作戰目
的，特別於 1971 年成立黎明文化服務中心，後來擴大營業，成為股
份有限公司，為黎明文化事業公司。多數國軍文藝金像獎得獎作品由
此公司輯印成書，為「國軍新像獎文藝叢書」，發至連級，也對外發

行。

黎明文化由王昇籌畫、田原執行，朱西甯也曾到此擔任總編輯，對於介紹文藝作家與推廣文藝，有其一定地位。其中，「中國新文學叢刊」書系下的「作家自選集」共有一百六十多種；書中有作者照片、小傳、作品年表，是重要的文學史料，也是黎明代表作。另一套由公孫嬿主編的「海內外女青年女作家選集」也是黎明重要套書。

至於大眾文化生產方面，以電視、電影等大眾傳媒製作為主，相關單位如下：

1. 中國電影製片廠

專司拍軍教片與軍聞片，1966 年，奉總統蔣介石手令，加強教育電影的拍攝，十五年來完成的忠孝教育片有：「揚子江風雲」、「壯志凌雲」、「緹縈」、「血濺虹橋」、「女兵日記」、「大摩天嶺」、「古寧頭大戰」、「丹尼爾的故事」、「中南半島的悲劇」、「中國女兵」、「成功嶺上」、「春暉」、「上尉與我」、「杯酒高歌」、「生死門」、「故鄉劫」等十六部，並支援中央電影攝製「英烈千秋」、「八百壯士」、「筧橋英烈傳」、「梅花」、「吾土吾民」、「皇天后土」、「金門精神」、「辛亥雙十」、「大地勇士」等九部。

2. 中華電視台

1970 年，國防部為推軍中政治教育、教育部為辦理空中教學，遂合作籌建財團法人「中華電視台」。1971 年 10 月 31 日，全部系統正式開播。1972 年初，為了便於從事國際文化宣傳活動，加強對匪文化作戰，改組民營公司。但是，在運作上仍遵照政府指令，

以電視社教功能為經營目的。

3. 電視節目製作中心

1971 年成立，負責有關軍中電視節目設計與規劃，負責編製具有戰鬥性、教育性的大眾文藝節目。

4. 藝術工作總隊「影片供應中心」

本島有 6 個，外島有 5 個，共有 330 個放映站。從 1965 年到 1977 年，共放映 454784 場次，觀看人數達 166495600 人次。藝術工作總隊對國內的傳統藝術、表演藝術人才的培育亦多有貢獻。

從上述的整理資料來看，軍中文藝在六○年代中期之後不再只是受限於軍中系統，而是將軍中文藝生產開始輸出到社會各階層。從文藝刊物的社會性發行，到電視、電影等大眾傳媒形式的文化生產，都可以看到軍中文藝的公共空間化現象。這些現象顯示配合國策所需要的軍中文藝與文化生產，成為是國民黨在執政優勢之下繼續主導台灣六○年代社會官方保守文化的主導文化的重要基礎。

三、取得文壇位置的軍中作家與台灣文壇

軍中文藝的種子播於 1951 年的「軍中文藝運動」，至 1956 年戰鬥文藝運動之後，國民黨的政治勢力漸次從文協社群的半官方性質的民間文藝社團組織漸次轉向軍中系統發展。因軍隊隸屬於國家體系，因此軍中文藝體制是最能貫徹並實踐代反共文藝的國家體制，直到六○、七○年代都仍繼續維持反共或戰鬥文藝與文化生產。

五○年代以降，因軍中文藝的鼓勵與提倡，軍中作家紛紛崛起，

如朱西甯、司馬中原、段彩華等都是當時的創作佼佼者。而軍中年年以文藝獎項鼓勵創作，也造就新一代軍中作家輩出。如得過「軍中文藝獎金」首屆散文獎的羊令野（黃仲琮）、二屆與三屆詩歌獎的瘂弦、第三屆長篇小說獎的田原等年輕世代作家。

這些以軍中文藝獎項出身、創作表現優異的作家們，除了以創作往文壇持續發展之外，日後也因他們的優秀文藝表現與能力，而有機會分派到公私部門擔任文藝教育或編輯工作，成為文壇的「守門員」，影響不可言喻。如，羊令野曾主編青年戰士報「詩隊伍」、田原曾主持「黎明文化事業公司」、瘂弦主編《幼獅文藝》之外，也曾是「聯合副刊」資深主編。當然，類似這樣軍系出身、任職戰後台灣文藝機構媒體與報刊主編或出版負責人的例子不勝枚舉，也可以看到五〇年代之後軍中作家對台灣文學發展的影響，不只是筆耕文壇的創作，還包括他們透過個人文學品味、審美意識、價值觀認知等取向所決定的文學與文化生產。

另一個特別要澄清的是，這些軍系作家在五〇年代雖然因當時軍中文藝政策環境，而獲得向文壇移動發展的機會，但是，他們繼續創作的發展路上，卻不是以反共、戰鬥為題材，而是依循個人的文學氣質、創作性向、文學認知、生命經驗等文學個體因素，決定他們不同的文學創作向度。不可否認，長年的軍旅生活是他們重要的生命經驗，軍隊環境中要求革命軍人對主義、對國家、民族、甚至對領袖的忠貞認同，也多少可能會影響他們的人格氣質、思維行動與政治情感立場的判斷。但是，寫作畢竟是屬於個體針對「文學」——而不是「軍隊」——所進行審美思維與情感運作的內在活動。

　　因此，五○年代軍中作家就當時政治原則所主導的反共文學體制而言，他們可以說是反共文學的生產者；然而，就「創作」而言，作家對其文學價值觀的藝術實踐，才是決定他們會創作什麼樣類型或風格作品──甚至成為什麼樣類型或風格的作家的關鍵。從這個觀點來看五○年代在軍中崛起的作家，我們會發現：決定他們漸次向文壇移動、並能獲得位置的原因，並不是完全來自文學場域中他律性的政治原則、而是決定於自律性的藝術原則。在此以司馬中原、朱西甯、段彩華為例。

　　司馬中原本名吳延玫，自幼投身軍旅，經歷大江南北，生活層面深廣。早期作品成於軍中，1961 年自軍中退役，專職寫作。曾任中國青年寫作協會常務理事、總幹事、中華文藝月刊社社長、華欣文化事業公司顧問等職。創作多樣化，為多產作家。學者齊邦媛認為他的重要作品按主題與表現形式可分為三類：史詩性小說、純抒情文體與鄉野傳奇。鄉野傳奇小說最為大眾所熟悉。《荒原》是司馬中原的代表作之一，可以說是介於史詩與鄉野傳奇、以地方抗日勦共為故事背景的「反共」類型小說。正如他的筆名所寄寓的期許──「以『司馬遷』的精神去寫發生在中國胸膛──也是故鄉『中原』上的風土人情。」因此，如果不從反共的角度來看，《荒原》可以說是一部具有特定時代典型與中原鄉土意義的傳奇小說。

　　朱西甯本名朱青海，1949 年因國共戰爭，應孫立人將軍召募從軍來台，從上等兵至上校退役。1952 年出版短篇小說集《大火炬之愛》，是其唯一帶有反共典型特質的小說。1960 年代初，以中國鄉土為題材，創作《鐵漿》（1963）、《狼》（1963）、《破曉時分》（1965）等佳

著。1960 年中葉之後，除《旱魃》（1969）外，開始轉向台灣社會，並開始嘗試現代主義式的形式語言創新，以及心理與情緒經營的深層結構書寫。佳作包括《貓》、《畫夢記》、《八二三注》……等多類型風格小說。1972 年退役後專職寫作。晚年寫作則更重視書寫本身的文字質地表現，遺作《華太平家傳》的文字美感如同中國卷軸觀畫般悠遊自在，但又以風俗誌的方式，將其個人心中對於童年以降最美好的記憶，形之為很中國化知識情趣的掌故，為其凝聚一生畢生文化理念、生命情懷的鉅著。

段彩華自 1948 年即隨軍隊來台，1962 年退役。曾歷任記者、書庫管理員、少尉軍官、中國青年寫作協會總幹事、《幼獅文藝》主編。1952 年以中篇小說《幕後》或中華文藝獎、1966 年以〈三馬入岾〉獲國軍新文藝金像獎，1980 年獲中興文藝獎章、1999 年以《王貫英先生傳》再獲中山文藝創作獎。小說創作內容可分為三類：一是故鄉舊事與失鄉離亂經歷；一是軍旅生涯的反共戰鬥故事；一是現實生活經驗與妙悟。語言風格精確簡潔，敘述具戲劇張力，形式結構常常獨具一格。2002 年《北歸南回》以來台外省一代人之時代流離的共同經驗為主軸，真誠地省視因時代戰亂動盪所造就的悲劇與殘缺。

不管是司馬中原、朱西甯、段彩華，其創作歷程，無論相關反共、或中國原鄉、或台灣社會，都是作家所置身的「時空環境」。這之中當然會有作家因著不同社會身份、社會位置等不同條件，甚至是個體性的主觀意念、認知、體會、情感等參與其中。不能否認的是，他們本身的創作文類、藝術經營、理念價值等文學實踐接受問題，與當時主流文壇是相容且接近。

　　但是，軍中作家在軍中崛起，即使當初以反共文學類型為創作主題，也是因為當時受限於文藝環境，之後能透過創作不斷向文壇移動，並奠定位置，應與創作反共文學無必然關係。這是我們在回顧軍中作家之時，不宜將之意識形態化的理由。

【延伸學習】

1. 請試述軍中文藝系統從軍中文藝運動，到國軍新文藝運動過程中，漸次從國家體制轉向社會體制的公共空間化發展，以及所造就的軍中作家特殊現象。

2. 請以司馬中原、朱西甯、段彩華為例，敘述軍中作家、反共文學體制與台灣文壇之間的位移現象？如果有人以反共作家稱之，是否公允？

第八章

結論

第八章

結論

1949 年 12 月 7 日，國民黨在國共內戰中，失去大陸地區政治主權後遷移台灣，以台北為臨時首都，行政主權包括台、澎、金、馬地區。國民黨開始在台進行檢討，除將反共延續為黨內第三階段革命任務之外，國民黨也積極擬定反共的國家政策。1950 年 6 月 25 日韓戰爆發，中共聲援反美，美國害怕共產主義勢力蔓延，遂派第七艦隊協防台灣海峽，國府在台局勢穩定；並以國際秩序中西方自由世界亞太地區的反共盟友身份，進入美國主導對抗蘇聯共產國家的「冷戰」國際結構佈局中。中華民國透過經濟美援與國際政治地位的承認，以台灣為中國的三民主義模範省的定位，展開中國右翼在台的現代化民族國家化的建設事業。

國民黨一方面以「反共」強化正統中國政權的正當性，一方面藉由「抗俄」的美國亞太盟友的國際定位，以「自由中國」之名鞏固反共國家秩序。「反共」與「抗俄」，成為中華民國在台國家化秩序的兩大基礎。反共文學正是國民黨在這兩大基礎所開展的建國歷史進程中，積極支持的一種文學類型。

反共文學在國民黨的政治力運作下，積極介入，並以之作為文學發展主流。在此之前（1945 — 1949），台灣文壇經歷了幾個具有代表意義的重大轉折與事件：台灣省籍文人的持續活動、台灣作家與大陸省籍作家的交流；1946 年 10 月 24 日行政院長官公署通令廢止報刊

雜誌日文版，多數日文作家因而被迫放棄創作，其中台灣左翼鄉土系
譜遭到消滅命運；大陸省籍文人陸續來台從事文學創作與媒體出版事
業，其中隨國民黨政權來台的作家類型，在國民黨政策的支持下，成
為主導台灣五○年代的重要文學社群。

　　反共文學之所以能主導台灣五○年代文學語境，來自於文學社群
的組織化，與文學生產模式控制的機制運作。前者表現在文壇的文學
社群組織現象，其社群組織，取代日治時代與日本中央文壇保持密切
互動的台灣文壇；後者則使得台灣文學的生產邏輯，同時受到政黨性
的國家統治政權與資本主義的經濟自由市場的雙重制約。

　　這個特徵使得我們在理解文藝運動的文學社會實踐的時候，除
了注意到政治力對社會的控制之外，也必須注意到經濟場域為反動的
新興文學所預備的社會運作空間。這些主流性與非主流性的作用力，
在不同的歷史條件之下，衍變為台灣文學場域的新興勢力──六○年
代的現代主義文學、七○年代的台灣鄉土文學、八○年代結合資本主
義文化消費與現代主義菁英文學形式的（台北都會結構為主的）中產
階級文學、以及九○年代以後逐漸與台北文學中心抗衡的台灣本土文
學。

　　反共文學社群掌握五○年代台灣文學的主流後，「反共」成為文
學場域的主要原則。相對於此，顯性發生的文學歷史現象，有兩項：
一是正向：反共小說的大量生產並取向敘事道德化；一是反向：日治
時代持續發展的新文學傳統，以及台灣作家在此累積的文化資本（包
括最基本的語文書寫能力），被排擠到文學創作的邊緣位置──此非
本論文的論述重心。在這兩個顯性的文學現象之中，還包括較為隱蓄

不顯的文學現象──官方與民間所主導的文藝論述與文學書寫，在反共文學機制中產生收編或排擠作用。

官方立場所主導的文藝論述以張道藩《三民主義文藝論》與王集叢《三民主義文學觀》、《戰鬥文藝論》為代表。這類型文藝理論的共通點是以現實政治目的作為理論的預設基礎，但仍有所差異。張道藩《三民主義文藝論》以開放性文化保守主義的態度，強調「主義」的政治性內容是作為決定文學形式的條件，並提出以傳統民族文化基礎吸納現代經驗的書寫立場。

王集叢《三民主義文學觀》則以「中國民族性」與「民生主義社會史觀」兩大論點，作為政治高於文學的價值理念依據；到了《戰鬥文藝論》，更進而在文藝必須服從政治的論述軌跡中，點出國家文藝政策決定文學書寫的單一化歷史發展立場。張道藩與王集叢以政治性民族文化意識作為文學書寫的美學價值與發展方向，雖然未能達到體制性的傳播效應，但他們所代表的官方立場，卻成為體制性文學中，以政治意識形態篩檢民間文學論述的重要指標原則。

因此，中國的五四新文學傳統在官方政治原則的制約下，成為具有選擇性的文學現代化基礎，而不是全盤接受。另一方面，民間立場所主導的西方現代主義文藝論述則相對突顯出中國民族本位與西方文化本位的競爭。前者以胡適提倡的白話文學革命為重要文化資本，包括中國文藝復興、五四自由主義的愛國主義與人的文學；雖然並未直接開出個體性的文學言說進路，但在愛國主義所認可的國家民族文學信念之下，左翼文學論述與實踐所強化寫實（現實）主義的審美傾向、藝術形式、文學成規，在五〇年代台灣反共文學被大量保留下來，

並透過體制深化作用，成為戰後台灣現當代文學重要發展面向。後者則在前者所奠基的現代文學性格上，以及在接受美援計劃後的資本主義現代社會形態導向的客觀條件中，提供個體立場的文學藝術美學觀點與對應（以台北為主的）城市文明的現代性想像世界觀；但在美學革命實踐過程，政治力所造成的選擇性原則，使得國家民族的文學立場價值仍高於個體，而個體言說精神往往被轉換到國家民族邏輯下的「無根」、「自我放逐」，對反共文學所產生的反動作用，則以間接爭取文學層級化後的藝術自主原則為發展方向，造成以藝術形式革命取代文學革命、以國族想像轉化政治黨性的質的提昇現象。

這些因反共文學成為台灣五○年代主流位置所引發的複雜歷史現象，實不能以反共政治性的官方文宣負面價值一語論斷。從文學的社會性發展脈絡來看，反共文學在不同的歷史條件中，仍具有對照戰後台灣文學發展的歷程價值。我們就是在這個預設基礎上，繼續觀照反共小說文學敘事的社會性——而非美學性。

當我們將「敘事」看作是文學作品與社會文化互為影響的一種藝術表現形式，並以此檢視反共小說的社會存在意義，會發現極重要、卻又長期被中國或台灣現當代文學歷史所忽略的一個重要詮釋脈絡：反共文學敘事來自於轉化中國左翼的文學成規與美學風格，但反共敘事本身的存在、並透過文學的革命話語所開出的現代化效應，異於詹明信所提出第三世界民族國家文學觀察的中國左翼文學系統。

反共文學在台灣五○年代所造成既斷裂（日本——台灣）又延續（台灣——中國）的歷史灰色地帶，實不容小覷。所以，反共文學作為一種延續中國三○年代右翼革命文學的歷史，但遲至台灣五○年代

才發展成具有模式效應的特殊文類。它雖然具有詹明信所提出第三世界民族國家現代文學的政治寓言性質，但其特殊性必須重新梳理。反共小說不同於左翼革命文學的現代性敘事向度，並提供了觀察政治意識形態在文學與歷史之間的暗流互動與深刻影響。

反共小說現代性敘事的基本實踐模式，是以中國傳統儒家文化的道德原則為核心，而向外含納西方文明的價值原則。包括：透過體制性的五四自由主義所連結西方近代自由主義的「人性」世界觀；透過「擬宗教」化的處理方式，將政黨的對立以善惡二元做為價值判準。因此，人性意識、善惡判準、道德倫理原則，同時成為反共敘事所構築的普世價值與正當性基礎。這三種理念價值也輻射出國民黨建國意識形態發展中國現代性的傾宗教思維特質。這個特質使得反共敘事對於共產黨所提出的建國內涵與政治路線，呈現出一種攻擊異端的衛道精神與見證民族救贖的受難意識的雙重書寫特質。

反共小說敘事所夾帶攻擊異端的衛道精神，與反共小說世界觀的普世價值息息相關。包括：以非人性化的敘事模式否定共產黨訴諸社會階級意識的建國正當性；以儒家倫理化的國家文化民族主義精神與建國理路反對共產黨知識與政治菁英所領導的階級群眾革命路線。而反共小說中最關乎個人與政黨性民族國家隱喻關係的敘事模式──「革命加戀愛」，反應出國民黨右翼中國以傳統儒家倫理道德的民族文化資產、作為革命動員與建立民族自我的內在參照系統與實踐理路。

反共小說敘事模式隱含一黨專政的道德性民族建國理路，並反應出政治性在文學公共空間的主流位置與社會功能。因此，延續右翼中

國三〇年代革命歷史、以及現實中因應黨國體制所激生的反共文學，
既是反攻大陸的復國文學、也是中華民國在台灣的建國文學。這種同
時夾雜「復國——建國」的文學政治實踐，使得「反共」既來自於「復
國」——國民黨右翼中國的革命政黨性歷史現實，同時也兼具「中華
民國在台灣」的「建國」歷史視野。

　　透過第三世界國家所獨具的文學政治行動綱領效應與寓言性格，
文學的政治性並不是單一只是文學意識形態的一環，而是作為維護社
會內外在秩序的一種機制。因此，反共文學敘事背後所投射出的文學
建國與民族想像，相對使得文學的個體性，在台灣五〇年代獨特的政
治現實之下，朝向被壓抑的隱性路線發展。同時具有「復國——建國」
雙重歷史現實與歷史視野的反共文學敘事，投射出一種非常弔詭的文
學歷史現象：具有中國革命文學右翼系統的國族寓言的歷史主體、以
及訴諸「中華民國在台灣」政治現實的歷史主體。前者以「家仇——
國恨——國際正義」為敘事想像的基礎，後者使得「三民主義建國
——反共復國」政治意識形態，強植介入台灣文學的歷史發展，影
響「台灣鄉土」朝向限制性的發展軌跡。

　　反共敘事中「家仇——國恨」一體兩面的國族／國家寓言，將中
國左翼革命文學中的「革命加愛情」敘事模式，以傳統家庭倫理秩序
作為重新建立革命與愛情之間隱喻關係的內在價值，並透過「三民主
義」的政黨性社會倫理與建國想像，否定共黨由下而上的農民革命的
群眾路線，以及在這路線所宣示的革命建國正當性。反共敘事另一個
帶有「國際正義」的國族寓言模式，將「中華民國在台灣」的歷史現
實，轉以「自由中國」及其在冷戰結構西方民主國家的亞洲盟友的形

象來強化。國民黨政權的「自由中國」透過國民黨改造運動以落實革命民主政黨政權基礎為政治目的，不同於民間「自由中國」論述所嚮往建立個體自由的民主社會主義價值。反共小說中依附美國所主導世界冷戰結構的「自由中國」敘事形象，主要是透過現代國民對民族國家認同與絕對忠誠的「合理化」作為想像基礎，而將政黨性建國意識形態，偽裝成具有「群體權利」的意義價值。

再從反共小說透過集體書寫的個體小歷史所投射的「復國──建國」的歷史時間來看，反共小說所約化的過去完成式與未來想像式兩種時間模式，弔詭性地突顯出「中華民國在台灣」不存在於「此時此刻」的歷史主體想像。前者以儒家「暴政必亡」的歷史法則，為國民黨反攻大陸、重奪政權的政治慾望，尋得合理的歷史詮釋，而忽略共產黨同樣基於革命政黨基礎所建立的中華人民共和國的歷史正當性；後者則因而使得國共戰爭失敗所轉由撤台的「當下」歷史現實，因反共復國想像的未能實踐而無限被延宕。

反共小說歷史時序所極欲成就的「建國的目的在於完成復國」的政治目的，使得個人傷痕所象徵民族國家傷痕的隱喻關係，潛藏著一個難以解決的危機：當文學個體（包含家庭／家族）的傷痕無限被放大，成為檢視或等同於民族國家的傷痕時，文學的個體性想像就只能依附於民族國家脈絡──而且還被主導於狹隘的政黨性民族國家的政治意識形態與政治目的之下。因此，反共小說敘事最後不得不轉向以「個人自我獻身／犧牲」的模式，以及透過不斷召喚傷痕記憶與尋求救贖的書寫策略，掩飾第三世界民族文學寓言中，關於個人文學書寫與民族／國家政治權力之間最弔詭、卻隱而未現的共犯結構──個

體是附屬於民族／國家主體之下、包含於各式集體政治性或歷史性或文化性的象徵幽靈。這對於台灣文學歷史的內部理路發展，以及道德價值在此中所發揮的決定性作用，仍有不容忽視的影響效應──設限於反共政治意識形態的體制性台灣鄉土意識與風格，是這個效應中最值得持續觀察的歷史特徵。

二二八之後，《橋》副刊的台灣新文學論爭（1947 ─ 1949），以及緊接而至的白色恐怖，呈現「三民主義建國──反共復國」政治意識所造成的單一化歷史主體（國民黨右翼中國與中華民國在台灣）現象，不僅壓抑台灣在殖民歷史中未完成主體的「孤兒」意識，也同時斷裂台灣在日治時代「反殖民、反帝國」脈絡下的左翼政治社會歷史，以及帶有社會主義政治階級思想的左翼文學鄉土想像。

反共文學體制所設限的「台灣鄉土」意識與風格，在「反共」政治意識形態所主導設限的選擇性原則之下，更以政黨性民族國家主體與文化民族主義兩種基本向度作為設限前提。前者以無關政治或無右翼思想傾向的安全範圍作為檢驗標準；後者包括：反日本的漢民族意識與帶有族群屬性的鄉土意識、正向的人性（人道）主義與帶有美學性質的烏托邦鄉土想像。

軍中文藝的種子播於 1951 年的「軍中文藝運動」，至 1956 年戰鬥文藝運動之後，國民黨的政治勢力漸次從文協社群的半官方性質的民間文藝社團組織漸次轉向軍中系統發展。因軍隊隸屬於國家體系，因此軍中文藝體制是最能貫徹並實踐代反共文藝的國家體制，直到六○、七○年代都仍繼續維持反共或戰鬥文藝與文化生產。另外，軍中文藝不再只是受限於軍中系統，而是將軍中文藝生產開始輸出到社會

各階層。從文藝刊物的社會性發行，到電視、電影等大眾傳媒形式的文化生產，都可以看到軍中文藝的公共空間化現象。這些現象顯示配合國策需要的軍中文藝與文化生產，是國民黨政權主控台灣六〇年代社會的主導文化的重要基礎。軍中文藝系統也因之成為培養執行國家文藝政策人才的重要單位。

　　隨著反共文學體制生成的另一現象是軍中作家現象。五〇年代以降，因軍中文藝的鼓勵與提倡，軍中作家紛紛崛起。在這些軍中作家中，有一些對文學擁有高度興趣，即使退離軍職之後，也因其本身優秀的文學創作能力而成為作家或編輯或其他文藝從業人員，對台灣文壇發展有極大影響力。

文學年表

1947 — 1965

日期	台灣文壇相關紀事	台灣社會相關紀事	國際相關紀事
1947-1949	《橋》副刊台灣新文學論爭		
1949.01.01		台灣省政府改組	
1949.01.02		台灣進入更高壓的政治環境	
1949.03.20		台大、師範學院學生因警員處理違警事件不當,兩天列隊向警局請願	
1949.04		三七五減租	
1949.04.06	四六事件、楊逵被捕判刑、歌雷被捕		
1949.05.19		警備總司令部發布戒嚴時期法令	
1949.05.20		全省戒嚴,基、高兩港宵禁	
1949.10.01			中華人民共和國成立
1949.10	潘壘主編之《寶島文藝》創刊		
1949.11.03	孫敥發表〈保衛大台灣歌〉		
1949.11.06	孫敥於《民族晚報》副刊創刊號提出「反共文學」一詞		

1949.11.20	馮放民主持的《新生報》副刊舉辦了座談會，是大陸籍作家集團掌握台灣文壇後第一場文藝界的對話		
1949.12	孫陵寫作〈保衛大台灣〉	國民黨南京政府徹台，以台北為臨時首都	
1949.12	馮放民（鳳兮）於《新生報》副刊中提出「戰鬥性第一，趣味性第二」之徵稿原則		
1950.03	程大城主編之《半月文藝》創刊		
1950.03.24	「副刊編者聯誼會」成立，決定成立全國性的文藝團體		
1950.05	張道藩成立「中國文藝協會」（5/4）、「中華文藝獎金委員會」		
1950.05.23		立法院通過「檢肅匪諜條例」	
1950.06	《軍中文藝》創刊		
1950.06.25			韓戰爆發
1950.06.27			杜魯門命令第七艦隊巡防台灣海峽

1950.11	師範等人主編之文藝雜誌《野風》創刊，風格以新潮的、文藝的、浪漫的著稱		
1950.12	孫陵主編之《火炬》創刊「中國文藝協會」以「文藝到軍中去」為口號，推展軍中文藝、培養軍中作家，有司馬中原、朱西甯、段彩華、高陽、尼洛等人。		
1951	蔣經國（總政治部主任）發表〈敬告文藝界人士書〉為「軍中文藝運動」展開序幕		
1951.05	《文藝創作》創刊		
1951.05	《文藝創作》創刊		
1951.06		公地放領政策施行	
1952.01		耕者有其田政策施行	
1952.05	廖清秀《恩仇血淚記》獲「中華文藝獎金委員會」國父誕辰紀念獎金長篇小說第三獎		
1952.06	穆中南主編之《文壇》創刊		
1952.09		中國青年反共救國團成立	

1953.02	紀弦創刊戰《現代詩》，為「現代派」文學重要詩刊		
1953.08.01	「中國青年寫作協會」創立		
1953.09		蔣中正《民生主義育樂兩篇補述》提倡民族文學作品，反黃色反赤色	
1954	「文化清潔運動」	「中美共同防禦條約」簽定	
1954.01	《軍中文藝》創刊		
1954.02	平鑫濤主編之《皇冠》創刊		
1954.03	「中國青年寫作協會」創辦《幼獅文藝》		
1954.03	覃子豪、余光中等人創立「藍星詩社」		
1954.10	張默、洛夫等人創立「創世紀詩社」，發行《創世紀》詩刊		
1954.05	《中華文藝》創刊		
1955.05.05	「中國婦女寫作協會」成立		
1956	「戰鬥文藝運動」紀弦宣告「現代派」六大信條		

1956.05	鐘理和《笠山農場》獲「中華文藝獎金委員會」國父誕辰紀念獎金長篇小說第二獎		
1956.04	《革命文藝》創刊		
1956.12	《復興文藝》創刊		
1956.09	夏濟安創刊《文學雜誌》		
1957.04	台灣本土作家發起《文友通訊》		
1957.11.05	《文星》創刊		
1959	新詩論爭;《創世紀》擴大改版,提倡「超現實主義」		
1959.05.04	尉天驄創刊《筆匯》月刊		
1960	《自由中國》停刊		
1960.03	白先勇創刊《現代文學》		
1965	國軍新文藝運動		

參考資料

王平陵

《歸來》（台北：中華書局，1955 年）。

《火種》（台北：中央文物供應社，1955 年）。

《茫茫夜》（台北：華國出版社，1953 年）。

王藍

《咬緊牙根的人》（台北：文壇社，1955 年）。

《長夜》（台北：紅藍出版社，1960 年）。

《藍與黑》（台北：紅藍出版社，1958 年）。

　　　　　　　（台北：九歌出版社，1998 年）。

尼洛

《咆哮荒塚》（台北：文壇社，1959 年）。

《近鄉情怯》（台灣：世系出版社，1978 年）。

田原

《這一代》（台北：新中國出版社，1959 年）。

朱西甯

《大火炬的愛》（台北：重光文藝出版社，1952 年）。

司馬中原

《荒原》（高雄：大業書店，1963 年）。

姜貴

《旋風》（台北：明業出版社，1959 年）。

《重陽》（台北：皇冠出版社，1973 年）。

《碧海青天夜夜心》（高雄：長城出版社，1964 年）。

徐速

《星星之火》（台灣：高原出版社，1958 年）。

查顯琳

《火線上》（香港：亞洲出版社，1956 年）。

孫陵

《大風雪》（台北：拔提書局，1953 年）。

《她是誰》（台北：帕米爾出版社，1954 年）。

郭衣洞

《蝗蟲東南飛》（台北：文藝創作社，1953 年）。

郭嗣汾

《危城記》（台北：大眾書局，1953 年）。

《黎明的海戰》（台灣：亞洲出版社，1954 年）。

《寒夜曲》（台北：海洋生活月刊，1955 年）。

《威空長雲》（台灣：亞洲書局，1958 年）。

《尼泊爾之戀》（高雄：大業書店，1957 年）。

《風雪大渡河》（香港：亞洲書店，1959 年）。

《夜歸》（台北：文壇社，1959 年）。

陳紀瀅

《荻村傳》（台北：皇冠出版社，1985 年）。

《有一家》不詳

《赤地》（台北：文友出版社，1955 年）。

《賈雲兒前傳》（台北：重光文藝出版社，1957 年）。

《華夏八年》（台北：重光文藝出版社，1960 年）。

潘人木

《如夢記》（台北：重光文藝出版社，1951 年）。

《蓮漪表妹》（台北：文藝創作出版社，1952 年）。

（台北：爾雅出版社，2001 年）。

楊念慈

《金十字架》（台北：新新文藝社，1956 年）。

《罪人》（高雄：大業書店，1960 年）。

潘壘

《還我山河》（原《紅河三部曲》）（香港：亞洲書店，1952 年）。

《地層下》（《黑色的地平線》）（台北：百成書店，1953 年）。

《血渡》（台北：中國文學出版社，1955 年）。

《峽谷》（台北：明華出版社，1955 年）。

（台北：聯經出版社，1977 年）。

《歸魂》（台北：明華出版社，1955 年）。

（台北：聯經出版社，1978 年）。

墨人

《孤島長虹》（台北：文壇社，1959 年）。

澎湃（彭品光）

《荒島夢回》（台北：海洋生活月刊，1959 年）。

穆穆

《大動亂》（台北：中國文壇出版社，1953 年）。

蕭傳文

《征人之家》（台北：聯合書局，1963 年）。

呂赫若

《呂赫若小說集：台灣第一才子》（台北：聯合文學，1995 年）。

吳濁流

《亞細亞孤兒》（台北：遠流出版社，1985 年）。

廖秀清

《恩仇血淚記》（台北縣汐止：作者自印，1957 年）。

鍾理和

《笠山農場》（台北：遠流出版事業公司，1988 年）

中國文藝協會

《耕耘四年》（台北：中國文藝協會，1954 年）。

《自由中國文藝集》（台北：正中書局，1954 年）。

《文協十年》（台北：中國文藝協會，1960 年）。

王集叢

《戰鬥文藝論》（台北：文壇社，1955 年）。

《三民主義文學論》（台北：帕米爾書店，1952 年 8 月）。

《中國文藝問題》（台北：帕米爾書店，1954 年）。

任卓宣（編）

《個人與國家》（台北：帕米爾書店，1957 年）。

《民族文藝論文集》（台北：帕米爾書店重印，1976 年）。

李文

《當代中國自由文藝論》（香港：亞洲出版社，1955 年）。

吳曼君

《自由中國實踐克難運動》（台北：改造出版社，1953 年）。

孫中山

《三民主義》（台北：中央文物供應社，1985 年）。

孫旗

《論中國文藝的方向》（香港：亞洲出版社，1956 年）。

陳紀瀅

《戰鬥文藝與自由文藝》（台北：文壇社出版社， 1955 年）。

《文藝運動二十五年》（台北：重光文藝出版社，1977 年）。

張道藩

《三民主義文藝論》（台北：文藝創作出版社，1954 年）。

《戰鬥文藝與自由文藝》（台北：文壇社， 1955 年）。

《我們所需要的文藝政策》（台北：中國語文學會重刊本，1970
年）。

《張道藩先生文集》（台北：九歌出版社，1990 年）。

曾健民（編）

《1947-1949 台灣文學問題議論集》（台北：人間出版社，1999
年）。

《新二二八史像──最新出土小說、詩、報導、評論》（台北：
台灣社會科學出版社，2003 年）。

葛賢寧

《論戰鬥的文學》（台北：中華文化出版社，1955 年）。

蔣中正

《反共抗俄基本論》（台北：中央文物供應社，1979 年）。

《民生主義育樂兩篇補述》（台北：中央文物供應社，1953 年）。

劉心皇（選編）

《當代中國新文學大系：史料與索引》（台北：天視出版社，1981 年）。

王德威

《如何現代，怎樣文學？十九、二十世紀中文小說新論》（台北：麥田出版社，1998 年）

《歷史與怪獸——歷史、暴力、敘事》（台北：麥田出版社，2004 年）。

尹雪曼

《中華民國文藝史》（台北：正中書局，1976 年）。

《中國新文學史論》（台北：中央文物供應社，1983 年）。

古繼堂

《台灣小說發展史》（台北：文史哲出版社，1992 年）。

申正浩

《中國現代文學研究的基本視界》（台北：人間出版社，2005 年）。

司徒衛

《五十年代文學論評》（台北：成文出版社，1979 年）。

司馬長風

《中國新文學史》（台北：駱駝出版社，1987 年）。

行政院文建會（編印）

《中華民國文藝社團概況》（台北：文建會，1985 年）。

呂正惠

《戰後台灣文學經驗》（台北：新地文學出版社，1992 年）。

周策縱

《五四運動史》（台北：桂冠，1989 年）。

林書揚

《從二二八到五○年代白色恐怖》（台北：時報文化，1992 年）。

倪偉

《民族想像與國家統制——1928-1948 年南京政府的文藝政策及
　　文學運動》（上海：上海教育出版社，2003 年）。

馮啟宏

《法西斯主義與三○年代中國政治》（台北：國立政治大學歷史
　　學系，1998）

《戰國策派之研究》（高雄：復文圖書出版社，2000 年）。

彭瑞金

《台灣新文學運動 40 年》（台北：自立出版社，1992 年）。

葉石濤

《台灣文學史綱》（高雄：文學界雜誌社，1987 年）。

趙遐秋

《台灣新文學思潮》（台北：人間出版社，2002 年）。

鄭明娳

《當代台灣政治文學論》（台北：時報文化，1994 年）。

劉心皇

《當代中國新文學大系──文學評論集》（台北：天視出版社，
　　1980 年）。

《現代中國文學史話》（台北：正中書局，1986 年）。

《抗戰時期的文學》（台北：國立編譯館，1995 年）。

劉登翰等編

《台灣文學史》（福建：海峽文藝出版社，1993 年）。

林毓生

《五四：多元的反思》（台北：風雲時代出版社，1989 年）。

《政治秩序與多元社會》（台北：聯經出版社，1989 年）。

《中國傳統的創造性轉化》（北京：三聯出版社，1992 年）。

高宣揚

《布爾迪厄》（台北：生智出版社，2002 年）。

劉小楓

《現代性社會理論緒論──現代性與現代中國》（香港：牛津大
　　學出版社，1996 年）。

薛化元

《自由中國與民主憲政── 1950 年代台灣思想史的一個考察》
　　（台北：稻鄉出版社，1996 年）。

蕭新煌等編

《解剖台灣經濟──權威體制底下的壟斷與剝削》（台北：前衛
　　出版社，1992 年）。

叢日云

《在上帝與凱撒之間──基督教二元政治觀與近代自由主義》
　　（台北：左岸文化出版社，2004 年）。

後記

反共文學在戰後台灣文學史發展的重要性，並不只因為反共文學是五○年代的主流文學，而是反共文學生成過程所伴隨的體制建置與文學場域生成現象。這些年代現象在客觀的時間列序下，一一成為事件。事件是人在特定時空之中的行動集合，這些行動集合都有各自其當下所對應的主觀因素與客觀條件。主觀因素往往與人的意志、情感、認知的價值選擇與判斷有關，客觀條件則來自當下所處的時空環境。當我們發現現象、並嘗試將現象中一個接著一個事件的主觀因素與客觀條件排列出來之時，常常地，我們也會發現歷史不只是人與事在時空之下的因果系譜，而在此之中往往有一種智慧的能量忽隱忽明，引導著、幫助著我們探究過去、對應現在、避免未來可能會犯下的錯誤。我因此相信歷史生成的本質自身即涉及一種關乎人、關乎自然、關乎上帝的結構性存有方式。這是我對歷史存有發出探問之後所自然形成的世界觀。研究五○年代反共文學對我來說，就是試圖在反共文學生成發展的五○年代中，挑選相關事件，在描述事件與事件的客觀現象過程，找出它們背後的結構性存有，並給出合理的推測論述。

反共對於許多真正曾走過五○年代的人來說，不管是接受或拒絕、激情或悲情、清醒或曖昧，似乎難免在言及回顧的時候，因著各人所在位置不同、經驗不同，而或多或少地自然伴隨一種生命的情緒在此之中。但對於像我這種來不及出生、只能透過文獻資料了解的世代來說，那一個年代發生之種種，就只是時序事件，而不是個人生命存在或存有事件。因此，對於一個我未能親身參與的年代，無所謂責難，也無所謂辯護。如果有那麼──點情感存在，那應該是作為一個

純粹的讀者──透過閱讀我得以參與了這些真正走過反共年代的作家們的生命歷史或想像歷史見證；然而作為一個研究者，我應該做的事，不過就是在個人的理解立場中盡可能找出一個具有客觀合理推測的描述或演繹詮釋。

攻讀博士班期間，我以五○年代的反共文學研究作為開始進入台灣現當代文學領域的起點，真的沒有什麼喜好或厭惡的個人情感。極反諷的是，當時我的政治情感與信念始終是與馬克思社會主義、西方新馬的法蘭克福學派理論學習所開啟的左藝立場聯結在一起。之所以會選擇研究反共的五○年代，其動機只有一個簡單到不能再簡單的理由──因為「這個年代真的很重要」。當然，歷史中的每一個年代都有重要性，然而從因果序列的詮釋向度來看，不同年代可茲提供作為其它年代發展的對照性，還是有其輕重緩急的考量存在。

就歷史的斷裂性來說，反共文學的右翼中國性質排除了日治台灣新文學帶有社會現實與階級思想批判的左翼傳統；但就文學的發展性來說，反共文學所啟動的中國五四以來的國民黨三民主義右翼文學的寫實主義路線與美學價值觀，卻也預告了六○年代之後台灣文學對西方現代主義、台灣鄉土、甚至台灣本土在美學與思想規範的接受性或反動性發展樣貌，也就是說，自六○年代、七○年代、以至八○年代以降的文學發展，幾乎都可以在五○年代的反共文學生態中，找到為何會如此發生、如此衍變的前因。斷裂之悲情不等同斷裂發展之現實，被壓迫的文學總有其自尋出口的韌性，我們在台灣文學歷史生成的因果律之中，看到線性時間列序中看似斷裂現象背後，其實所依稀存在著的是一種非線性、非二元對立式的運作原理。五○年代反共文學與

文學體制的生成，幾乎可以說是我建立 1949 年之後台灣文學圖像發展的基因系譜模組。憑藉著此模組，我因之可以對戰後台灣文學現象、甚至往前追溯至日治時期台灣新文學，在參照觀察的過程中，展開一種更具有結構性思維的歷史理解與詮釋視野。

不過，這些以五○年代為原型而對照展開的一系列的戰後與戰前台灣文學史研究計畫理想，都在取得博士學位後仍四處兼課、年年有新課、課多且雜又要維持不能太差的教學品質的生存現實中，被壓縮成一個不能確定的未來。為經濟生存而不得不將自己在完成博士論文後一系列還想做的後續研究一再延宕，沒有遺憾是騙人的。但是，回想這些年，雖然迫於現實窘境而做了台灣文學研究的逃兵，但謹記保羅的見證與教導，「你們所遇見的試探，無非是人所能受的。神是信實的，必不叫你們受試探過於所能受的。在受試探的時候，總要給你們開一條路，叫你們能忍受得住」（哥前 10:13）；我在遺憾中跌跌撞撞，又回到學校，在另一個新的知識領域中，做了碩士生。重新歸零。

沒想到，就這樣將自己不能掌握的命運交予神之後，神竟領著我走到了一個比台灣文學更能激發我的熱情的知識領域，並確立終極安身立命之獻身所在，也因此為個人生命領域立定了繼續研讀深造的志向。因為「上帝讓我看到自己未來想要成為的人」。這是一個光照溫暖的召喚，讓我在庸碌的生活秩序中，得以不斷挑戰自己的潛能。歸零不是棄械，而是為了讓自己更清楚看到來時路的同時，也啟動了來自未來的新的可能性。那些未能接續的台灣文學研究，目前只有客家文學已有小規模的輪廓整理成果，其它也有一、二已經形諸文字計畫，大部份尚在心中，但仍不間斷地向神祈禱，祈求祂的心意，有朝一日

能透過我的教學工作領域，得到實踐機會，而不再會是遺憾。

反共的政治正確年代早已事過境遷，現今來看，台灣發展以公民社會為主體的民主自由歷史之路，也漸次在屢屢浮在檯面的體制改革問題，有了較明確的聚焦意識，當然，這與當年反共目的是漸行漸遠。然而，回顧台灣爭取民主自由之路，政治上的建國意識形態之爭的激情，總是遠遠大過社會上追求公平正義原則的理性；再回顧反共的五〇年代，反共不正是當時國民黨政權為了貫徹追求三民主義實踐現代新中國而不得不走的歷史大業之路？政黨建國意識的排他性原則不是在國共互爭主導新中國歷史共業的過程才有，只要有政黨，就有政黨利益，就有特定互屬的群眾利益。自由主義留給我們最大的思想資產就是：當我們沉浸在高貴的政治信念、或以國家利益為名的正當性的同時，我們還可以有一點點「由階級所啟動的民主本質即帶有集體暴力之本質」的反省自覺。認知過程中的主體與客體，不該建立在排他原則所啟動的關係上，可是，我們卻往往看到排他原則一再地在歷史中可能假任何名義而借屍還魂。因此，不管是因高貴地堅持政治信念／信仰、或務實地為某特定階級群體、或等而下之地訴諸個人利益的選邊站，在政治詭變的歷史洪流中，總是難以避免今日之反已非昨日之反的戲碼發生——而往往最弔詭、最令人心痛的是，為什麼總有少數從來不會站錯邊的人，可以理直氣壯地指責總是那些一無反顧堅持當初選擇的人？

無論我們今日對台灣主體的立場如何，從人性的角度反省歷史，政治道德判斷在乎良心，而良心問題誠如孔老夫子「汝安乎？」之問。不管是透過儒家道德主體的良知反省，或是形而上地交予上帝審判，

對於他人，我們所能做的事，真的就只剩下誠懇地提問「汝安乎？」。政治正確或不正確畢竟是政治選擇後的現實判斷問題，不該以道德質疑或以任何的後見之明傷害非同立場的人——即使我們曾經被他們傷害過。

　　曾經存在就是真實存在。我們所能為自己做得最好的事，就是誠實、然後正直以對。對於他人，因愛神而懂得虛己後的愛人才能真正愛人如己，這是一個出乎恩典的看見。感謝主！也感謝一路走來教導過我、幫助過我的師長朋友們！願神保守我，並紀念過去這些年一路走來並不輕鬆的心路歷程，讓我有更多的勇氣與智慧做好每個當下應該要做的事，然後以感恩喜樂的心朝向未來前進。阿門！

陳康芬
2012.10

國家圖書館出版品預行編目資料

斷裂與生成：臺灣五０年代的反共／戰鬥文藝／陳康芬著．-- 初版．
-- 臺南市：臺灣文學館，2012.10
　面；　公分．--（臺灣文學史長編；14）
ISBN 978-986-03-3907-9（平裝）

1. 臺灣文學史 2. 反共
　863.09　　　　　　　　101020329

台灣文學史長編 14
斷裂與生成──台灣五○年代的反共／戰鬥文藝

作　　者　陳康芬
審　　訂　封德屏
主　　編　李瑞騰
執行編輯　林佩蓉
編輯助理　黃敏琪
校　　對　李京珮、林佩蓉、吳青霞、陳康芬、陳曉怡、溫惠玉、趙慶華、鄭秀婷、蘇怡雯、
　　　　　普羅文化股份有限公司
設計編排　普羅文化股份有限公司、陳韻如

發 行 人　李瑞騰
指導單位　文化部
出版單位　國立台灣文學館
地　　址　70041 台南市中西區中正路 1 號
　　　　　電　話　06-221-7201　　　　傳　真　06-221-8952
　　　　　電子信箱　pba@nmtl.gov.tw　　網　址　www.nmtl.gov.tw

印　　刷　普羅文化股份有限公司
經銷展售　國立台灣文學館－雪芙瑞文學咖啡坊 (06-221-4632)
　　　　　五南文化廣場 (04-2437-8010)
　　　　　文建會員工消費合作社 (02-2343-4168)
　　　　　南天書局 (02-2362-0190)
　　　　　唐山出版社 (02-2363-3072)
　　　　　府城舊冊店 (06-276-3093)
　　　　　台灣的店 (02-2362-5799)
　　　　　啓發文化 (02-2958-6713)
　　　　　三民書局 (02-2361-7511)
　　　　　草祭二手書店 (06-221-6872)

初版一刷 2012 年 10 月
定　價／新台幣 250 元整

GPN 1010102158　　　ISBN 978-986-03-3907-9（平裝）